KERSTIN GIER

Gegensätze
ziehen sich aus

Weitere Titel der Autorin:

Männer und andere Katastrophen (auch als Audio erschienen)
Fisherman's Friend in meiner Koje
Ehebrecher und andere Unschuldslämmer
Die Laufmasche
Die Braut sagt leider nein
Lügen, die von Herzen kommen (auch als Audio erschienen)
Ein unmoralisches Sonderangebot (auch als Audio erschienen)
Die Mütter-Mafia (auch als Audio erschienen)
Die Patin (auch als Audio erschienen)
Für jede Lösung ein Problem (auch als Audio erschienen)
Ach, wär ich nur zu Hause geblieben (auch als Audio erschienen)
In Wahrheit wird viel mehr gelogen (auch als Audio erschienen)
Auf der anderen Seite ist das Gras viel grüner (auch als Audio erschienen)

Titel in der Regel auch als E-Book erhältlich

KERSTIN GIER

Gegensätze
ziehen sich aus

ROMAN

LÜBBE

Dieser Titel ist auch als Hörbuch und E-Book erschienen

Lübbe Paperback in der Bastei Lübbe GmbH & Co. KG

Umschlaggestaltung: Susanne Wenzler
Umschlagmotiv: © shutterstock/Dan lonut Popescu;
© shutterstock/mcherevan; © shutterstock/vector-RGB
Autorenfoto: Olivier Favre
Innengestaltung: Ortrud Müller – Die Buchmacher, Köln
Gesetzt aus der ITC New Baskerville
Druck und Verarbeitung: GGP Media GmbH, Pößneck

Printed in Germany
ISBN 978-3-7857-6076-5

5 4 3 2 1

Sie finden uns im Internet unter: www.luebbe.de
Bitte beachten Sie auch: www.lesejury.de

Eva, dieses Buch ist für dich.

Freundinnen sind wie Schuhe:
Man denkt, man kann nicht genug davon haben,
aber letztendlich sind es immer die gleichen,
mit denen man sich wohl fühlt.

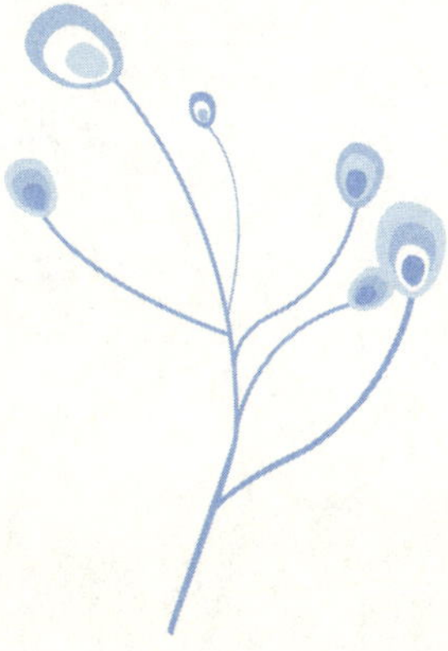

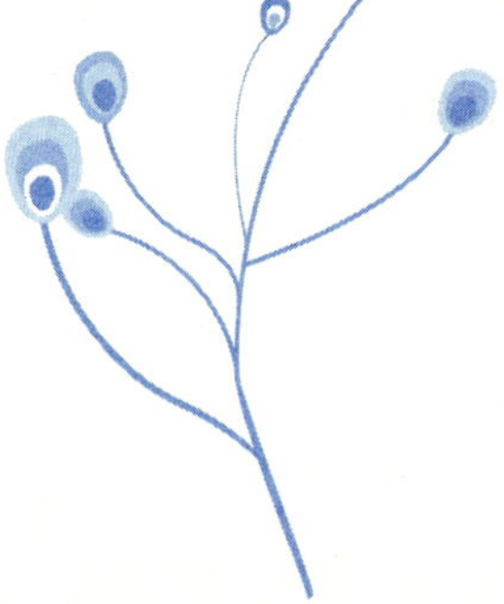

1. Kapitel

Anton wollte meine Eltern kennen lernen. Und nicht nur das. Er wollte auch, dass seine Eltern meine Eltern kennen lernten.

Als ob es mit uns nicht schon kompliziert genug wäre: zwei Haushalte, zwei Exehepartner, zwei Kinder und ein Teufelsbraten.

»Ich habe endlich die Antwort auf die Frage gefunden, was Frauen glücklich macht«, sagte meine Freundin Trudi. »Und es ist *nicht* tantrischer Sex.«

»Nicht?«, sagte ich zerstreut. Genau genommen waren es sogar vier Kinder, zwei von mir, zwei von Anton, aber seine ältere Tochter lebte bei seiner Exfrau in England.

Der Teufelsbraten war seine jüngere Tochter, Emily.

Vorgestern Abend hatte mir mein Sohn Julius beim Gute-Nacht-Sagen die Arme ganz fest um den Hals gelegt und in mein Ohr geflüstert: »Du, Mami, kannst du den Orca-Sarg nicht noch mal umtauschen?«

Mir war ein kleines bisschen das Herz stehen geblieben. Hatte er wirklich »Sarg« geflüstert?

»Orca – was?«, fragte ich und strich ihm die hellblonden Locken aus der Stirn.

»Ich will lieber einen Delphin-Sarg, bitte«, sagte Julius. »Wenn du ihn noch umtauschen kannst.«

»Aber Krümelchen, warum willst du denn einen Sarg haben?«, fragte ich entgeistert.

»Weil mein Gehirn schrumpft und ich bald sterben muss«, sagte Julius.

»Wie kommst du denn bloß auf so eine Idee?«, rief ich aus. Alle Härchen auf meinen Armen hatten sich aufgerichtet.

»Emily hat es mir verraten«, sagte Julius.

Es dauerte ein Weilchen, bis ich begriffen hatte, was passiert war: Emily hatte Julius eingeredet, er leide unter einer unheilbaren Krankheit und wir würden bereits hinter seinem Rücken seine Beerdigung vorbereiten. Drei Tage lang war Julius mit seinem vermeintlich schrumpfenden Gehirn umhergegangen und hatte sich Sorgen über den Tod gemacht. Es war nicht einfach, ihn davon zu überzeugen, dass er ein vollkommen gesunder Vierjähriger war und, so Gott wollte, noch ein langes und erfülltes Leben vor sich hatte.

»Das war gemein und sehr grausam von dir«, sagte ich zu Emily, als Anton sie am Abend zum Essen mitbrachte. Ich hätte sie gern geschüttelt und gerüttelt, aber das tat ich natürlich nicht. Schließlich war sie erst sechs Jahre alt und ein ausgesprochen zierliches Kind mit schmalen Schultern.

»Das war doch nur ein Spiel«, sagte sie und sah mir dabei direkt in die Augen. Sie hatte wunderschöne mandelförmige Augen, die sie von ihrer Mama geerbt hatte. Antons Exfrau hatte eine interessante Erbmasse: zur einen Hälfte thailändische Prinzessin, zur anderen Hälfte schottischer Geldadel. Oder umgekehrt: halb thailändischer Geldadel, halb schottische Prinzessin, das wusste ich nicht mehr so genau.

»Kein sehr lustiges Spiel«, sagte Anton streng. »Julius hat das sehr ernst genommen.«

Emily sah mir immer noch in die Augen. Ihre waren so schwarz, dass man nicht erkennen konnte, wo die Pupillen aufhörten und die Iris anfing. Ich bemühte mich, ohne Blinzeln zurückzuschauen, weil es sicher fatal gewesen wäre, Emily merken zu lassen, dass ich mich vor ihr fürchtete.

»Es tut mir leid«, sagte Emily schließlich. Es klang aufrichtig.

Anton lächelte mir zu. Für ihn war die Sache damit erledigt.

Für mich nicht. Denn als Anton nach dem Essen auf die Toilette ging, sagte Emily unvermittelt: »Ich will dich nicht. Ich werde dich wegmachen. Die anderen habe ich auch weggemacht.«

Möglicherweise war es ja lächerlich, aber ich nahm ihre Drohung ernst. Nach der Trennung von Emilys Mutter hatte Anton, wie meine Freundin Mimi es ausdrückte, »nichts anbrennen lassen«. Und wo waren meine Vorgängerinnen alle hin? Sie waren weg. Weggemacht.

Ich wollte nicht, dass Emily das auch mit mir machte. Anton war das Beste, was mir in Sachen Mann jemals untergekommen war. Er war freundlich und klug, großzügig und witzig, und Sex mit ihm war einfach phänomenal gut.

Ich liebte Anton.

»Was also macht Frauen glücklich?«, fragte Trudi.

»Zu lieben und geliebt zu werden«, sagte ich inbrünstig. Wie in diesem Song aus *Moulin Rouge: The greatest thing you'll ever learn is just to love and be loved in return.*

»Ach nein«, sagte Trudi. »Viel einfacher!«

Ich wusste nicht, ob Anton mich genauso liebte wie ich ihn, aber er schien mich ganz offensichtlich für die nächsten zwanzig, dreißig Jahre in seinem Leben fest mit eingeplant zu haben. Obwohl wir erst ein paar Wochen zusammen waren, sagte er ständig so Sachen wie: »Für nächsten Sommer werden wir uns ein Wohnmobil ausleihen und durch Kanada touren.«

Oder: »Wenn die Kinder größer sind, können wir an den Coq au vin auch wirklich mal Wein machen.«

Oder eben: »Wann lerne ich denn endlich mal deine Eltern kennen?«

»Am liebsten gar nicht«, murmelte ich, aber das hörte Anton nicht.

»Meine Eltern sind auch schon ganz neugierig auf deine Eltern«, sagte er.

Das glaubte ich ihm sofort.

Ich konnte mir gut vorstellen, wie seine Mutter sich den Burberry-Rock unter dem Kaschmir-Ensemble glatt strich und sagte: »Nun, lieber Anton, wenn es dir ernst ist mit Constanze, dann wird es wohl langsam Zeit, dass wir ihre Eltern kennen lernen. Es ist immer gut zu wissen, aus welchem Stall man kommt, nicht wahr?«

Im Fall meiner Eltern konnte man das mit dem Stall wörtlich nehmen: Sie kamen direkt aus unserem Kuhstall auf der Nordseeinsel Pellworm. In meiner Ahnenreihe hielt man vergeblich nach königlichem Blut und Geldadel Ausschau, dafür fand man jede Menge schlaue nordfriesische Milchbauern mit mehrfach prämierten Kühen.

Aber nicht, dass wir uns falsch verstehen: Mir waren weder meine Eltern noch meine Ahnen noch die Kühe peinlich. Es war vielmehr umgekehrt. Aus irgendwelchen Gründen hielten meine Eltern nicht besonders viel von mir, und zum Beweis für meine angeborene Unfähigkeit kramten sie ständig Geschichten aus meiner Kindheit hervor, in denen ich keine besonders gute Figur machte.

»Ihr Bruder konnte noch vor ihr Rad fahren, dabei ist er drei Jahre jünger!«

»Wochenlang roch das Kind noch nach Jauche, besonders bei Regenwetter.«

»Warum sie die Straßenlaterne angeleckt hat, ist mir bis heute schleierhaft. Wir hatten minus elf Grad, und es dauerte eine Ewigkeit, bis wir genug Kabel für den Föhn zusammenhatten …«

Außer diesen Geschichten wussten meine Eltern natürlich auch, dass einige der Dinge, die ich Anton in Anfällen geistiger Umnachtung über mich erzählt hatte, definitiv nicht stimmten. Und sie würden mich garantiert auffliegen lassen. Denn ich hatte niemals in den Ferien als Rettungsschwimmerin gejobbt, noch war ich schleswig-holsteinische Vize-Jugendmeisterin im Schach gewesen, noch hatte ich jemals in einer Band gesungen.

Ich hörte meine Mutter schon lachen: »Constanze und singen? Da ist ja unsere Berta musikalischer.« Berta war eine Kuh.

Ich wusste gar nicht so genau, wie es überhaupt hatte passieren können, dass ich Anton so was über mich erzählt hatte. Es war sozusagen im Affekt geschehen, als ich das dringende Bedürfnis gehabt hatte, Emily zu beeindrucken. Außerdem neigte ich dazu, ganz spontan Lügengeschichten zu erfinden, das war beinahe wie ein angeborener Reflex. Bis jetzt war ich aber noch nicht dazu gekommen, Anton dieses seltsame Phänomen zu erklären. So glaubte er zum Beispiel wirklich, ich hätte mein Psychologiestudium bis zum Diplom durchgezogen und wäre eine großartige Schwimmerin. Aber das einzig Positive, das ich über meine Schwimmkünste sagen konnte, war, dass ich im Badeanzug ziemlich gut aussah, jedenfalls, solange ich nicht schwamm. Das Psychologiestudium hatte ich wirklich bis zum Diplom durchgezogen, aber dann auf die Prüfungen und die Diplomarbeit verzichtet. Nicht, dass ich bei Anton das Gegenteil behauptet hätte, aber er nahm aus irgendwelchen Gründen wie selbstverständlich an, dass »Ich habe Psychologie studiert« dasselbe war wie »Ich bin Diplompsychologin«. Ich wartete immer noch auf eine gute Gelegenheit, ihm die Wahrheit schonend beizubringen, ohne dabei wie eine notorische Lügnerin dazustehen.

Ich wartete auch noch auf eine gute Gelegenheit, meinen Eltern von Anton zu erzählen, um ehrlich zu sein. Julius hatte es bereits versucht. Er hatte meiner Mutter am Telefon gesagt, dass er mit Anton eine ganz tolle Raumstation aus »Lego« gebaut habe. Aber da hatte ich ihm auch schon den Hörer aus der Hand gerissen.

»Ist Anton Julius' neuer kleiner Freund?«, hatte meine Mutter gefragt, und ich hatte geantwortet: »Also, klein ist er nicht gerade.« Und dann war ich ganz schnell auf das Wetter zu sprechen gekommen, darüber sprach meine Mutter mit mir ohnehin am liebsten. Über das Wetter und über das Raucherbein von Tante Gerti.

»Was macht Frauen glücklich?«, fragte Trudi wieder, diesmal ein bisschen ungeduldiger.

»Die, ähm, Kraft der positiven Gedanken?«, schlug ich vor, denn Trudi war eine glühende Anhängerin esoterischer Ideen. Auf meinem Nachttisch stapelten sich die Bücher, die sie mir ständig aufdrängte: *Bestellungen beim Universum, Magische Alltagsrituale zur Verbesserung des Karmas, Transzendenz durch Schama-nismus, Erfolgreich durch Selbstbetrug* und so weiter und so fort. »Die Fähigkeit, alles in rosarotem Licht zu sehen?«

Anton besaß diese Fähigkeit. Er war offensichtlich felsenfest davon überzeugt, dass sich die Probleme mit Emily von ganz allein geben würden.

»Sie muss sich nur erst an die neue Situation gewöhnen«, meinte er. »In ein paar Wochen seid ihr beste Freundinnen. Sie wird dich dann genauso gern mögen wie du sie.«

Das Problem war, dass ich Emily leider kein bisschen mochte. Ich versuchte es, aber es gelang mir einfach nicht. Natürlich konnte ich das Anton unmöglich sagen.

»Nein«, sagte Trudi und strahlte mich an. Offensichtlich hatte sie beschlossen, mich nicht länger auf die Folter zu spannen. »Es sind – Schuhe!«

»Schuhe? Mit irgendwelchen Magnetsohlen, die die Erdstrahlen absorbieren?«

»Quatsch«, sagte Trudi. »Einfach schicke Schuhe. Schuhe machen Frauen glücklich.«

»Ach.« Unwillkürlich sah ich hinab auf meine neuen schwarzen Slipper mit der verschnörkelten silbernen Schnalle. Ich hatte schon vier Paar schwarze Schuhe, aber dieses hier hatte mich aus dem Schaufenster heraus so freundlich angelacht …

»Es ist wahr«, sagte Trudi. »Durch tolle Schuhe wird jede Frau zu einem vollkommenen Menschen, vollkommen und glücklich.«

Na ja. Das war vielleicht ein bisschen banal, aber es war was Wahres dran. Schickt eine schlecht gelaunte Frau mit einem Zweihundert-Euro-Schein in ein Schuhgeschäft, und sie kommt garantiert gut gelaunt wieder heraus.

»Wenn man die Welt also wirklich verbessern will, sollte man einen Schuhladen aufmachen«, sagte Trudi.

»Das ist nicht mal eine schlechte Idee«, sagte ich. »Allein schon wegen der Prozente, die man in seinem eigenen Laden kriegen könnte.«

Trudi umarmte mich. »Dann ist es also abgemacht: Die Mütter-Mafia eröffnet einen Schuhladen in der Insektensiedlung.«

»Äh«, sagte ich.

»Ich habe die Idee, du hast das Geld, und Mimi hat das Knowhow. Anne kann vielleicht nach der Geburt des Babys als Teilzeitverkäuferin einsteigen, wenn sie will.«

Ich war wie immer vollkommen überrumpelt von Trudis enormem Tempo, aber schlau genug, um nicht sofort einen Haufen Gegenargumente aus der Tasche zu ziehen. Bemerkungen wie »Meinst du nicht, du bist ein wenig voreilig?«, brachten Trudi regelmäßig auf die Palme.

»Jetzt müssen wir nur noch warten, bis das Universum uns einen passenden Laden schickt«, sagte sie.

»Ja, genau«, sagte ich. Bis das Universum das tat, würde Trudi längst wieder eine neue, weltbewegende Idee haben, für die sie mich als Investor vorgesehen hatte, da war ich mir ganz sicher. Ich musste aber zugeben, dass ein Schuhladen die bisher beste Idee war, viel besser als ein »Tempel des Lichts«, ein »Bio-Danza-Zentrum« oder eine Praxis für »Chakrenstimmulation durch Edelsteine«.

Ich hatte übrigens wirklich relativ viel Geld, und das einfach nur, weil ich mich hatte scheiden lassen. Mein Exmann Lorenz war nicht nur ein recht gut verdienender Oberstaatsanwalt, sondern hatte auch noch diverse kinderlose Verwandte sowie seine Eltern beerbt. Zwei der Onkel waren so nett gewesen, mich in ihrem Testament zu berücksichtigen, und Lorenz hatte mit dem vielen Geld an der Börse spekuliert – alles während unserer sogenannten »Zugewinngemeinschaft«. Hatte man selber kein Erbe zu erwarten, weil die sechzig Milchkühe mitsamt dem Hof und den Ferienwohnungen bereits dem kleinen Bruder überschrieben worden waren, war »Zugewinngemeinschaft« das Wort der Stunde, ganz im Gegensatz zu »Gütertrennung«. Ich konnte »Zugewinngemeinschaft« wirklich wärmstens weiterempfehlen, vor allem, wenn der Ehemann was von Aktien verstand. Und Anton konnte ich natürlich auch empfehlen, er war mein Scheidungsanwalt und hatte mir nicht nur die Hälfte des Zugewinns gesichert, sondern auch noch eine stattliche Summe von etwas, das sich »Versorgungsausgleich« nannte. Nelly und Julius, unsere Kinder, hatte ich mitnehmen dürfen, da war mein Exmann viel großzügiger gewesen als mit seinen Investmentfonds. Das mochte daran gelegen haben, dass er bereits einige Monate vor unserer Trennung ein umwerfend schönes und auch noch intelligentes Fotomodell namens Paris (sprich: »Pärris«) kennen gelernt hatte und von einem Leben träumte, in dem ein Kleinkind und eine pubertierende Tochter nur störten.

Natürlich war ich am Boden zerstört gewesen, als Lorenz mich abservierte, aber mittlerweile war mir klar, dass es das Beste war, was mir passieren konnte. Dank Lorenz hatte ich ein neues Leben, ein neues Haus, neue Nachbarn, neue Freundinnen – und Anton.

Lorenz hatte Paris, das umwerfend schöne und intelligente Fotomodell, und hätte auch glücklich und zufrieden sein müssen. Aber seit Paris mit Zwillingen schwanger war, hatte ich den Eindruck, dass er ein wenig mit seinem Schicksal haderte. Er war uns ja gerade erst losgeworden, um ein Leben ohne Verantwortung und voller Spontaneität, Spaß und Sportwagen zu führen. Mit Zwillingsbabys konnte er das für die nächsten zehn bis zwanzig Jahre getrost vergessen. Eine gewisse Schadenfreude konnte ich mir daher manchmal nicht verkneifen.

Aber auch in meinem neuen Leben gab es ja durchaus den ein oder anderen Wermutstropfen.

Emily. Meine Eltern. Golf.

Nein, das ist kein Druckfehler, ich meinte wirklich Golf, nicht Rolf oder Wolf, die vielleicht bei anderen Leuten für Probleme sorgen. In Antons Familie spielten alle Golf. Und alle Freunde und Bekannten von Anton spielten ebenfalls Golf. Sogar Emily spielte Golf, mit ganz niedlichen kleinen Schlägerchen, Handschühchen und einer putzigen karierten Schirmmütze.

Anton war überzeugt davon, dass allen Menschen,

die nicht Golf spielten, ein grundlegendes Element zu einem erfüllten Leben fehlte, und deshalb hatte er mir einen Schnupperkurs in seinem Golfclub geschenkt. Ich hatte mir sofort eine putzige karierte Schirmmütze gekauft mit dazu passenden Hosen. Aber das hatte nichts genutzt: Von allen Teilnehmern war ich mit Abstand die talentfreiste gewesen. Die einzige, der sich die Regeln nicht erschlossen hatten. Die einzige mit karierten Hosen. Und die einzige, die dem Trainer den Golfschläger in die Kniekehlen gedonnert hatte. Aus Versehen natürlich, auch wenn er das nicht zu glauben schien.

»Und? Hat es Spaß gemacht?«, hatte Anton mich gefragt, als ich nach Hause gekommen war.

Die korrekte Antwort wäre »Nein« gewesen. Aber ich brachte es einfach nicht übers Herz, Anton zu enttäuschen. Außerdem wollte ich nicht undankbar wirken. Also lächelte ich und sagte, dass ich es toll gefunden hätte.

Das war ein dummer Fehler gewesen. Denn jetzt hatte Anton mich für einen weiteren Kurs angemeldet: *Zur Platzreife in nur vierzehn Trainingstagen.*

Aber niemand konnte mir Schwarzseherei nachsagen: Ich hatte mir von meiner Freundin Mimi jede Menge Schläger geliehen und ein Buch mit dem Titel *Golf für Dummies* bestellt. Und ein Paar hübsche Golfschuhe. Aus Liebe zu Anton würde ich mich da schon durchbeißen.

Das Unangenehme an den Elternabenden im Kindergarten ist, dass man stundenlang auf den winzig kleinen Stühlchen der Kinder sitzen muss. Wenn man wie ich einen Meter achtzig groß ist und Beine hat, die einem bis unter die Achseln reichen, ist es besonders schwierig, eine bequeme und dennoch schickliche Position zu finden. Da ich keinen Bandscheibenvorfall erleiden wollte, blieb mir nichts anderes übrig, als meine Riesenfüße bis in die Kreismitte vorzuschieben, wodurch alle Anwesenden ausgiebig Gelegenheit hatten, meine neuen Schuhe zu bewundern. Wirklich hübsche Schuhe erkennt man übrigens daran, dass sie auch noch in Größe 42 gut aussehen.

»Hallo«, sagte ich zu der Mutter links neben mir. »Ich bin Constanze. Die Mutter von Julius.«

»Hallo«, sagte die Frau und lächelte mich an. Sie hatte es geschafft, ihre Beine elegant übereinandergeschlagen. »Ich bin die Mami von Dennis, dem mit den *Toff-Tog*-Klamotten.«

»Ach, Dennis ist doch der, der immer alle beißt«, erwiderte ich. Julius und sein Freund Jasper berichteten mir täglich von Dennis' Beißattacken. Er biss nicht nur die Kinder und die Erzieherinnen, sondern auch in die Tischplatte und die Wassergläser, und das fanden die Kinder komisch.

Dennis' Mutter stellte abrupt das Lächeln ein. »Das macht er nur, weil er sich nicht anders ausdrücken kann«, fauchte sie und drehte sich beleidigt weg.

Ach herrje, ich hatte sie doch gar nicht beleidigen wollen. Ich hatte nicht mal die Absicht, ihr Vorwürfe zu machen, weil ihr kleiner *Toff Tog* (mangels anderer Ausdrucksmöglichkeiten, wie ich ja jetzt wusste) meinem Sohn das halbe Ohr abgebissen hatte. Ich meine, so was kommt halt vor unter Kindern. Aber vielleicht sollte ich nachher mal anregen, dass die Erzieherinnen bedürftigen Kindern wie Dennis ein paar saftige Schimpfwörter beibrachten, damit sie nicht mehr gezwungen waren zu beißen.

»Und jetzt, liebe Kinder, lockern wir mal unsere Unterkiefer und rufen alle zusammen: *Blö-der Af-fen-arsch!* Ja, toll, das könnt ihr doch schon sehr gut. Und noch einmal alle: Blö …«

»Zu Punkt eins«, sagte Frau Siebeck, und die Hälfte der Anwesenden seufzte tief. Wie immer, wenn ein neues Kindergartenjahr begonnen hatte, stand die »Getränkefrage« auf der Tagesordnung. Die neuen Eltern wurden darüber informiert, dass es ganz und gar verboten war, dem Kind Flüssiges von zu Hause mitzugeben, erst recht dann, wenn es sich um Apfelsaft handelte.

»Die Kinder bekommen hier ungesüßten Früchtetee oder Wasser so viel sie wollen«, sagte Frau Siebeck. »Es ist nicht gut für das Gemeinschaftsgefühl, wenn jedes Kind etwas anderes in einer eigenen Trinkflasche mitbringt.«

Es entspann sich die übliche Diskussion darüber, ob man, um drohender Dehydrierung entgegenzuwirken, der armen, den Geschmack von purem Wasser nun mal seit der Geburt verabscheuenden Ella nicht wenigstens Apfelschorle anbieten könne, wenn sie verspräche, immer direkt die Zähne zu putzen, und dass Kombucha-Getränke nachweislich die Konzentration förderten, während man so etwas von Früchtetee noch nie gehört habe, und so weiter und so weiter.

Meine Freundin Anne, die Mutter von Julius'

Freund Jasper, grinste mir von der gegenüberliegenden Seite des Stuhlkreises aus zu und verdrehte die Augen. Sie trug wie immer ausgebeulte Jeans, und auf ihrem T-Shirt prangte ein heller Fleck, vermutlich Zahnpasta. Ihre braunen Locken hatte sie zu einem Pferdeschwanz zusammengebunden, und sie war ungeschminkt. Das heißt, am Morgen hatte sie sicher Wimperntusche aufgetragen, diese aber im Laufe des Tages rund um die Augen verteilt, bis nur noch ein schwacher, dunkelgrauer Schatten zu sehen war. Im Kontrast zu ihrer extrem nachlässigen Aufmachung registrierte ich aber ein Paar brandneue silberne Riemchensandaletten mit einem anmutigen Absatz.

»Apfelschorle enthält jede Menge Calcium«, sagte Ellas Mutter. »Was wiederum sehr wichtig für Ellas Knochenwachstum ist.«

Frau Siebeck sagte, dass es Ella und den anderen Kindern freistünde, am Nachmittag so viel Apfelschorle und Kombucha-Getränke zu sich zu nehmen, wie sie wollten, und Frauke Werner-Kröllmann, die Vorsitzende des Elternrates, sagte: »Der Früchtetee ist aus biologisch-dynamischem Anbau.«

Das schien Ellas Mutter und den Mann, der für die Einführung von Kombucha plädiert hatte, ein wenig zu besänftigen.

»Aber Elton mag nur Capri-Sonne«, sagte eine Frau, deren Popo ein wenig zu groß für das Kinderstühlchen war.

Ein Raunen ging durch die versammelte Elternschaft. Hatte die Frau wirklich *Capri-Sonne* gesagt? Frauke Werner-Kröllmann griff sich an ihren kugelrunden Bauch, gut möglich, dass der Schock über das Gehörte vorzeitige Wehen ausgelöst hatte. Selbst Frau Siebeck schien den Faden verloren zu haben. Capri-Sonne – das war in all den Jahren noch nie vorgekommen.

Schweigen dehnte sich im Raum aus, und die Elton-Mutter rutschte unruhig auf ihrem Stühlchen hin und her.

»Dann wird Elton eben lernen, etwas anderes als Capri-Sonne zu trinken«, sagte die Frau, die rechts neben mir saß, in energischem Tonfall. »Und ich wäre sehr dankbar, wenn wir nun endlich zum nächsten Tagesordnungspunkt übergehen könnten, denn ich habe nur bis halb zehn einen Babysitter.«

»Aber …«, sagte Eltons Mutter.

Meine energische Nachbarin fiel ihr ins Wort: »Kein aber! Capri-Sonne ist schlecht für die Zähne, also seien Sie froh, dass das Kind hier im Kindergarten die Gelegenheit hat, seine schlechte Angewohnheit abzulegen. Wenn wir jetzt bitte fortfahren dürften!«

Eltons Mutter schlug eingeschüchtert die Augen nieder, und der Kombucha-Mann klatschte Beifall. Auch ich war schwer beeindruckt.

Während Frau Siebeck über das anstehende Herbstfest redete und nach Freiwilligen für den Ausschank der Kürbissuppe fragte, beugte ich mich zu meiner Nachbarin hinüber.

»Das haben Sie gut gemacht«, sagte ich. »Normalerweise dauert die Getränkediskussion bis nach neun. Und dann geht das Gleiche noch mal mit den Brotbelägen los, und die Elternschaft teilt sich in Gegner und Befürworter der Bärchenwurst.«

Die Frau schnaubte durch ihre Zähne. »Mit solchen Diskussionen verschwendet man nur meine kostbare Zeit. Ich bin für klare Ansagen und das Einhalten von Regeln.« Sie streckte mir ziemlich zackig ihre Hand hin. »Gestatten: Hitler!«

Ich kicherte. Humor hatte sie auch noch. Die Frau gefiel mir.

Herzhaft schüttelte ich ihre Hand. »Freut mich. Mussolini mein Name! Auch ich bin für das totalitäre Regime.«

»Wie bitte?« In den Augen der Frau las ich Verwirrung. Und als Frau Siebeck im gleichen Augenblick fragte: »Frau Bauer, Frau Hittler, möchte eine von Ihnen den Kuchenstand übernehmen?«, wusste ich auch, warum.

Herrje! Die arme Frau hieß *wirklich* Hitler. Wie blöd von mir. Über so einen Namen machte doch niemand Scherze. Hittler mit zwei t, wie ich später auf der Anwesenheitsliste las.

Vor lauter Schreck verpflichtete ich mich, den Kuchenstand zu übernehmen, und starrte den Rest des Abends peinlich berührt vor mich hin. Weder die Mama von Dennis dem Beißer noch Frau Hittler würdigten mich mehr eines Blickes.

Vor der Kindergartentür schüttelte ich meine steifen Beine und suchte in meiner Tasche nach dem Schlüssel für das Fahrradschloss.

»Das hätten wir überstanden«, sagte Anne.

»Ja«, sagte ich. »Und zwar in Rekordzeit. Dank Hittler.« Frau Hittler unterhielt sich auf dem Parkplatz mit Frauke Werner-Kröllmann. Sie waren beide mit dem gleichen silbermetallicfarbenen Familien-Van gekommen, die sich nur durch den Aufkleber mit der Aufschrift *»Muttermilch – die Wissenschaft kennt nichts Besseres«* unterscheiden ließen, der auf Fraukes Auto pappte.

Anne erriet, was ich dachte. »Ich wette mit dir, dass sie Hittler ganz schnell in ihren obskuren Verein aufnehmen«, sagte sie. Sie meinte die Mütter-Society, das Netzwerk, dem Frauke vorstand.

Unsere Mitgliedschaft hatten sie übrigens abgelehnt. Also hatten wir einen eigenen Club gegründet: die streng geheime Mütter-Mafia. Wir hatten keine Clubsatzung, nur ein Motto: »Einer für alle, alle für einen.« Man musste nicht mal Kinder haben, um Mitglied bei der Mütter-Mafia zu werden: Mimi und Trudi waren kinderlos. Trudi wollte keine bekommen, und Mimi konnte keine bekommen. Anne hatte zwei Kinder, Jasper, der Julius' bester Freund war, und den vierzehnjährigen Max, der in die Parallelklasse meiner Tochter Nelly ging. Wie ich hatte auch Anne sich von ihrem Mann getrennt. Sie lebte nun mit Jo zusammen, der selber eine Tochter in diese Beziehung mit eingebracht hatte. Das Ganze war noch genauso frisch wie die Sache mit mir und Anton, und sie war zusätzlich kompliziert, weil Anne schwanger war und schon im März ein Kind von Jo bekommen würde. Ihr Noch-Ehemann war darüber wenig erfreut.

»Wie läuft's bei dir zu Hause?«, fragte ich. Ich suchte nach einer Überleitung, um ein bisschen jammern zu können.

»Max vermisst seine Laura-Kristin und möchte auch ins Internat, und Jasper will unbedingt eine von diesen superhässlichen Lava-Lampen haben«, sagte Anne.

»Ja, Julius will auch eine Lava-Lampe haben«, sagte ich. »Und Anton will meine Eltern kennen lernen.«

»Das ist doch schön«, sagte Anne.

So etwas konnte nur jemand sagen, der meine Eltern nicht kannte. Aber ich hatte keine Lust, Anne etwas über meine Eltern vorzujammern. Ihre eigenen waren nämlich tot. Also jammerte ich über ein anderes Thema.

»Emily hasst mich«, sagte ich.

»Das wird sich geben«, sagte Anne. Sie hatte gut reden. Jos Tochter Joanne betete Anne an. Sie nannte sie »Mami« und kletterte ihr in einer Tour auf den Schoß. Und sie war ganz entzückend zu Annes Söhnen. Niemals wäre sie auf die Idee gekommen, Jasper zu erzählen, dass man ihm bereits einen Sarg bestellt habe, weil sein Gehirn schrumpfe.

Ich seufzte. »Das sagt Anton auch.«

»Man muss den Kindern einfach ein bisschen Zeit geben«, sagte Anne. »So eine Patchworkfamilie erfordert viel Fingerspitzengefühl.«

»Hm, ja, wahrscheinlich.«

»Und ich wette, Nelly macht es Anton auch nicht gerade leicht«, sagte Anne.

»Ach, sie ist eigentlich ganz nett zu ihm.« Das war eine Tatsache, die mich im Grunde selber erstaunte. Nelly neigte nämlich nicht unbedingt zu Nettigkeiten. Dass sie mit Anton so freundlich umging, schob ich darauf, dass sie selber gerade glücklich verliebt war. Wahrscheinlich war sie in Gedanken immer nur bei ihrem Kevin. Und nicht nur in Gedanken: Sie verbrachte eigentlich jede freie Minute mit ihm. Das wiederum bereitete meinem Exmann Lorenz große Sorgen.

»Warst du schon mit ihr beim Frauenarzt, um ihr die Pille verschreiben zu lassen?«, hatte er mich neulich erst am Telefon angeschnauzt. »Ich habe keine Lust, noch für ein fünftes Kind zu blechen!«

»Nelly hat mir versichert, dass sie noch keine Verhütung braucht, aber sie hat versprochen, Bescheid zu sagen, wenn es so weit ist«, hatte ich erwidert. »Ich meine, *bevor* es so weit ist.«

»Wenn du dich auf das Wort einer Vierzehnjährigen verlässt, bist du bekloppt«, hatte Lorenz gesagt.

Möglicherweise war ich ja bekloppt, aber noch bekloppter fand ich es, eine Vierzehnjährige zu zwingen, die Pille zu schlucken, obwohl sie noch gar keinen Geschlechtsverkehr hatte. Zumal sie nicht mal Pickel hatte.

»Weißt du was?« Anne lachte, und ich konnte wieder einmal ihre Grübchen bewundern. »In ein paar Jahren schreiben wir beide einen Ratgeber: *Die Patchworkfamilie – 1000 legale Tricks zum Überleben.* Das wird garantiert ein Bestseller.«

»Ja, und dann bekommen wir eine eigene Erziehungs-Ratgeberseite in *Eltern*«, sagte ich. »*Fragen Sie die Mütter-Mafia.* Das heißt, wenn Emily mich bis dahin nicht weggemacht hat.«

»Ach, du wirst dich doch von einer Sechsjährigen nicht unterbuttern lassen!«

Ich war mir da nicht so sicher und schaute betreten zu Boden. Dabei fiel mein Blick auf Annes glitzernde Sandaletten. »Neu?«

»Jahaa«, sagte Anne ein bisschen verlegen. »Sie haben mir vom Schaufenster aus zugewunken. Kauf uns, kauf uns, wir machen dich schön, haben sie geflüstert, und da konnte ich einfach nicht widerstehen. Zumal heute Morgen meine Lieblingsjeans nicht mehr zuging. Die Verwandlung in einen Wal hat begonnen.«

Ich war ein bisschen erleichtert, dass ich nicht die Einzige war, die von Schuhen im Schaufenster angesprochen wurde. Annes Schuhe winkten und flüsterten, meine lächelten.

»Manche schreien auch«, sagte Anne.

Oh, ja, das war richtig. Aber die schreienden Schuhe kaufte ich nie. Ich mochte die zurückhaltenden lieber. Die, deren stilles Lächeln man erst auf den zweiten Blick bemerkte. Das waren meistens auch die, bei denen man fast in Ohnmacht fiel, wenn man den Preis entdeckte.

»Trudi will, dass die Mütter-Mafia einen Schuhladen aufmacht«, sagte ich. »Sie behauptet, Schuhe machen Frauen glücklich.«

»Da hat sie ausnahmsweise mal recht«, sagte Anne. »Diese Sandaletten haben heute meinen Tag gerettet.«

»Trudi sagt, mit einem Schuhladen könne man die Welt verbessern. Sie wartet nur noch, dass das Universum uns das passende Ladenlokal vom Himmel wirft.«

Anne zog ihre Stirn kraus. »Haushaltswaren Moser im Rosenkäferweg macht dicht. Ich habe dort heute ein Salatschüssel-Set zum Ausverkaufspreis erstanden.«

»Oh, wirklich?!« Das Ladenlokal von Moser hatte noch diese wunderbaren Schaufenster, die in einem Viertelkreis auf die Eingangstür zuschwangen. Und wenn man sich Mosers klobige Leuchtreklame wegdachte ... Ich räusperte mich. »Sicher stehen dort die Leute Schlange wegen einer Übernahme.«

»Ja, bestimmt«, sagte Anne sofort. »Der Rosenkäferweg ist ja auch eine super Lage für ein Geschäft. Unwahrscheinlich, dass der Laden noch zu haben ist.«

Wir schwiegen ein paar Sekunden.

»Ein Schuhladen also«, sagte Anne. »War das wirklich Trudis Idee?«

Ich nickte.

»Ich sage es ja ein bisschen ungern, aber die Idee gefällt mir«, sagte Anne. »Ich meine, hier in der Siedlung gibt es ja kaum Konkurrenz. Nur diesen überteuerten Hänsel-und-Gretel-Kinderschuhladen und die Gesundheitsschuhabteilung vom Sanitätshaus Hermanns.«

»Das stimmt«, sagte ich.

»Aber natürlich habe ich schon einen Job«, sagte Anne. Sie war Hebamme von Beruf. »Und wer weiß, ob man mit Schuhen überhaupt Geld verdienen kann.«

»Genau«, sagte ich. Wieder schwiegen wir eine Weile. »Auf der anderen Seite, wenn man es richtig gut aufzieht ... – Schuhe braucht schließlich jeder.«

»Also, man könnte ja mal mit Moser reden«, sagte Anne. »Vielleicht hat er ja noch nicht entschieden, wem er den Laden übergibt. Ich meine, so ganz unverbindlich nachfragen kostet ja nichts.«

Ich nickte nur. In Gedanken schob ich bereits die Toaster, Mixgeräte, Joghurtbereiter und Salatbestecke aus Mosers Schaufensterauslage beiseite und stellte stattdessen Schuhe hinein: glitzernde

Riemchen-Sandaletten, hochhackige Pumps, bestickte Ballerinas, weiche Wildlederstiefel – lauter glücklich machende Schuhe. Plötzlich war mir danach, die Welt zu verbessern.

FRAGEN SIE DIE PATIN

Die exklusive Familienberatung der streng geheimen Mütter-Mafia

Liebe Mütter-Mafia, ich erziehe meine Kinder frei von Zwängen und Einschränkungen. Ein Beispiel zum besseren Verständnis: Dennis (3) möchte nur in die Badewanne, wenn sein Bobby-Car mit hineindarf. Ja, warum denn auch nicht? Wo steht denn geschrieben, dass ein Bobby Car nicht in die Badewanne darf? Leider ecke ich mit meinen unkonventionellen Methoden mehr und mehr an. So wird zum Beispiel die Tatsache, dass Dennis in Konfliktsituationen seinem Instinkt folgt und lieber beißt, als sich auf Diskussionen einzulassen, von den Müttern der gebissenen Kinder und zunehmend auch von den Erzieherinnen als Verhaltensstörung verkannt. (Ich möchte noch erläuternd hinzusetzen, dass die Wunden harmlos sind, schnell verheilen und fast nie bluten.) Was kann ich gegen diese Diskriminierung unternehmen?

Ihre Carola Heidkamp

Liebe Frau Heidkamp!
Vorneweg: Ich finde es wunderbar, dass Sie sich über Konventionen hinwegsetzen und den Kindern eine kreative Gestaltung des Alltags ermöglichen. Vielleicht wären Sie ja bereit, für unser geplantes Erziehungsratgeber-Buch das Kapitel »Baden mit Bobby-Car« zu übernehmen?

Zum Thema Konfliktbewältigung durch Beißen: Auch wenn es mir fernläge, Ihren Dennis wegen seines instinkthaften Verhaltens in Konfliktsituationen zu diskriminieren, so glaube ich doch, dass diese Handlungsweise mit zunehmender Bestückung des Milchgebisses abnehmen und Alternativen weichen sollte. Ein Ja zum Beißen würde konsequenterweise auch ein Ja zu Hauen, Boxen, Schubsen, Kratzen und an den Haaren ziehen bedeuten, und die Kinder könnten nur noch mit einer Eishockey-Torwart-Ausrüstung miteinander spielen. Wo will man hier die Grenzen ziehen? Was ist mit Kindern, die eine Konfliktsituation instinktiv mit der Kettensäge ihres Vaters austragen wollen?

Nein, um Alternativen kommen wir hier nicht herum.

Nehmen wir dafür ein Beispiel aus Dennis' Kindergartenalltag: Ein Kind spielt mit einem Spielzeug, das Dennis gerne haben würde.

Altes Verhaltensmuster: Dennis beißt das Kind so lange und so fest, bis das Kind das Spielzeug loslässt und medizinischer Versorgung bedarf. Ergebnis: Dennis hat zwar sein Ziel erreicht, sein Verhalten provoziert aber negative Aufmerksamkeit der Erzieherinnen.

Bieten Sie Ihrem Kind deshalb ganz zwanglos neue Verhaltensmuster an: Dennis bittet das Kind, das Spielzeug mit ihm zu teilen, Dennis sucht sich ein anderes Spielzeug, Dennis fragt, ob er das Spielzeug haben kann, wenn das Kind damit fertig ist.

Aber ich sehe Sie schon den Kopf schütteln, und Sie haben recht: Das sind wohl eher konventionelle Vorschläge, die man in Büchern findet, die auch dem Baden mit Bobby Cars wenig aufgeschlossen gegenüberstehen.

Raffiniertere Methoden der Konfliktbewältigung wären daher: Dennis bittet das Kind, ihm das Spielzeug zu geben. Er kann dieser Bitte mit Sätzen wie »Sonst beiße ich dir die Nase ab« zusätzlich Gewicht verleihen, sollte sich dabei aber außerhalb der Hörweite der Erzieherinnen befinden. Oder: Er bittet die Erzieherin um das Spielzeug mit dem Hinweis, das andere Kind habe es ihm weggenommen. Oder: Er ergattert das begehrte Spielzeug durch Bestechung. Hier bietet es sich an, dem Kind jeden Morgen die Hosentaschen mit Gummibärchen zu befüllen.

In Dennis' Alter greift das Prinzip »Lernen durch Imitation«, also seien Sie dem Kind einfach ein leuchtendes Vorbild, hinterhältig, raffiniert und manipulativ, dann wird er das Beißen nicht mehr nötig haben.

Vielleicht findet Dennis ja auch Gefallen an einem unserer Selbstverteidigungskurse für schüchterne Kinder: Für »Wir basteln einen Molotowcocktail für den Kindergarten« und »Würgen, richtig gemacht« sind noch Plätze frei.

Ich hoffe, Ihnen ein wenig weitergeholfen zu haben und grüße aus dem Untergrund

Ihre Constanze Ba – äh
Die Patin

* * * THE SECRET OF KINDERERZIEHUNG

– endlich entschlüsselt:
Man kann Kinder überhaupt nicht erziehen,
sie machen einem sowieso alles nach.

Willkommen auf der Homepage der

Mütter-Society,

dem Netzwerk für Frauen mit Kindern.

Ob Karrierefrau oder »nur«-Hausfrau,
hier tauschen wir uns über Schwangerschaft
und Geburt, Erziehung, Ehe, Job, Haushalt
und Hobbys aus und unterstützen uns
gegenseitig liebevoll.

Zutritt zum Forum nur für Mitglieder

28. September

In meiner Aufgabe als neue Obermami der Mütter-Society möchte ich euch heute mitteilen, dass wir in dieser Woche drei Neubewerbungen vorliegen haben. Eine davon haben Frauke und ich sofort abgelehnt. Es handelt sich um Elke Lehmann, und ich denke, wir haben da in eurem Sinne gehandelt, denn niemand hier will wohl Mitglieder, die a) ihrer Tochter eine Schultüte GEKAUFT haben, b) Nutella aufs Schulbrot schmieren und c) einen scheußlichen Nagelpilz haben und trotzdem Sandalen tragen.

Die anderen beiden Bewerbungen möchten wir hiermit zur Diskussion stellen: Die erste

Bewerberin ist Sibylle Hittler vom Maklerbüro Hittler und Kamps, die erst im Sommer mit ihrer Familie in die Siedlung gezogen ist. Auf Frauke und mich macht sie einen sehr vernünftigen ersten Eindruck. Die zweite Bewerberin ist Carola Heidkamp, die Mami von Dennis und Lukas, die einige von euch sicher noch aus der Herr Nilsson-Gruppe kennen. Lukas ist der, der Sophie letztes Jahr so übel mit der Bastelschere attackiert hat, was eure Entscheidung aber keinesfalls beeinflussen sollte.

Frauke und ich warten gespannt auf eure Rückmeldungen.

Falls jemand an unserem Haus vorbeigekommen ist und sich gewundert hat, dass man wieder durch unsere Fenster schauen kann: Das ist das Werk von Dascha, der neuen russischen Putzfrau. Der Nachname ist unaussprechbar, aber diese Frau putzt, als würde sie dafür bezahlt. Wird sie natürlich auch, aber der Stundenlohn ist für deutsche Verhältnisse ein echter Witz. Ich versuche, Jürgi zu überreden, sie öfter kommen zu lassen, denn sie putzt das Klo auch an Stellen, wo es noch nie geputzt wurde. Und sie ist so dankbar. Ihr hättet ihre Freudentränen sehen sollen, als ich ihr ein paar von Sophies zu klein gewordenen Sachen geschenkt habe und den Dampfkochtopf mit dem defekten Ventil.

Bin bester Stimmung: Beryl hat heute Nacht zehn Stunden am Stück geschlafen, wodurch ich heute automatisch fünf Jahre jünger aussehe.

Ausgeschlafene Grüße von

Sonja

28. September

Da bin ich aber echt supi froh, dass ihr Elke Lehmann abgelehnt habt. Sie ist Patientin bei meinem Männe und uns immer noch das Geld für zwei Kronen und ein Bleaching schuldig. Wir haben sogar das Inkasso-Unternehmen eingeschaltet. Es wäre furchtbar, wenn ich ihr hier in der Mütter-Society gegenübertreten müsste und sie mich mit den unbezahlten Kronen dreist angrinsen würde. Aber natürlich ist das alles top secret, ich weiß gerade nicht, ob solche Sachen nicht unter die zahnärztliche Schweigepflicht fallen. Der Nagelpilz ist mir noch nie aufgefallen, ist ja eklig!

Zur Aufnahme von Carola Heidkamp: Ihr Dennis hat meinen Timmi schon elfmal gebissen, davon zweimal so, dass es geblutet hat. Einmal hat dieses Monster sogar ein Loch in Timmis Esprit-T-Shirt gebissen. Die Mutter meinte daraufhin nur, das wäre mit Toff-Tog-Klamotten niemals passiert. Ihr Mann kommt da offenbar zum Einkaufspreis dran, und sie bildet sich wer weiß was darauf ein. Ich habe ihr gesagt, dass mein Mann Zahnarzt ist und dass wir uns alles zum Ladenpreis leisten könnten, da war sie dann still. Sibylle Hittler kenne ich leider nicht. Ich schaue aber mal in unserer Patientenkartei nach, denn wie mein Männe immer sagt: Den Charakter eines Menschen kannst du am besten an seinen Zähnen erkennen.

Sonja, du Glückliche! Zehn Stunden am Stück! Mein Jimmi muss in der Nacht zweimal gestillt und jedes Mal mindestens eine halbe Stunde he-

rumgeschleppt werden, weshalb ich auch leider genauso alt aussehe, wie ich bin. Mein Männe sagt zwar immer, ich sähe aus wie das blühende Leben und dass Frauen, die ihre Kinder so jung bekommen wie ich, sich auch wieder vollkommen davon erholen, bevor sie dreißig sind, aber ich fand mich ohne die Augenringe hübscher.
Wahrscheinlich schläft deine Beryl durch, weil du zufütterst, Sonja. Das hält einfach länger vor als Muttermilch. Aber dafür wirst du dann später auch jede Menge Nachteile in Kauf nehmen müssen. Erst kürzlich habe ich wieder gelesen, dass Kinder, die in den ersten sechs Monaten nicht voll gestillt werden, häufiger eine Lese- und Rechtschreibschwäche entwickeln als vollgestillte Kinder.
Mami Ellen

P. S. Vielleicht möchte sich deine russische Putzfrau auch bei uns noch etwas dazuverdienen, Sonja. Frag sie bitte doch mal.

28. September

Ich trete ganz energisch für die Aufnahme von Elke Lehmann ein! Habt ihr vergessen, dass wir in unserer Satzung ausdrücklich stehen haben, dass wir uns gegenseitig unterstützen und gemeinnützig tätig sein wollen? Was läge da näher, als jemandem wie Elke Lehmann dabei zu helfen, eine gute Mutter zu werden, damit sie wenigstens beim nächsten Kind in der Lage ist, eine anständige Schultüte zu basteln? Sicher

gibt es auch ein Mittel gegen Nagelpilz, das wir ihr empfehlen können. Ich schaue gleich mal bei Maria Treben nach.
Mami Gitti

P. S. Bei Haushaltswaren Moser im Rosenkäferweg ist Ausverkauf wegen Geschäftsaufgabe. Ich habe dort einige meiner selbstgetöpferten Aschenbecher und sehr schöne Patchwork-Topflappen in Kommission. Die gibt es jetzt für die Hälfte. Sie eignen sich sehr gut als Weihnachtsgeschenke, das nur so als Tipp.

28. September

Wenn die von der Krankenkasse wollen, dass ich entspannt auf dem Sofa liege und mich und das Ungeborene schone, dann dürfen sie mir aber nicht solche lahmarschigen Pfeifen vorbeischicken, die zu blöd sind, die Spülmaschine einzuräumen, und ausflippen, wenn ein übermütiger Dreijähriger sie gegen das Schienbein tritt. Ich kann sicher nicht ruhig dasitzen und zugucken, wie eine Fremde mit schmuddeligen Händen das Mittagessen für meine Kinder kocht.
Die Krankenkasse hat leider wenig Verständnis für meine Probleme, sie meinen, ich wäre die erste Patientin, die innerhalb einer Woche drei Haushaltshilfen verschlissen hätte. Ich habe gesagt, die Patienten, die diese sogenannten Haushaltshilfen klaglos hinnähmen, müssten schon im Koma liegen.

Meine Nerven sind ohnehin zum Zerreißen gespannt, weil Laura-Kristin täglich weinend aus dem Internat anruft und uns mit Heimwehbriefen bombardiert. Angeblich kriegt sie vor Kummer keinen Bissen runter, und Jan ist schon so weit, sie wieder nach Hause zu holen. Aber erstens zahlen wir ein Schweinegeld für dieses Schulhalbjahr, egal, ob wir sie wieder nach Hause holen oder nicht, und zweitens wird sie so auf jeden Fall endlich ihren Babyspeck los. Ich würde mir ewig Vorwürfe machen, wenn ich ihr diese einmalige Chance nähme.

Aber genug gejammert. Obwohl ich auch aus den genannten Gründen gegen die Aufnahme von Elke Lehmann bin (Gitti: Gegen Nagelpilz hilft gar nichts, wenn man ihn einmal hat, hat man ihn für immer!), muss ich Gitti in einem Punkt recht geben: In letzter Zeit haben wir von der Mütter-Society unseren Fokus zu wenig auf die gemeinnützigen Projekte gelegt.

Aber ich habe da schon eine Idee: Wie ihr ja wisst, ist meine Schwester Ulrike Konrektorin an der Gesamtschule, und sie hat mir einen interessanten Vorschlag gemacht. Ihr kennt doch sicher alle das Big Sister-Programm aus den USA, das auch bei uns in Deutschland Schule macht. Engagierte Frauen übernehmen dabei eine Art Patenschaft für ein Mädchen aus sozial schwächeren Schichten. Wäre das nicht auch etwas für uns? Jede von uns könnte ein Mädchen aus einer benachteiligten Familie unter ihre Fittiche nehmen und so dem Leben des Kindes eine ganz neue Perspektive geben. Wir bräuchten uns auch gar

nicht an die Big Sister-Organisation zu wenden, sondern könnten die Sache gleich selber in die Hand nehmen: Meine Schwester kennt in der Gesamtschule genug Kinder, die von einem solchen Programm profitieren könnten. Was meint ihr?
Es grüßt vom Sofa
Mami Frauke

P. S. Ellen und Sonja: Ich finde, es muss jeder selber entscheiden, ob er zufüttert oder nicht. Ich würde mir zwar eher die linke Hand abhacken, als meinem Kind so früh schon laktosehaltige Nahrung zuzuführen, aber richtig stillen will eben auch gelernt sein.

29. September
Frauke, deine Idee mit einem Mütter-Society-Big-Sister-Programm finde ich wirklich supi schön. Mein Männe meint zwar, das sei totaler Quatsch, und diese Leute blieben lieber unter sich, aber ich denke, es wäre einfach wunderbar für Kinder aus asozialen Familien, mal mit Bildung und Kultur in Berührung zu kommen und wenigstens einmal in der Woche unter Menschen zu sein, die sich nicht betrinken, beschimpfen oder mit Messern bedrohen. Ich melde mich hiermit für ein gesundes kinderliebes vierzehn- bis fünfzehnjähriges Mädchen an.
Begeisterte Grüße von
Mami Ellen

P. S. Wenn das klappt, brauche ich deine russische Putzfrau doch nicht, Sonja.

29. September

War vier Tage auf einem Pharmakongress am Genfer See und bin total geschafft. Es ist aber schön, nach Hause zu kommen, wenn einen Mann und Kinder so sehnsüchtig erwarten. Wibeke hat mir einen so goldigen Brief geschrieben, kein einziger Rechtschreibfehler, und dabei ist das Kind erst sechs Wochen in der Schule. Nächste Woche ist sie zu einem Test angemeldet, damit ihre Hochbegabung endlich mal angemessen gefördert werden kann. Im Kindergarten bin ich ja mit solchen Anliegen an der Borniertheit von Frau Siebeck abgeprallt. »Es gibt deutlich weniger hochbegabte Kinder als krankhaft ehrgeizige Mütter« – dieser Spruch klingt mir immer noch in den Ohren. Glücklicherweise habe ich Karsta im Montessori-Kindergarten im Schwebfliegenweg untergebracht, wo es aufgeschlossenere Pädagogen gibt.

Fraukes Idee mit den Patenkindern aus benachteiligten Familien finde ich sehr gut. Ich bin gerne bereit, deine Marie-Antoinette unter meine Fittiche zu nehmen, Gitti. Wir würden sie immer sonntags an unseren Familienaktivitäten teilhaben lassen und sie mit fettarmem Essen bekannt machen.

Übrigens bin ich froh, dass ihr diese Schläger-Jungs-Mutter abgelehnt habt, auch wenn sie

günstig an Toff-Tog-Klamotten kommt. Ich finde sowieso Young Versace besser.
Apropos Versace, ich muss jetzt meine Hosen–anzüge zur Reinigung bringen, nächste Woche steht schon wieder ein Kongress an, diesmal in München.
Sabine

29. September

Ich nehme mal stark an, dass du wieder mal einen von deinen gewöhnungsbedürftigen Scherzen gemacht hast, Mami Sabine. Denn es würde wohl niemandem einfallen, mich und meine Marie-Antoinette als benachteiligte Familie zu bezeichnen! Nur weil ich alleinerziehend bin, nicht in Größe 34 passe und als Freiberuflerin in Sachen Handarbeit nicht ganz so üppig verdiene, bin ich ja nicht gleich asozial, nicht wahr? Oder fändest du es komisch, wenn man euch als benachteiligte Familie bezeichnete, nur weil deine Kleinen die ganze Woche einer Kinderfrau und deinem Mann überlassen sind? Einem Mann, der dich bis vor kurzem mit einer anderen Frau betrogen hat, wenn ich mich recht erinnere. Ganz zu schweigen von dem fettarmen Mikrowellen-Fraß, den es bei euch täglich gibt. Oder davon, dass du niemals mit deinen Kindern bastelst! Wir wissen hier doch alle, dass Wibekes Meerjungfrauenschultüte in Wirklichkeit das Werk deiner Kinderfrau ist. Aber wie gut, dass wir alle Humor haben. Hahaha!
Mami Gitti

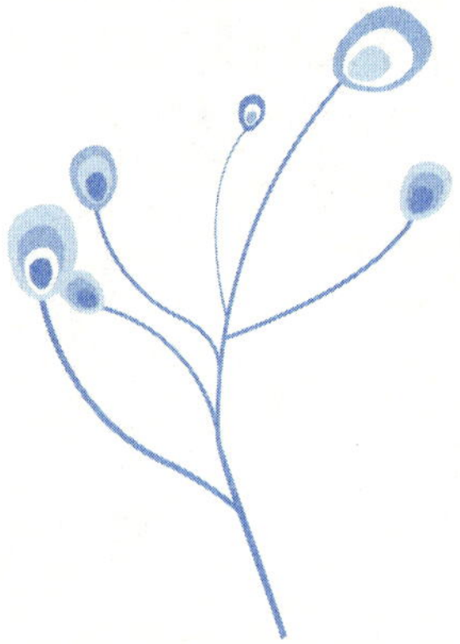

2. Kapitel

Als ich aufwachte, lag Anton neben mir, ganz warm und nackt. Er atmete tief und regelmäßig, und ich rückte näher an ihn heran. Lorenz, mein Exmann, hatte morgens immer einen leicht säuerlichen Geruch ausgeströmt, wie ein Komposthaufen, nicht wirklich furchtbar, aber auch nicht so einladend, dass man sich unbedingt gern hätte an ihn kuscheln wollen. Anton hingegen roch lecker, ein bisschen nach frisch gebackenem Brot. Ich bekam richtig Lust, ihn zu beißen. Stattdessen schlich ich mich auf Zehenspitzen ins Badezimmer, wo ich mir die Zähne putzte, bevor ich mich wieder neben Anton unter die Decke kuschelte. Er sollte ruhig denken, dass ich immer einen minzfrischen Atem hätte, auch morgens ganz früh.

Draußen regnete es, das Wasser tropfte gegen das Fenster, trommelte auf das Dach und gurgelte mit einem heimeligen Geräusch durch die Fallrohre hinab.

Ich überlegte, ob ich Anton wachbei … äh – küssen sollte. In zwei Stunden mussten wir nämlich schon wieder los, die Kinder abholen. Es wäre doch dumm, diese Zeit mit Schlafen zu verschwenden.

»So geht es nicht weiter«, sagte Anton. Ups, er schlief also gar nicht mehr.

»Was meinst du?«

Anton richtete sich auf und sah auf mich herunter. Ich staunte immer, wie gut er direkt nach dem Aufwachen aussah: keine Spur von Tränensäcken oder wirren Haaren. Ich hingegen hatte morgens immer eine Knautschfalte auf der Wange, die erst nach einer Stunde wieder wegging. Ich drehte Anton den unverknautschten Teil meines Gesichts zu.

»Es stört mich, dass ich nur bei dir übernachten kann, wenn Emily bei meiner Mutter ist und deine Kinder bei Wischnewski«, sagte er. Wischnewski war Lorenz' Nachname. Es war auch mal mein Nachname gewesen, aber jetzt hieß ich wieder Bauer, wie meine Eltern.

»Aber wenn die Kinder nicht bei Wisch … – bei Lorenz wären, dann würde Julius schon seit zwei Stunden wach sein und Hase und Reh spielen wollen«, sagte ich.

»Ich komme mir saublöd vor, wenn wir abends gemeinsam essen und ich dann mit Emily wieder nach Hause fahre«, fuhr Anton unbeirrt fort. »Oder umgekehrt. Das ist, als ob wir nur Familie spielen würden.«

»Die Kinder müssen sich erst mal an das alles gewöhnen.« Ich fragte mich, warum ich plötzlich so ein mulmiges Gefühl im Magen hatte. Außerdem roch Antons Atem ganz eindeutig nach Zahnpasta. War er etwa noch vor mir aufgestanden und hatte sich ins Bad geschlichen??? »Sag mal ehrlich, hast du dir schon dir Zähne geputzt?«

»Dieses Hin und Her gefällt mir nicht«, sagte Anton, offensichtlich nicht bereit, über das Mysterium seines frischen Atems zu sprechen. »Und für die Kinder ist das nur verwirrend.«

»Anton, wir … die Kinder …« Ich räusperte mich. Für die Kinder wäre es sicher auch verwirrend, wenn sie Anton am frühen Morgen nackt in meinem Bett finden würden. Jedenfalls noch zum jetzigen Zeitpunkt. »Nach und nach werden wir von ganz allein zusammenwachsen.«

»Solange wir zwei Haushalte führen, werden wir nicht zusammenwachsen«, sagte Anton. »Wie sollen sich die Kinder denn daran gewöhnen, wenn für sie doch alles beim Alten bleibt?«

Na, so wie ich. Ganz langsam. Wenn ich mich an Anton gewöhnt hatte und er sich an mich, mit all meinen Macken, die er ja noch nicht kannte, *dann* konnte man vielleicht über einen nächsten Schritt nachdenken. Indem man zum Beispiel nicht heimlich ins Bad schlich, sondern sich ganz offen und ehrlich die Zähne putzte. Oder Anton meinen Eltern vorstellte und damit riskierte, ihn mit den schwärzesten Episoden meiner Kindheit zu konfrontieren. Mit meinen Konfirmationsfotos. Oder mit Bemerkungen wie: »Wir hatten für Constanze schon jede Hoffnung aufgegeben. Getrennt, alleinerziehend und ohne Arbeit – wir hätten wirklich nicht gedacht, dass sie noch mal einen Dummen findet.« An so etwas musste man sich vorsichtig heranpirschen, Schrittchen für Schrittchen.

Aber Anton machte offenbar viel größere Schritte als ich. Er schien so eine Art Beziehungs-Sieben-Meilen-Stiefel zu tragen.

»Wir kommen um eine Haushaltszusammenlegung nicht herum«, sagte er.

Ich wusste nicht, was ich sagen sollte. Deshalb versuchte ich es mit einem Scherz. »Ich liebe dich auch.«

Anton grinste, ließ sich aber nicht ablenken. »Ich meine es ernst. Wir sollten zusammenziehen. So bald wie möglich.«

Was meinte er? Wie sollte das gehen? Sein Haus war eine Schuhschachtel, und meins war auch nicht viel größer. Vor allem gab es nicht genügend Zimmer. Es wäre Emily wohl kaum zuzumuten, sich mit Julius ein Zimmer zu teilen. Und Julius auch nicht. Allein bei dem Gedanken, ihn unbeaufsichtigt mit Emily in einem Zimmer zu lassen, bekam ich eine Gänsehaut. Vor nicht allzu langer Zeit hatte sie Bonbons mit Mayonnaise präpariert, wohl wissend, dass Julius sich nach dem Genuss von Mayonnaise übergeben musste …

Bei der Erinnerung daran schluckte ich.

Wenn wir zusammenzögen, würde das wohl auch bedeuten, dass Emily bei uns war, während Anton arbeiten ging. Vermutlich war Anton nicht klar, dass ich bei dieser Vorstellung eine Gänsehaut bekam.

Zur Zeit wurde seine Tochter nach der Schule abwechselnd von Antons Mutter Polly und einem Kindermädchen betreut, und ich wusste, dass dieses System Anton Probleme bereitete. Aber an Emilys Schule wurde keine Ganztagsbetreuung angeboten. Wenn das Kindermädchen, eine Studentin, kurzfristig ausfiel, hatte Antons Mutter oft andere wichtige Termine, und Anton blieb nichts anderes übrig, als in der Kanzlei alles stehen und liegen zu lassen, um für Emily da zu sein. Dafür wiederum hatte sein Partner dort wenig Verständnis, und die Mandanten fanden es auch nicht lustig.

Dieses Problem hätte Anton geschickt gelöst, wenn wir zusammenzögen.

In meiner Vorstellung sah ich Emily mit ihren Hausaufgaben an meinem Küchentisch sitzen und mich durchdringend anschauen. »Wenn du nicht weißt, wie viel vierunddreißig geteilt durch drei ist, mache ich dich weg!«

»Hier ist es ja wohl zu eng für uns alle«, brachte ich mühsam hervor. Anton nickte.

»Und bei dir auch«, sagte ich.

»Genau«, sagte Anton. »Wenn wir diese Beziehung auf sichere Fundamente stellen wollen, brauchen wir ein neues Haus. Eins, in dem Platz für alle ist, für uns, die Kinder und die ganzen Katzen.«

Die ganzen Katzen – es waren zwei – kamen gerade zur Tür herein und verlangten laut miauend nach ihrem Frühstück. Da vor allem Berger, der Kater, dazu neigte, einem in die Zehen zu beißen, wenn man seinem Wunsch nicht Folge leistete, stand ich auf und zog mir einen Bademantel über. Senta und Berger strichen schnurrend um meine Beine, während ich versuchte, Antons Worte zu verarbeiten.

Ein neues Haus? In diesem hier wohnte ich gerade mal acht Monate. Ich hatte es renoviert und nach meinen Wünschen gestaltet. Ich liebte das Haus. Ich wollte es nicht gegen ein anderes eintauschen.

»Fünf Schlafzimmer«, sagte Anton. »Die bräuchten wir mindestens, oder willst du noch mehr?«

Ich schüttelte den Kopf. Wir hatten ja bereits fünf Schlafzimmer. Auf zwei Häuser verteilt war das völlig ausreichend. Und was hieß denn »sichere Fundamente«? Zwei Häuser waren für mich sichere Fundamente. Zwei Häuser und ganz viel Zeit, um sich besser kennen zu lernen. Warum zur Hölle hatte Anton es denn so eilig?

»Anton, es gibt so viel über mich, das du noch nicht weißt«, sagte ich. »Wenn wir zusammenzögen, bevor du mich richtig kennst, würdest du das sehr bereuen.«

Anton lächelte. »Das glaube ich nicht. Aber du kannst ja mal eine Liste machen mit allem, was ich noch nicht über dich weiß.«

»Was?«, fragte ich bestürzt. *Lieber Anton! Ich fürchte mich vor deiner Tochter. Ich habe meinen Eltern noch nichts von dir erzählt. Ich hasse Golf. Ich schwimme wie eine Bleiente. Ich …*

»Das war nur ein Scherz«, sagte Anton. »Ich weiß bereits alles über dich, was ich wissen muss. Du bist klug, schön, liebenswert, großzügig, witzig, sexy. Wahnsinnig gut im Bett.«

Ich begann, mich ein wenig zu entspannen. Hätte er gesagt »Ich liebe dich nur, weil du gerne Golf spielst, meine Tochter anhimmelst und früher mal Rettungsschwimmerin warst«, hätte ich mir vielleicht Sorgen machen müssen. Dafür, dass er mich klug, schön und liebenswert fand, würden meine Eltern und Lorenz und noch ein paar andere, die mich kannten, ihm zwar einen Vogel zeigen, aber über Geschmack ließ sich bekanntlich nicht streiten.

Und was meine Leistung im Bett anging: Jahrzehntelang war ich diesbezüglich im Dunkeln umhergetappt, im wahrsten Sinne des Wortes. Meine Erfahrungen mit Männern waren eher spärlich bis gar nicht vorhanden. Und Sex mit Lorenz konnte man haben, musste man aber nicht. Erst als ich Anton kennen lernte, begriff ich, dass es diese berühmte »Chemie« zwischen zwei Menschen wirklich gibt. Bei jeder seiner Berührungen schmolz ich einfach so dahin. Alles, was ich tat, geschah völlig planlos und von ganz allein. Ich staunte manchmal selber über mich. Sollte ich jemals meine Memoiren verfassen, würde darin auf jeden Fall ein Kapitel mit der Überschrift »Mein Coming-Out als Sexgöttin« vorkommen.

In einem der esoterischen Beziehungsratgeber, die Trudi mir ständig aufzwang – *Warum Männer meinen, was sie sagen und Frauen trotzdem was anderes verstehen* oder so ähnlich – hatte ich gelesen, dass guter Sex allemal besser sei als ein schlechtes Gespräch. Also strich ich mir die Haare aus dem Gesicht und warf Anton einen verführerischen Blick zu.

»Wir haben noch zwei Stunden«, sagte ich, schob Senta und Berger in den Flur hinaus und schloss die Tür. Die Katzen mussten noch ein bisschen auf ihr Frühstück warten, das hier war wichtiger. Ich ließ den Bademantel über meine Schultern gleiten und zu Boden fallen. »Das mit dem Zusammenziehen muss ja nicht gleich heute sein, oder?«

»Nein. Nächste Woche reicht völlig.« Anton schlug einladend die Bettdecke zurück. Und er guckte so zärtlich und so treuherzig, dass mir ganz warm ums Herz wurde.

Armer, verblendeter Liebling.

»Als ich acht war, habe ich mal im Winter an einer Straßenlaterne geleckt und bin daran kleben geblieben«, platzte ich auf halbem Weg zum Bett heraus. »Sie mussten die Zunge föhnen, um mich freizukriegen. Wie findest du das?«

Anton zog eine Augenbraue hoch. »Ähm – *lustig*?«

»Nein, das war nicht lustig. Das war *typisch*.«

»Okay«, sagte Anton. »Als ich acht war, habe ich

meinem Onkel Kurt eine Kartoffel in den Auspuff seines BMW gesteckt. Wie findest du *das*?«

»Ich glaube, du hast nicht verstanden, worum es mir geht. Ich möchte dir die dunklen Seiten meiner Persönlichkeit näher bringen.« Bevor es jemand anders tut.

Jetzt guckte Anton lüstern. »Komm her, und zeig mir deine dunklen Seiten«, sagte er.

Normalerweise brachte Lorenz die Kinder nach dem Papa-Wochenende mit dem Auto zurück, aber heute sollte ich sie ausnahmsweise schon am Sonntagvormittag abholen, weil er und Paris für eine Woche nach Venedig flogen.

Pünktlich um halb elf stand ich also vor Lorenz' Wohnungstür. Es war ein bisschen seltsam, sich vorzustellen, dass das im letzten Winter auch noch meine Wohnung gewesen war. Ich hatte so gar keine heimatlichen Gefühle für diesen Ort mehr übrig. Umso weniger, weil es nun der Ort war, an dem sich meine Kinder jedes zweite Wochenende aufhielten – ohne mich. Jedes Mal, wenn Lorenz sie abholte, war mir zum Heulen zumute. Und jedes Mal, wenn sie zurückkamen, hatte ich das Gefühl, sie wären jahrelang von mir getrennt gewesen.

Nelly machte mir die Tür auf. Mit ihren vierzehn Jahren war sie nur noch fünf Zentimeter kleiner als ich und sah mir auch sonst recht ähnlich: ein hochgeschossenes, schlaksiges Mädchen mit friesisch blondem Haar und großen grauen Augen. Auch meine hellblonden Wimpern hatte sie geerbt, aber seit sie elf war und zum ersten Mal »Ich bin ja so furchtbar hässlich, ich habe Wimpern wie ein Borstenschwein!« geschrien hatte, nahm ich sie einmal im Monat mit zur Kosmetikerin, die uns beiden die Wimpern schwarz färbte. Seitdem hatte Nelly nichts mehr an ihrem Äußeren auszusetzen. Minderwertigkeitskomplexe, wie ich sie mit vierzehn gepflegt hatte und heute manchmal noch pflegte, waren ihr völlig fremd.

»Na endlich«, sagte sie.

»Ja, freut mich auch, dich zu sehen«, sagte ich und gab ihr einen Kuss.

Julius hängte sich an meinen Hals. »Mami, ich habe kein Mal gebrochen!«

»Na, das ist aber toll«, sagte ich und sah Lorenz anerkennend an. Normalerweise vergaß er regelmäßig, dass Julius gewisse Lebensmittel nicht vertrug.

»Guck nicht so erstaunt«, sagte Lorenz, während er versuchte, zahllose Gepäckstücke aus geprägtem karamellfarbenem Leder übereinanderzustapeln. »Wir waren nicht bei McDonald's. Ich habe gekocht.«

Jetzt guckte ich wirklich erstaunt.

»Papa hat die Gurke geschält«, korrigierte Nelly. »Den Rest haben Paris und ich gemacht. Können wir endlich?«

Der Gepäckstapel, den Lorenz so kunstvoll aufgetürmt hatte, fiel in sich zusammen. Lorenz fluchte. »Man könnte denken, wir wandern aus. Dabei sind wir nur eine Woche unterwegs.«

»*Nur* ist gut.« Paris kam in den Flur und küsste mich auf beide Wangen. Ich wunderte mich immer wieder aufs Neue, wie unbefangen sie sich mir gegenüber verhielt. Keine Spur von Berührungsängsten aufgrund eines schlechten Gewissens oder so was. Sie hatte von Anfang an signalisiert, meine Freundin sein zu wollen, obwohl sie mir meinen Mann ausgespannt hatte und eigentlich nicht damit rechnen konnte, dass ich sie jemals gern haben würde. Aber durch ihre hartnäckige Freundlichkeit schloss ich sie tatsächlich immer mehr in mein Herz. Manchmal ertappte ich mich sogar bei Gedanken wie: »Die liebe Paris hätte eigentlich einen besseren Typ verdient als meinen egozentrischen Ex.«

»Sag ihr bitte, dass es für Schwangere nichts Besseres gibt, als nach Venedig zu fliegen«, sagte Lorenz zu mir.

»Vor allem bei dem Wetter«, sagte ich.

Paris machte ein sorgenvolles Gesicht. »Eine Mutter aus meinem Zwillings-Forum kennt eine Frau, die eine Frau kennt, die eine Fehlgeburt nach so einem Flug hatte.«

»Ich kenne auch eine Frau, die eine Frau kennt, deren Cousine eine Fehlgeburt hatte, weil sie einen Film mit Vince Vaughn anschauen musste«, sagte ich, und Lorenz lachte.

Paris hingegen sah mich entsetzt an. »Wirklich? Wie furchtbar!« Wenn ich nicht gewusst hätte, dass sie Nellys Mathematikaufgaben ohne Taschenrechner lösen konnte, hätte ich sie möglicherweise für ein wenig unintelligent gehalten. Aber das waren einfach nur die Schwangerschaftshormone. Sie sah fantastisch aus wie immer, die glänzenden goldenen Haare flossen an ihrem Dolce&Gabbana-Top hinab bis zu den schmalen Hüften. Die Jeans war definitiv keine Schwangerschaftshose, allenfalls eine Nummer größer als die, die Paris im nichtschwangeren Zustand trug. Wahrscheinlich würde sie auch im neunten Monat noch aussehen wie ein Supermodel, aber bis dahin war es noch lang. »Ich würde wirklich am liebsten zu Hause bleiben.«

»Der Arzt hat gesagt, dass es völlig ungefährlich ist«, sagte Lorenz. »Sag ihr, dass es völlig ungefährlich ist, Constanze.«

»Es ist völlig ungefährlich«, sagte ich.

»Außerdem wolltest du mir was mitbringen, vergessen?«, sagte Nelly.

»Natürlich nicht«, sagte Paris. Ihre Miene blieb aber unübersehbar skeptisch.

»Na, also!« Lorenz sah auf die Uhr. »In zwanzig Minuten kommt unser Taxi.«

»Das wird sicher eine tolle Woche«, sagte ich.

»Ja, sicher«, sagte Paris. »Wenn ich nur nicht alle zwanzig Minuten aufs Klo rennen müsste.«

»Wenn ihr wieder da seid, brauche ich mal deinen Rat«, sagte ich.

»Meinen Rat? Du?« Paris sah mich neugierig an. »Bei was denn?«

»Es geht um Schuhe«, sagte ich.

»Oh ja, da kenne ich mich aus!«

Ja, das wusste ich doch. Paris küsste Manolo links und rechts auf die Wangen, wenn sie ihn traf. Und Donnatella nannte sie »Honey«. Von Anne, Trudi und Mimi hatte ich strenge Order, Paris' Kontakte so gut es ging auszubeuten.

»Für irgendwas muss es ja gut sein, dass dein Exmann dich für ein Model sitzen gelassen hat«, hatte Anne gesagt.

»Können wir jetzt endlich?« Nelly schlenkerte ungeduldig mit ihrem Schlafesel. »Ich will noch was von diesem Sonntag haben!« Was wohl bedeutete, dass sie den Rest des Tages mit Kevin rumknutschen wollte.

»Wiedersehen«, sagte Julius, gab Paris einen Kuss und streichelte Lorenz über ein Hosenbein. Dann hängte er sich wieder um meinen Hals wie ein Pavianbaby.

»Wir haben versucht, ihm zu erklären, dass sogar der Weihnachtsmann Lava-Lampen hässlich findet«, sagte Paris. »Aber er will immer noch eine haben.«

Julius seufzte schwer.

»Ich glaube nicht, dass der Weihnachtsmann Lava-Lampen hässlich findet«, sagte ich. »Er hat mir mal eine Zitruspresse in Form eines Schneemanns geschenkt.«

»Weil er dachte, dass dir so was gefällt«, sagte Lorenz, nicht im Mindesten peinlich berührt.

»Ja, genau so sehr wie die elektrischen Salz- und Pfeffermühlen, die *Jingle Bells* spielen konnten.« Ich grinste. Lorenz' Weihnachtsgeschenke gehörten auch zu den Dingen, die ich in meinem neuen Leben nicht vermisste. »Ich wünsche euch einen schönen Urlaub.«

»Gleichfalls«, brummte Lorenz, obwohl ich keinesfalls vorhatte zu verreisen.

»Wir schreiben euch eine Karte«, sagte Paris. »Jedem eine eigene.«

»Klar, wir haben ja auch sonst nichts zu tun«, sagte Lorenz.

Nelly war schon die Treppe hinuntergelaufen. Julius und ich holten sie erst an der Haustür wieder ein, wo ihre grundsätzlich eher mürrische Miene einem strahlenden Lächeln gewichen war. Sie hatte Antons Jaguar am Straßenrand stehen sehen.

»Oh, wie geil ist das denn? Anton hat dir seinen Schlitten geliehen?«

Ich ließ mit der Fernbedienung die Verriegelungen hochschießen und bemühte mich um einen lässigen Gesichtsausdruck.

»Ist der verrückt? Weiß der nicht, wie fürchterlich du Auto fährst?«

»Nein«, sagte ich und warf die Taschen der Kinder in den Kofferraum. Nein, das wusste Anton nicht, und ich wollte es ihm auch nicht erklären, wo er doch gerade noch die Sache mit meiner festgefrorenen Zunge verarbeiten musste. »Er wollte nicht, dass wir bei dem Regenwetter mit der Bahn fahren müssen.«

»Das ist aber echt nett von ihm«, sagte Nelly.

Ich besaß kein Auto, ich brauchte auch keins. In der Insektensiedlung gab es alle wichtigen Geschäfte in Lauflage, man konnte wunderbar mit dem Fahrrad fahren, und bis in die Innenstadt waren es nur sechs Stationen mit der U-Bahn. Ein Auto wäre eine vollkommen überflüssige Anschaffung gewesen. Mangels Fahrpraxis fuhr ich wirklich nicht besonders gut, da hatte Nelly recht. Aber wenn man in einem Jaguar hinterm Steuer sitzt, spielt das gar keine Rolle. Das Auto fährt sich praktisch von selber.

Selbst das Einparken war überhaupt kein Problem gewesen. Als ich vorhin angekommen war, war der Seitenstreifen vor dem Haus wie durch ein Wunder fast leer gewesen. Ein Schlenker mit dem Lenkrad und – schnurr – war das Auto perfekt geparkt. Jetzt allerdings hatten sich schon wieder jede Menge Autos vor und hinter den Jaguar geklemmt.

Ich schnallte Julius in Emilys Kindersitz fest. Nelly

hatte sich nach vorne gesetzt und streichelte die Wurzelholzverkleidung.

»Was soll Paris dir denn aus Venedig mitbringen?«, fragte ich.

»Ach, nur ein Paar Gucci-Loafer.« Nelly hatte meine riesigen Füße geerbt und haderte ständig mit dem Angebot in den Läden. »Die gibt es in Italien viel günstiger, und Paris hat so einen tollen Geschmack. Sie sagt, Gucci-Loafer gehören zu den fünf Kleidungsstücken, die jede Frau mit Stil besitzen muss.«

Wie immer, wenn Nelly so begeistert von Paris sprach, versetzte es mir einen kleinen Stich. »Wie fändest du es, wenn wir bald einen eigenen Schuhladen hätten?«, fragte ich. »Trudi, Anne, Mimi und ich.«

»Im Ernst?« Nelly sah mich überrascht an.

»Mimi hat schon ein …« *Kalkulations-Dingsda?* Mist, wie hieß das noch mal? »… einen Finanzierungsplan erstellt, und morgen gehen wir zu einer Existenzgründungs-Beratung bei der Industrie- und Handelskammer.« Ich bemühte mich, meine Stimme möglichst emotionsfrei klingen zu lassen. »Möglicherweise haben wir sogar schon ein Ladenlokal.«

»Echt? Wie cool«, sagte Nelly. »Wirklich cool.«

Ich drehte zufrieden den Zündschlüssel um. Ja, *cool.* Ich war eine coole Mutter. Nach einer so coolen Mutter hätte ich mir mit vierzehn alle zehn Finger geleckt. Auch heute noch. Und Gucci-Loafer besaß ich auch.

Unerklärlicherweise machte der Jaguar einen Satz nach vorne, wo er von der Stoßstange eines roten Mini Coopers gebremst wurde.

Ich machte erschrocken wieder den Motor aus.

»Ach Mama!«, rief Nelly genauso erschrocken. »Du bist echt dämlich!«

So schnell konnte das gehen. Eben noch megacool, jetzt einfach nur noch dämlich.

»Mama, krieg ich eine Lava-Lampe?«, fragte Julius.

Als wir nach Hause kamen, saß Nellys Freund Kevin auf der Treppe unter dem Vordach der Haustür und lächelte uns fröhlich entgegen.

Ich lächelte zurück.

Dabei war Kevin Klose, Sohn des kleinkriminellen Gebrauchtwagenhändlers und Vorzeigeproleten der Insektensiedlung wirklich nicht der Typ Junge, den ich mir für meine Tochter ausgesucht hätte, wenn ich gekonnt hätte. Mit seinen asymmetrisch geschorenen Haaren, den Ohr-Piercings und den Tattoos sah er wenig vertrauenerweckend aus, vor allem, wenn er von den Familienkampfhunden, Hannibal und Lecter, begleitet wurde. Außer den Kampfhunden gab es bei Kloses zu Hause noch Vogelspinnen, Riesenschlangen, zwielichtige, russische Autoschieber sowie zahlreiche jüngere Geschwister mit Namen wie Melody und Shakira, und selbst die Kleinsten sahen so aus, als könnten sie gut mit Springmessern umgehen.

Mittlerweile wusste ich aber, dass Kevin völlig harmlos war, ein perfekt getarnter Musterschüler, der niemals die Schule schwänzte oder seine Hausaufgaben vergaß. Und trotz der unschönen Frisur, den Tattoos und Piercings war er sehr hübsch mit seinen schräg stehenden grünen Augen und seiner glatten, pickellosen Haut. In seinen Gesten war eine Lässigkeit und Anmut, die ihn ganz klar von anderen Jungs seines Alters unterschied.

Was mich aber am meisten für ihn einnahm, war, dass er so unheimlich lieb zu Julius war und sich rührend um seine jüngeren Geschwister und das Baby seiner großen Schwester kümmerte, die, glaube ich, Arielle hieß und eine Friseurlehre machte.

Auch diesmal hatte er das Baby, *Sämänta,* dabei, und einen Kinderwagen, über den eine rosagepunktete Regenhaube aus Plastik gebreitet war.

Nelly stöhnte, als sie Samantha erblickte, die bei Kevin auf dem Schoß saß. Samantha war knapp ein Jahr alt und sehr niedlich. Nur das Schleifchen, mit dem ihre Babylocken aus der Stirn gehalten wurden, erinnerte mich immer an einen Yorkshire-Terrier.

»Hat Anton euch nicht aufgemacht?«, fragte ich und suchte nach dem Haustürschlüssel.

»Wir haben gar nicht geklingelt«, sagte Kevin. »Samantha braucht ein bisschen frische Luft, aber unter der Regenfolie kriegt sie die ja nicht!«

»Ich wollte aber jetzt eigentlich nicht den Nachmittag unter diesem Vordach verbringen«, sagte Nelly.

»Natürlich nicht«, sagte Kevin. »Wir nehmen sie mit in dein Zimmer. Da kann sie dir zeigen, was sie gestern gelernt hat. Nicht wahr, Sammy? Zeigst du der Nelly, was du kannst?« Flüsternd setzte er hinzu: »Sie kann *laufen*!! Vier Schritte!«

»Oh! Das ist ja toll«, flüsterte ich zurück.

»Gaga!«, rief Samantha.

Nelly verdrehte die Augen. »Na, *toll*!«

Sie tat mir ein bisschen leid. Offensichtlich hatte sie sich auf einen gemütlichen Nachmittag mit Kevin allein gefreut. Knutschend auf ihrem Bett. Kleine Kinder fand sie nicht die Spur interessant, nicht mal ihren eigenen Bruder.

»Vielleicht können Julius und ich uns ein bisschen um Samantha kümmern«, schlug ich vor, während ich die Tür aufschloss.

»Sie kann mit mir *Lego* bauen«, bot Julius an.

»Lieb von dir, aber das geht nicht«, sagte Kevin. »Das letzte Mal hätte sie beinahe einen *Lego*-Stein verschluckt, weißt du nicht mehr?«

Nelly schnaubte verächtlich. »Sie hat ihn nur *angesabbert*, Mann!«

»Julius und ich könnten zusammen mit Samantha einen Kuchen backen.« Ich streckte meine Arme nach dem Baby aus. Kevin überreichte sie mir nur zögerlich.

»Mir ist noch nie ein Kind von der Arbeitsplatte gefallen«, versicherte ich ihm. »Auch wenn man das bei Nelly manchmal denken könnte.«

»Warum kann deine Schwester nicht selber auf ihr Bal… Kind aufpassen?«, fragte Nelly. »Heute ist schließlich Sonntag.«

»Sie braucht auch manchmal ein paar Stunden für sich«, sagte Kevin.

»Das brauche ich auch«, sagte Nelly.

Anton kam aus dem Keller und lächelte alle an. Mich am meisten.

»Was machst du in unserem Keller?«, fragte Nelly mit gerunzelter Stirn.

»Ich habe die Heizung umprogrammiert, das vorsintflutliche Modell«, erwiderte Anton, ohne sein

Lächeln einzustellen. »Ich dachte, vierzehn Grad Raumtemperatur sind ein bisschen wenig, jetzt wo der Sommer vorbei ist.«

Nelly nickte gnädig. »Ich hab mir echt die Woche immer den Arsch abgefroren.«

»Ja, und das wollen wir doch nicht«, sagte Anton.

»Ist ohnehin schon wenig genug dran«, sagte Kevin.

Nelly warf ihm einen bösen Blick zu.

Ich warf Anton die Jaguar-Schlüssel zu. »Danke, dass du dich um unsere Heizung gekümmert hast, ich hätte gar nicht gewusst, was man da machen muss.«

Nelly war zu sehr damit beschäftigt, Kevin böse anzugucken, deshalb petzte sie den kleinen Zwischenfall mit dem Mini nicht. Es war ja auch nicht weiter schlimm gewesen. Der winzig kleine Kratzer an der Stoßstange würde den Besitzer sicher nicht stören. Schließlich waren Stoßstangen ja dazu da, das eigentliche Auto vor Beulen und Kratzern zu schützen.

Julius war in Gedanken offenbar auch woanders.

»Ist Emily auch da?«, fragte er Anton.

»Noch nicht. Sie wird nachher von ihrer Oma gebracht«, sagte Anton. Er krempelte sich tatkräftig die Ärmel hoch. »Ich dachte, wo wir schon kein Frühstück hatten« – ich wurde ein wenig rot, als ich daran dachte, was wir stattdessen gehabt hatten –, »koche ich uns jetzt was Leckeres zum Mittagessen. Bleibst du auch zum Essen, Kevin? Übrigens hat irgendwer schon viermal hintereinander angerufen und jedes Mal aufgelegt, wenn ich dranging.«

Das war mit hundertprozentiger Sicherheit meine Mutter gewesen. Sie rief jeden Sonntagvormittag an, und bestimmt hatte Antons Stimme sie irritiert. Wie gut, dass sie aufgelegt hatte, anstatt Anton auszufragen.

Was sind Sie? Der Liebhaber? Was? Sie meinen es wirklich ernst? Guter Mann, denken Sie nicht, dass Sie noch was Besseres finden könnten?

»Ich habe bergeweise Steinpilze und Schweinefilet im Haus.« Ich kitzelte Samantha unter dem Kinn, damit sie Kevin nicht hinterher quengelte, der von Nelly die Treppe hinaufgezogen wurde. »Dazu würden Bandnudeln passen. Einen Apfelkuchen wollen wir auch backen. Mit Schlagsahne. Und zur Vorspeise könnte es eine Blumenkohlcremesuppe geben.« Hungrig wie ich war, hätte ich mir auch noch einen vierten Gang einfallen lassen.

»Ich denke, das müsste reichen«, sagte Anton mit einem Augenzwinkern. »Ich kümmere mich um das Fleisch und die Pilzsoße.«

»Und ich mache die Eier in den Teig«, sagte Julius.

Nelly und Kevin verschwanden oben in Nellys Zimmer. Wie ich meine Tochter kannte, würden sie dort heute eher streiten als herumknutschen, weshalb ich wohl auf meine üblichen Störaktionen im Rhythmus einer Viertelstunde verzichten konnte.

»Steht dir gut, so ein Baby«, sagte Anton und küsste mich auf die Stirn. Eine Sekunde lang dachte ich, er würde auch Samantha küssen, aber dann begnügte er sich damit, ihr leicht über die pummelige Wange zu streicheln. »Ach, ich weiß noch, als Emily und Molly so winzig waren. Gott, sie waren so süß! Sie werden leider so schnell groß!«

»Ja«, sagte ich und wunderte mich, warum ich wieder so ein mulmiges Gefühl im Magen bekam.

»Ganz ehrlich, gibt es etwas Knuddeligeres als so ein Marzipan-Babyköpfchen?«, fragte Anton.

Angeblich sagen Männer ja immer direkt, was sie meinen. Das stand in einem dieser Beziehungsratgeber von Trudi, *Warum Männer immer rückwärts einparken, und warum Frauen lieber vorwärts Bahn fahren* oder so ähnlich. So was wie versteckte Botschaften kannten Männer gar nicht. Deshalb konnte man sich auch Fragen wie »Was willst du mir damit sagen?« komplett sparen.

Trotzdem, als Frau kann man auch nicht aus seiner Haut. Irgendwie war mir, als habe Anton ganz klar und deutlich *»Ich möchte unbedingt ein Baby mit dir haben«* gesagt.

»Babys sind nur deshalb so weich und großäugig, damit man sie auch nachts um drei noch gern herumträgt, wenn sie brüllen«, sagte ich. »Wären sie grau, schuppig und glitschig, würde einem das viel schwerer fallen.«

Das hieß übersetzt: *»Ich habe nichts gegen Babys, aber im Augenblick denke ich ganz sicher nicht daran, noch mal eins zu bekommen.«*

Allerdings, wenn es stimmte, was in dem Buch gestanden hatte, würde Anton meine versteckte Botschaft gar nicht verstehen, weil er ja a) selber überhaupt keine Botschaft versteckt hatte und deshalb auch keine versteckte Antwort erwartete, b) ein Mann war. Komplizierte Angelegenheit, das.

»Kommt ihr endlich?« Julius war schon in die Küche vorgerannt.

»Hier sind wir doch schon!«, sagte ich, setzte Samantha auf die Arbeitsplatte und hob auch Julius hinauf. »Na, dann wollen wir mal ein richtiges Sonntagsessen zaubern. Wie sind noch mal die Regeln, Julius?«

»Finger weg von Messer, Herd und Mixer, beim Niesen die Hand vor den Mund«, leierte Julius herunter.

»Und bloß keine Popel in die Schüsseln werfen«, ergänzte Anton.

Julius kicherte.

Anton prüfte die Klinge meines japanischen Fleischmessers. Sie war handgeschmiedet und scharf wie ein Skalpell. Diese Messer hatten ein Vermögen gekostet, und ich pflegte sie hingebungsvoll. Insgesamt hatte ich vier japanische Messer, alle anderen Küchenmesser hatte ich entsorgt.

»Donnerwetter!«, sagte Anton.

»Wenn du willst, schenke ich dir auch so eins zu Weihnachten«, sagte ich, während ich Rührschüssel, Mixer, Mehl, Eier, Butter und Zucker bereitstellte und Julius die Backform zum Einfetten reichte.

Anton holte das Fleisch aus dem Kühlschrank und wog das Sieb mit den Steinpilzen in der Hand. »Das reicht ja für eine ganze Kompanie.«

»Nelly isst so viel wie eine ganze Kompanie«, sagte ich. Das Schweinefilet war im Sonderangebot gewesen, und die Pilze … Gut, bei Pilzen hatte ich mengenmäßig vielleicht ein bisschen übertrieben. Aber die gab es ja schließlich auch nicht immer zu kaufen. Ich hatte sie bereits geputzt und in Stücke geschnitten, und sie verströmten einen köstlichen Duft.

Der alte taiwanesische Gemüsehändler, Herr Wu, der den Laden neben Mosers Haushaltswaren besaß, hatte sie im Angebot gehabt.

»Hat meine Mutter gestern gepflückt«, hatte er gesagt, als er meine begehrlichen Blicke gesehen hatte. »Nicht vom Großmarkt, direkt aus dem Wald.«

Ich schätzte Herrn Wu auf achtzig Jahre, er erinnerte mich immer an eine Schildkröte. Seine beiden Enkelinnen halfen ihm im Laden, und die hatten beide schon selber Kinder. Wie alt mochte da erst seine Mutter sein? Und waren ihre Augen gut genug, um einen Steinpilz von einem taiwanesischen Giftpilz zu unterscheiden?

»Ich wusste gar nicht, dass in Taiwan Steinpilze wachsen«, sagte ich ausweichend, und Herr Wu sah mich verwirrt an. Dann lächelte er.

»Ah, nein. Diese Pilze hat meine Mutter gestern im Königsforst gesammelt. Sie wandert jeden Tag zehn Kilometer.«

Ich hatte das ganze Körbchen erstanden, aber sicherheitshalber jeden einzelnen Pilz gründlich untersucht. Sie waren einwandfrei. Ich musste Herrn Wu dringend mal fragen, was genau seine Mutter so fit hielt.

»Und diese Filets! Bio-Schwein! Du musst tief in die Tasche gegriffen haben«, sagte Anton.

»Ach, weißt du, ich hatte einen super Scheidungsanwalt«, sagte ich. »Der hat dafür gesorgt, dass ich mir Filet von glücklichen Schweinen und Steinpilze leisten kann. Zumindest sonntags. Ich bin ihm dafür unglaublich dankbar.«

»Wenn das so ist, können wir ja auch eine Flasche von diesem teuren Rotwein aufmachen, den der Kerl dir geschenkt hat«, sagte Anton und band sich die Schürze um, die meine Mutter mir zu Weihnachten geschenkt hatte. Auf der Schürze war eine Kuh abgebildet, darunter stand: »*Muh zur Milch* – nordfriesischer Milchbauernverband«.

»Richtig gut wäre der Anwalt gewesen, wenn ich mir jetzt Kobe-Rind leisten könnte«, sagte ich. »Die Rinder bekommen Massagen, hören klassische Musik und trinken jeden Tag Bier. Es sind die glücklichsten Kühe der Welt.«

»Bis sie geschlachtet werden«, sagte Anton.

Ich liebte es, mit Anton zusammen zu kochen. Er kochte mindestens so gern wie ich, und er kochte auch gut und mit Hingabe ans Detail. Ich sah ihm gern dabei zu, wie er Zwiebeln in Würfel schnitt oder – wie jetzt – eine Marinade für das Schweinefilet anrührte. Mit kleingehacktem Ingwer, Knoblauch und einem winzigen Schluck von dem Rotwein. Lorenz hatte sich nicht mal ein Spiegelei braten können, ja, er hätte nicht mal die Pfanne gefunden, wenn er denn gewollt hätte.

Meine Küche eignete sich gut für gesellige Kochrunden. Sie war zum Esszimmer hin offen, der Herd stand mitten im Raum, und durch die großen Fenster fiel selbst an trüben Tagen wie heute jede Menge Licht.

Ich liebte diese Küche. Ich liebte überhaupt das ganze Haus.

Dabei hatte ich es zuerst grauslich gefunden.

Es war das Haus meiner Exschwiegermutter, Lorenz' Elternhaus. Als seine Mutter gestorben war, hatte er es als passendes Domizil für mich und seine Kinder auserkoren, mitsamt dem Mobiliar. Ein dunkles, muffig riechendes Haus mit Siebzigerjahreflair und sehr viel poliertem Mahagoni.

Nach dem ersten Schock hatte ich mit tatkräftiger

Unterstützung von Mimi und ihrem Mann Ronnie begonnen, das Haus zu entrümpeln und zu renovieren. Wir hatten neue Böden verlegt, ein paar überflüssige Wände eingerissen und das meiste Mahagoni entfernt oder weiß gestrichen. Nun war es ein richtiges kleines Schmuckstück geworden, die erste Wohnung, in der ich mich richtig zu Hause fühlte. Vielleicht, weil wirklich alles nach meinem eigenen Geschmack eingerichtet war und mir endlich mal niemand Vorschriften gemacht hatte. Es stand nur noch die Renovierung der Bäder an, dann würde alles perfekt sein. Ich konnte mir beim besten Willen nicht vorstellen, dieses Haus wieder zu verlassen, noch bevor es ganz fertig war, nur weil Anton fand, dass wir unsere Beziehung so schnell wie möglich auf sichere Fundamente stellen sollten.

Konnte er das nicht verstehen?

Ich sah ihn von der Seite aus an, und er lächelte mir gut gelaunt zu, während er das Filet in zarte Streifen schnitt. Wie immer, wenn er kochte, begann er leise vor sich hin zu singen und zu summen, diesmal die »Ode an die Freude« von Beethoven. Es dauerte nicht lange, und Julius sang auch mit.

»Freunde schöner Götterfunzeln, Torte des Elysiums«, sang er, während er geschickt die Eier in den Teig schlug. Er hatte das schon unzählige Male getan, denn ich sah mich beinahe täglich genötigt, einen Kuchen oder Muffins zu backen. Vor allem Nelly hatte einen unbändigen Appetit, und ein Tag ohne Kuchen war für sie ein verlorener Tag. Sie fiel immer sofort vom Fleisch, wenn sie nicht mindestens fünftausend Kalorien zu sich nahm.

»Guck, keine Schale in der Schüssel!«

Ich gab Julius einen Kuss.

Samantha warf ein bisschen Mehl in die Luft und freute sich, als wir alle husteten.

»Wer traut sich alles in den Teig, Eierschalen sind zu feig«, sang Anton aus voller Kehle, ich machte »Dummdidummdidumm«, Julius trommelte mit dem Schneebesen den Rhythmus dazu, und Samantha steuerte ein glockenhelles Lachen bei. Ich merkte, dass dies einer dieser wunderbaren, perfekten Momente im Leben war, in denen die Zeit ste… – das Telefon klingelte.

Es war meine Mutter.

»Hier ist deine Mutter«, sagte sie.

»Hallo!« Ich verdrückte mich mit dem Telefon aus der Küche, nicht ohne Anton pantomimisch aufzufordern, Samantha am Herunterfallen von der Arbeitsplatte zu hindern. Anton unterbrach seinen Gesang nicht, aber er lächelte und nickte mir zu.

»Hallo? Hallo? Olav, da ist schon wieder was mit der Leitung nicht in …«

»Mutti! Ich habe schon den ganzen Morgen auf deinen Anruf gewartet.«

»Irgendwas stimmt mit der Leitung nicht«, sagte meine Mutter. »Ich hatte immer jemand anders dran. Einen Mann, der aber immerhin auch Bauer hieß. Die spinnen doch, die von der Telecom. Was ist denn da bei euch für ein Lärm?«

Ich stellte mich in die hinterste Ecke des Wohnzimmers. Aber der Gesang und das Geklapper von Töpfen war auch hier noch zu hören. »Nur die, äh, Handwerker«, sagte ich.

»Am Sonntag?«

»Ja, wenn die Klospülung kaputt ist, kann man

nicht bis Montag warten«, sagte ich und ließ mich neben Senta und Berger auf das Sofa fallen. »Wie ist das Wetter bei euch?«

»Windig und kalt«, sagte meine Mutter. »Aber wir machen nächste Woche Urlaub. Nehmt ihr etwa dieses vierlagige Klopapier? Da muss man sich nicht wundern, wenn das Klo verstopft.«

»Das ist aber schön, dass ihr mal Urlaub macht«, sagte ich. »Wohin soll's denn gehen?«

»In den Schwarzwald. Hat sich kurzfristig ergeben. Dein Bruder kümmert sich in der Zeit hier um alles. Das Weibsstück hat ihn übrigens sitzen lassen.«

»Nach drei Wochen?« Mein Bruder hatte kein Glück in der Liebe, obwohl er eigentlich keine schlechte Partie war. Vor allem, wenn meine Eltern mal tot waren. Aber auf der Insel war die Auswahl an heiratswilligen Frauen nicht besonders groß, und auf das Festland verschlug es ihn nur selten. Wir hatten schon überlegt, ihn in der Fernsehshow *Bauer sucht Frau* anzumelden.

»Sie mochte keine Kühe. Das konnte ja nicht gut gehen«, sagte meine Mutter. »Habt ihr vielleicht Damenhygieneartikel ins Klo geschmissen?«

»Nein«, sagte ich. Für unsere Ferienwohnungen auf Pellworm in einer umgebauten Scheune hatte meine Mutter mich schon als Erstklässlerin mit großen Buchstaben auf Pappschilder schreiben lassen: *»Damen-Hygiene-Artikel gehören NICHT in die Toilette, sondern in den dafür vorgesehenen Behälter. Zuwiderhandlung wird strafrechtlich geahndet.«* Das hatte sich eingeprägt.

Durch das Fenster sah ich den Mercedes von Antons Mutter vorfahren. Sie parkte mitten auf dem

Bürgersteig. Wenn sie dort länger als zwei Minuten stehen blieb, würde Frau Hempel, unsere Nachbarin, die Polizei rufen. Frau Hempel rief gern die Polizei. Einmal sogar, weil ich ein vergammeltes Schulbrot von Nelly auf den Komposthaufen geworfen hatte. Als der Polizist mich deswegen nicht verhaften hatte wollen, war Frau Hempel zu ihrem Anwalt gegangen, und der hatte mir einen langen Brief geschrieben, den Zusammenhang der Kompostierung von Brot und dem Vorkommen von Ratten betreffend.

»Eine halbe Weltreise ist das ja, so weit in den Süden«, sagte meine Mutter. »Aber wenn man mal Berge sehen will, geht es nicht anders.«

»Hm, hm.« Ich war ein wenig abgelenkt. Polly und Emily stiegen aus dem Auto und luden Emilys Gepäck aus dem Kofferraum: ein Golfbag, ein elegantes, lilafarbenes Rollköfferchen, eine dazu passende Tasche und ein lebensgroßer Gibbonaffe aus Plüsch. Nicht übel für eine Sechsjährige, die eine Nacht bei Oma übernachtet. Das Gepäck passte farblich zu Emilys Mantel, einem wunderschönen Cordteil mit Kunstpelzbesatz.

»Wir können bei dir einen Zwischenstopp einlegen, es liegt auf der Strecke«, sagte meine Mutter, und damit hatte sie wieder meine volle Aufmerksamkeit.

Mein ganzer Körper verkrampfte sich, Senta und Berger hoben erschrocken ihre Köpfe.

»Ach, wirklich?«, sagte ich. Scheiß-Schwarzwald – warum machten meine Eltern nicht einfach Ferien im Harz? Der lag ohnehin viel näher.

Die Türklingel schnarrte. Sie machte nicht »Kling-Klang« wie andere Klingeln, sondern gab ein höchst unmelodiöses »Krrrrrrk« von sich. Ein »Krrrrrrk«, das man in der Küche offenbar nicht hörte, wenn man sang.

»Könnte mal jemand die Tür aufmachen?«, rief ich.

»Wer kommt denn da?«, fragte meine Mutter.

Ach, nur die Mutter meines Liebhabers und dessen Tochter. »Nur ein paar Kinder, die mit Julius spielen wollen«, sagte ich, stand auf und wanderte mit dem Telefon hinaus in den Wintergarten. »Also, wenn ihr uns auf dem Weg in den Schwarzwald besuchen wollt, wäre das natürlich *toll* …«

»Wir haben Lorenz' Haus ja noch gar nicht gesehen«, sagte meine Mutter. »Und es wäre schön, wenn wir bei euch übernachten könnten. Auf der anderen Seite, du kennst deinen Vater: Wenn der einmal auf der Autobahn ist, will er wahrscheinlich in einem Rutsch durchfahren.«

Es gab also noch Hoffnung.

»Ihr könnt es euch ja spontan überlegen«, sagte ich und sah hinaus in den herbstlich gefärbten Garten. Von wegen, Lorenz' Haus! Es gehörte mir, notariell beglaubigt und ins Grundbuch eingetragen. Meine Eltern taten immer so, als müsste ich Lorenz dafür dankbar sein, dass er mir das Haus überlassen hatte. Dass er mich und die Kinder hierhin abgeschoben hatte, weil er sich eine Neue / Jüngere / Schönere angelacht hatte, fanden sie nicht weiter schlimm, im Gegenteil, wenn man sie manchmal so hörte, konnte man glauben, dass sie vollstes Verständnis für Lorenz' Wunsch nach einer Veränderung hatten.

»Ich habe mich sowieso immer gefragt, was er an dir findet«, hatte mein Vater gesagt, als ich ihm von der Trennung berichtet hatte.

»Das konnte ja nicht gut gehen«, hatte meine Mutter gesagt. »Wenn du doch wenigstens auf uns gehört und dir zwischendurch mal Arbeit gesucht hättest. All die Jahre nur auf der faulen Haut liegen und sich aushalten lassen! Jetzt stehst du da – ohne Mann und ohne Beruf.«

»Ich kann mir nicht vorstellen, dass dich mit den Blagen noch jemand haben will«, hatte mein Vater gesagt.

Ja, so waren sie, meine Eltern. Gott, sie waren fürchterlich!

Wenn ich Glück hatte, würden sie einfach an Köln vorbeirauschen und Anton niemals kennen lernen.

»Ach, hier bist du«, sagte Anton direkt hinter mir.

Ich fuhr zusammen und drehte mich um.

»Meine Mutter und Emily sind da, meinst du, sie …« Anton sah das Telefon an meinem Ohr, machte eine entschuldigende Geste und wandte sich wieder zum Gehen.

»Bei dir geht es ja zu wie im Taubenschlag«, sagte meine Mutter. »Wer ist das denn?«

»Der Installateur«, sagte ich leise. Aber nicht leise genug. Anton, schon fast im Wohnzimmer, drehte sich um und hob eine Augenbraue.

»Er hat *doch* etwas Peinliches aus dem Abfluss gefischt, nicht wahr?«, sagte meine Mutter. »Ich *wusste* es. An deiner Stelle würde ich im Boden versinken.«

»Ja«, flüsterte ich.

Anton hatte den Raum verlassen.

FRAGEN SIE DIE PATIN

Die exklusive Familienberatung der streng geheimen Mütter-Mafia

Sehr geehrte Patin!
Ich wende mich heute an Sie, weil meine Tochter Hedwig in der Schule aus allen nur erdenklichen Gründen gehänselt wird, sei es wegen ihrer gestrickten Kleidung, der gestrickten Haarbänder, der gestrickten Unterwäsche, der gestrickten Schutzumschläge für die Schulbücher oder der gestrickten Butterbrotbox. Da die Lehrerin nichts gegen das Mobbing unternimmt, sind Sie meine letzte Hoffnung. Wie kann ich meinem Kind helfen?

Ihre verzweifelte Liesel aus H.

Liebe ~~Strick~~-Liesel,

~~heißt Ihre Tochter wirklich Hedwig, und wenn ja, warum?~~

Leider ist Mobbing heutzutage ein weitverbreitetes Phänomen an den Schulen. Viele Kinder werden wie Ihre Tochter an den Rand einer Gruppe gedrängt, manchmal nur, weil sie ein wenig ~~anders gestrickt sind~~ aus dem Rahmen fallen. Vielleicht erscheint es Ihnen auf den ersten Blick wirklich so, als würde Ihre Tochter »aus allen nur erdenklichen Gründen« gehänselt, aber wenn man das Problem einmal näher analysiert, fällt einem auf, dass das Wort »gestrickt« sehr häufig in Ihrer Aufzählung auftaucht. Bitte verstehen Sie das jetzt nicht falsch: Auch wir von der Mütter-Mafia finden, dass Stricken ein schönes Hobby ist und dass man viele nützliche Dinge damit erschaffen kann. Dennoch sollten Sie vielleicht einmal in Erwägung ziehen, Hedwig und ihre Schulbücher mit den Ergebnissen Ihrer Strickleidenschaft zu verschonen. Ab und an mal eine Mütze oder ein Schal sind in Ordnung, mehr sollten Sie dem Kind aber künftig nicht zumuten.

~~Und vielleicht beantragen Sie beim Einwohnermeldeamt auch eine Änderung~~

~~des Vornamens.~~ Wir sind sicher, dass sich Ihr Mobbing-Problem damit in Luft~~maschen~~ auflösen wird.

Alles Gute wünscht Ihnen Ihre Patin

* * * THE SECRET OF KINDERERZIEHUNG

– endlich entschlüsselt:
Aus der Statistik: Kinder, die gezwungen werden, gestrickte Unterhosen zu tragen, enden mit einer siebenunddreißigprozentigen Wahrscheinlichkeit als Autorinnen bösartiger Frauenbücher.

Willkommen auf der Homepage der
Mütter-Society,
dem Netzwerk für Frauen mit Kindern.
Ob Karrierefrau oder »nur«-Hausfrau,
hier tauschen wir uns über Schwangerschaft
und Geburt, Erziehung, Ehe, Job, Haushalt
und Hobbys aus und unterstützen uns
gegenseitig liebevoll.
Zutritt zum Forum nur für Mitglieder

8. Oktober

Also, meine Lieben, meine Schwester hat uns acht Kinder beschafft, die unser frisch aus der Taufe gehobenes Mädchen-Sozial-Förderungs-Programm – »Big Society Mum« – dringend nötig haben. Weder Eltern noch Kinder waren besonders begeistert, das sollte ich noch vorneweg schicken. Diese Menschen sind es nicht gewohnt, so selbstlos Hilfe angeboten zu bekommen. Aber Ulrike hat sie glücklicherweise überzeugt, dass es klüger wäre, eine solche Chance nicht abzulehnen. Als Lehrerin hat man da ja so seine Druckmittelchen.

Es handelt sich um Mädchen im Alter von elf bis

fünfzehn, einige davon recht schwierige Fälle. Auf unserer Versammlung morgen Abend werden wir die zu den Kindern passende Förder-Mum aussuchen. Ich denke, es ist in eurem Interesse, wenn ich als erfahrenste Mami den Härtefall – Meta Millosowich – selber übernehme. Sie ist aktenkundig bei Jugendamt und Polizei, hat ungelogen mehr Karies als Zähne, ist Kettenraucherin und notorische Schulschwänzerin. Eine echte Herausforderung. Ich fühle mich jetzt schon ein bisschen wie die Super-Nanny. Meta wird auf jeden Fall die gähnende Langeweile der zwei verbleibenden Monate, die ich überwiegend in Schonhaltung auf dem Sofa verbringen muss, vertreiben, und Schwangere haben ja bekanntlich eine beruhigende Ausstrahlung.

Als Nächstes freue ich mich, unser neues Mitglied Sibylle Hittler bei uns begrüßen zu können. Sibylle, es wäre schön, wenn du dich nachher selber mal vorstellen würdest.

Laura-Kristin ist über die Herbstferien zu Hause, und man kann die vier Kilo, die sie – angeblich vor Kummer! – abgenommen hat, schon richtig gut sehen. Wenn sie weiter in dem Tempo abnimmt, hat sie spätestens im November Idealgewicht und kann endlich ein glückliches Teenagerleben führen. Das sieht sogar Jan ein.

@ Sonja, kann es sein, dass Valentina Ulganowa aus der 1b heute Sophies Oilily-Mantel trug? Ist mir nur aufgefallen, weil die arme kleine Valentina sich sonst nicht gerade durch Modebewusstsein auszeichnet.

Sofagrüße von Frauke

8. Oktober

Hallo. Ich bin also die Neue. Mein Name ist Sibylle Hittler, 1,70, 58 Kilo, blond, 39 Jahre alt, verheiratet, drei Söhne, Oskar (13), Ben (8) und Fritz (5). Wir sind im Juni aus Lerne-Hütthausen in Niedersachsen hergezogen in den Ameisenweg Nummer 11. In Hütthausen war ich Gründungs- und Vorstandsmitglied der Kindergarten-Eltern-Initiative Brummkreisel, und die Arbeit hat mir einen Riesenspaß gemacht. Ich bin daher sehr froh, mich jetzt in der Mütter-Society wieder für Kinder und Mütter engagieren zu können. Erste wertvolle Insider-Tipps habe ich ja schon von euch bekommen: Um ein Haar hätte ich Oskar und Ben in der Kinderzirkus-Gruppe angemeldet, die auf eurer »Schwarzen Liste« steht.

Als gelernte Immobilienmaklerin arbeite ich übrigens Teilzeit im Maklerbüro meines Mannes und seines Partners mit (Hittler und Kamps im Rosenkäferweg, falls jemand eine neue Wohnung braucht), eine Arbeit, die sich wunderbar mit der Kindererziehung und dem Haushalt kombinieren lässt. In meiner Freizeit mache ich Blutgruppen-Diät und widme mich leidenschaftlich der Dekoration unseres Hauses.

Haustiere haben wir keine, aber Oskar hätte gern Rennmäuse. Ich wäre daher dankbar für Erfahrungsberichte von eurer Seite: Haustiere ja oder nein, wenn ja, welche, und so weiter.

Gespannte Grüße von

Sibylle

8. Oktober

Hallo, ihr Lieben, hallo Sibylle und herzlich willkommen bei uns. Gut, dass du die Homepage schon auf eigene Faust erforscht hast und sogar schon die »Schwarze Liste« (top secret, übrigens!) aufgestöbert hast. Solltest du noch Fragen haben, kannst du dich jederzeit an uns wenden.

Haustiere: Wir haben so ein quiekendes kleines Hamsterschwein für Sophie. Leider stinken die Viecher nach kurzer Zeit, und die Lebensdauer ist sehr begrenzt, sodass man ständig neue Tiere kaufen muss. Auch sonst sehe ich keinen direkten Vorteil in der Haltung, aber Sophie will unbedingt so ein Tier haben, weil alle eins haben.

@ Frauke. Ich wusste selber nicht, dass Valentina Ulgadingsda die Tochter von unserer Perle Dascha ist, ich bin aus allen Wolken gefallen. Aber Dascha spricht auch so schlecht deutsch, da versteht man kaum ein Wort. Es war mir zuerst auch ein wenig unangenehm, dass Sophie mit der Tochter unserer Putzfrau in eine Klasse gehen muss, aber mittlerweile habe ich mich damit abgefunden. Ich denke gar nicht daran, Dascha wegen längst überholter sozialer Ressentiments wieder aufzugeben: Für zwanzig Euro schuftet sie einen ganzen Vormittag ohne Pause, sie hat eine Arbeitsmoral, von der sich die meisten Deutschen eine Scheibe abschneiden könnten. Sie hat sogar von sich aus vorgeschlagen, die Reinigung des Hamsterschweinchen-Käfigs zu übernehmen, welche deutsche Putzfrau würde das tun? Und sie kümmert sich rührend um Beryl. Gestern konnte ich mich einen Vormittag lang in den Claudius-

Thermen erholen, während sie das Baby hütete und einen Riesenstapel Hemden bügelte. Das Geld braucht Dascha u.a., um Medikamente für ihre kranke Mutter in Russland zu bezahlen, also täten wir ihr keinen Gefallen, wenn wir ihr kündigen würden, nur weil unsere Mädchen zufällig in dieselbe Klasse gehen. Muss jetzt zur Maniküre,
Grüße
Sonja

8. Oktober

Herzlichen Glückwunsch zur Mitgliedschaft, Sibylle. Es ist wirklich nicht einfach, bei uns aufgenommen zu werden.
Ich bin Gitti, die einzige Alleinerziehende hier und zuständig für alle Bastel- und Handarbeitsaktionen. Wie du der Rubrik »Projekte« entnehmen kannst, zeichne ich verantwortlich für diverse Mutter-Kind-Workshops und das Mütter-Society-Maskottchen, die riesengroße Pappmaché-Kuh, für die wir schon viele Komplimente geerntet haben. Ich freue mich, dass du dich für Inneneinrichtungen und Dekorationen interessierst. Wenn du irgendwelche Fragen oder Anregungen hast oder dich gleich anmelden willst für den Workshop »Spielzeugkisten – mit Serviettentechnik zu Unikaten« am kommenden Donnerstag, würde ich mich sehr freuen.
Mami Gitti,
die sich schon immer eine Katze wünscht,
aber nie eine haben durfte, weil ihre Mutti gegen Haustiere ist

8. Oktober

Liebe Sibylle, herzlich willkommen auch von mir bei uns in der Mütter-Society. Ich bin Ellen, Mami von Timmi (3) und Jimmi (frisch geschlüpft). Mein Männe hat die Zahnarztpraxis im Libellenweg, das ist gleich bei euch um die Ecke.

Ich überlege schon die ganze Zeit, ob wir uns vielleicht von früher kennen, weil mir dein Name so supi-bekannt vorkommt. Aber gab es nicht mal einen Maler namens Arnulf Hittler? Oder Attila?

Haustiere haben wir keine, weil Timmi schon weint, wenn er ein Meerschweinchen von weitem sieht. Möglicherweise liegt es daran, dass gewisse andere Kinder ihm immer mit ihren Stofftieren Angst eingejagt haben. (Ich will jetzt keine Namen nennen, aber so eine Riesenmaus mit Latzhosen kann schon supi-gruselig sein! Vor allem, wenn man sie vor den Kopf gehauen kriegt.)

Gitti, es wird wirklich höchste Zeit, dass du bei deinen Eltern ausziehst.

Mami (Milchkuh im Dauereinsatz) Ellen

P. S. Möchtest du noch ein viertes Kind bekommen, damit es endlich mal ein Mädchen wird, Sibylle, oder hast du schon resigniert?

P. P. S. Frauke: Für das Society-Mum-Projekt: Mein Männe hätte bitte auch gern ein Mädchen mit Karies und / oder einer Fehlstellung.

8. Oktober

Liebe Sonja, Gitti, und Ellen, herzlichen Dank für eure Willkommenswünsche. Gitti, deine Handarbeitsprojekte sind ja wirklich beeindruckend. Am besten haben mir die Windspiele aus Alete-Gläschen-Deckeln gefallen.

Ein Maler namens Arnulf oder Attila Hittler ist mir nicht bekannt, Ellen, aber Kunst ist auch nicht mein Fachgebiet. Und ein viertes Kind ist nicht geplant. Wir sind sehr glücklich mit unseren drei Jungs. Aber ich übernehme selbstverständlich gern eins der Mädchen aus dem Society-Mum-Hilfsprojekt.

Sibylle

3. Kapitel

Während ich Anton niedergeschlagen hinterherschaute, hörte ich mit einem Ohr, wie meine Mutter über den Sommer 1976 sprach, das Jahr, in dem Tante Gertis Klo verstopft gewesen war, und zwar durch ein Konglomerat von benutzten Damenbinden und Haaren aus Tante Gertis Haarbürste.

»Installateure unterliegen keiner Schweigepflicht, weißt du?«, sagte meine Mutter. »Das ist nicht wie bei Ärzten. Der Installateur hat Tante Gertis Ruf ein für alle Mal ruiniert, und sie konnte nichts dagegen unternehmen.«

»Mutti, ich muss Schluss machen«, sagte ich.

»Das verstehe ich«, sagte meine Mutter. »Sag einfach, das sei noch vom Vormieter. Wir sehen uns dann wahrscheinlich nächsten Samstag.«

»Ja, ich freue mich«, sagte ich. Ich war eine verlogene Schlange.

Als ich in die Küche kam, sah ich, dass Anton Emily zwischen Julius und Samantha auf die Arbeitsplatte gesetzt hatte, von wo aus sie mir finster entgegenschaute. Na toll.

Ihre Großmutter hauchte mir zwei Küsschen links und rechts auf die Wangen. Sie roch nach teurem Parfüm, dem Leder ihrer Mercedes-Kopfstützen und Haarspray. »Ich sagte gerade zu Anton, es riecht einfach köstlich bei euch, und ich würde schrecklich gern zum Mittagessen bleiben, meine Liebe, aber leider sind Rudolf und ich zum Mittagessen im Clubhaus verabredet.«

»Wie schade«, sagte ich und sah Anton an. Er sah an mir vorbei.

»Es sieht wohl so aus, als würden sich die von Erswerts endgültig trennen«, sagte Polly. »Die arme, arme Jule. Die Neue ist gut und gern zwanzig Jahre jünger als sie. Männer sind Tiere, nicht wahr?«

»Hmhm«, machte ich möglichst neutral. Anton hatte die Kiefer fest zusammengepresst und sagte nichts.

Polly gab Emily einen Kuss. »Arrividerci, meine Süße! Anton, ich habe Emilys Bienenköniginnen-Kostüm an die Garderobe gehängt, nach der Generalprobe musst du noch mal prüfen, ob die Fühler wirklich fest sitzen. Sie schienen mir ein wenig instabil. Nicht, dass sie ihr während der Aufführung am Freitag um die Ohren fliegen.«

Während Anton seine Mutter an die Tür brachte – draußen hörte man Frau Hempel schreien, dass sie schon beinahe die Polizei gerufen habe –, sah ich mich kurz um. Anton hatte meine Abwesenheit gut genutzt: Die Äpfel waren bereits geschält, und der Blumenkohl für die Suppe war geputzt. Der Backofen war auf 180 Grad vorgeheizt.

»Wer will den Teig in die Form gießen?«, fragte ich.

»I-ich!«, sagte Julius. Emily sah mich finster an.

»Super. Und dann könnt ihr mir alle helfen, die Äpfel darauf zu verteilen«, sagte ich.

»Ich finde Kuchenbacken *doof*«, sagte Emily.

Rat mal, was ich doof finde ...

Leider wollte Anton mit einem klärenden Gespräch nicht warten, bis wir allein waren. Und offensichtlich wollte er sich auch nicht mit langen Vor- und Drumherumreden aufhalten.

»Wer war da vorhin am Telefon?«, fragte er, noch halb im Flur.

Ich schluckte. »Meine Mutter«, sagte ich leise.

»Das dachte ich mir«, sagte Anton, nahm eins meiner Messer in die Hand und hackte auf ein paar Steinpilze ein. »Und ihr habt über *Installateure* geredet?«

»Ja. Tante Gertis Klo war verstopft.«

»Tante Gertis Klo«, wiederholte Anton.

»Ja, und stell dir mal vor, der Installateur hat überall herumerzählt, was Tante Gerti alles ins Klo gestopft hatte«, sagte ich und spürte, wie ich rot wurde. »Installateure unterstehen nämlich keiner Schweigepflicht, hast du das gewusst?«

Anton knallte eine Pfanne auf den Herd und goss reichlich Öl hinein. »Du denkst wohl, ich bin blöd, Constanze!« Seine Stimme war nicht lauter als sonst, trotzdem war mir, als habe er gebrüllt.

»Wollt ihr nicht mal alle hoch zu Nelly gehen und sagen, dass das Essen in einer Viertelstunde fertig ist?«, fragte ich die Kinder.

»Nein«, sagte Emily. Sie guckte nicht mehr ganz so mürrisch wie vorher. Klar, sie witterte Morgenluft.

»Ich will den Blumenkohl prürieren«, sagte Julius.

»Das heißt pü-rie-ren«, sagte Emily. »Analphabet.«

Samantha warf ihr eine Hand voll Mehl ins Gesicht.

»Na, warte!« Emily griff ebenfalls tief in die Mehltüte. Ich wollte mich einmischen, aber Anton hielt mich am Ärmel fest.

»Wissen deine Eltern überhaupt, dass es mich gibt?«

Ich schaute unbehaglich auf das Messer in seiner Hand. »Weißt du … meine Eltern und ich … Wir stehen uns nicht so besonders nahe«, murmelte ich.

»Also nicht!« Anton ließ mich los und warf das Fleisch in die Pfanne, obwohl das Öl noch gar nicht heiß genug war. »Was ist los mit dir? Schämst du dich für mich?«

»Unsinn!« Was für ein absurder Gedanke! »Hey, lasst das!« Emily, Julius und Samantha waren mittlerweile in eine regelrechte Mehlschlacht vertieft. Aber Anton tat so, als bekäme er das gar nicht mit.

»Aber warum hast du ihnen nichts von mir erzählt? Wir sind jetzt schon *Monate* zusammen.«

»Ich … natürlich wissen sie, dass es dich gibt … Hört auf, damit zu werfen! Das ist ein *Lebensmittel*.«

Die Kinder hatten offenbar Spaß. Sie quietschten vor Vergnügen und entrissen sich gegenseitig die Mehltüte.

»Constanze, ich meine es sehr ernst mit uns«, sagte Anton. »Deshalb habe ich dich meiner Familie, meinem Geschäftspartner und meinen Freunden vorgestellt.«

»Ich meine es auch ernst«, beteuerte ich.

»Ja, klar. So ernst, dass du vergisst, es deinen Eltern zu erzählen.«

»Ich wollte nur nicht … Ich habe wohl … meine Eltern sind …«, stotterte ich vor mich hin. Die Kinder sahen aus wie Schneemänner. Kevin würde sicher schimpfen, wenn er Samantha so sah. Ich versuchte, sie mit einem Geschirrtuch zu entstauben.

Anton umfasste mein Handgelenk und drehte mich so, dass ich ihn anschauen musste. »Wissen deine Eltern über uns Bescheid oder nicht?«

Ich nickte. Das konnte beides heißen.

»Und wann lerne ich deine Eltern kennen?«

»Sie wohnen auf Pellworm!« Auf meinem Kopf landete eine Hand voll Mehl und rieselte über mein Gesicht.

»Das war Julius«, quietschte Emily vergnügt.

»Aber aus Versehen«, kicherte Julius.

»Wann – lerne – ich – deine – Eltern – kennen?«, wiederholte Anton, ohne mich loszulassen.

Mir war klar, dass jetzt nicht der Zeitpunkt für fadenscheinige Ausreden war. Ich pustete mir das Mehl aus den Augen und sagte: »Nächsten Samstag.«

Damit hatte Anton nicht gerechnet. Er ließ mich los und fuhr mit dem Kochlöffel eine planlose Schleife durch die Pfanne. Dann sah er mich wieder an, misstrauisch, wie mir schien.

»Sie machen Urlaub im Schwarzwald und werden hier einen Zwischenstopp einlegen. Sie wollen dich natürlich auch unbedingt kennen lernen.« Ich versuchte ein Lächeln. »Ich dachte, du … und Emily könntet zum Abendessen kommen.«

Oh mein Gott, das würde mein Ende sein.

»Gut«, sagte Anton, und der frostige Ton in seiner Stimme war verschwunden. Er hob seine mehlige Tochter von der Arbeitsplatte und klopfte sie ab. »Ich bringe den Wein mit.«

»Prima.« *Prima!* Wein würde ich auf jeden Fall in rauen Mengen benötigen.

Herr Moser von Haushaltswaren Moser hatte bereits drei Übernahmeangebote für sein Ladenlokal. Eins vom Reisebüro »Palmen-Reisen« in der gleichen Straße, eins von einer großen Bäckereikette und eins von Leuten, die einen Bio-Laden eröffnen wollten. Mir schien, als habe er sich bereits für das Reisebüro entschieden.

»Wissen Sie, einen Bäcker haben wir ja schon schräg gegenüber, und gutes Gemüse verkauft Herr Wu gleich nebenan«, sagte er und stützte sich auf einen verchromten Standmixer. »Außerdem – diese Ökotypen sind ja, was Finanzen angeht, nicht so …« Sein Satz blieb im Raum hängen, während sein Blick Trudi streifte, die sich heute viele kleine Zöpfchen geflochten hatte, eine buntgeringelte, gestrickte Baskenmütze trug und ein weites lila Kleid, das ihr bis zu den Knien reichte. Die Beine steckten in zu der Mütze passenden Wollstrümpfen und lila Lackstiefeletten. Um ihren Hals baumelte eine Kette mit einem riesigen Drudenfuß.

»Das ist nicht Öko, das ist eher Ethno gepaart mit ein bisschen Achtzigerjahre-Retro und einem Hauch Gothic«, murmelte Anne, die in ihren verbeulten Jeans und einem sackähnlichen Strickpullover sicher auch nicht Herrn Mosers Idealvorstellungen eines vertrauenerweckenden Geschäftspartners entsprach.

Ich sah unsere Felle längst wegschwimmen. Dabei war der Laden wirklich toll. Wenn man sich Herrn Mosers Einrichtung und die Restwaren wegdachte und sich frische Farbe an den Wänden vorstellte. Die

Verkaufsfläche hatte knappe sechzig Quadratmeter, hinten gab es einen Lagerraum, ein kleines Büro, eine Teeküche und ein richtiges Badezimmer. An der geschwungenen Schaufensterfront konnte ich mich gar nicht genug sattsehen. Eine Schande, sich dieses Juwel mit blöden Postern verschandelt vorzustellen, auf denen »LAST MINUTE – Türkei – 4 Sterne all inclusive – zwei Wochen für nur 765 Euro« stand.

Aber Herr Moser fühlte sich den Leuten vom Reisebüro offenbar irgendwie verbunden.

»Meine Frau und ich sind auch schon mal mit Palmen-Reisen nach Teneriffa geflogen«, sagte er. Seine Frau war im vorletzten Jahr gestorben. Eigentlich war es andersherum gedacht gewesen, hatte er uns erklärt: Herr Moser hätte vor seiner Frau sterben müssen, darauf war die ganze Altersversorgung aufgebaut gewesen. Jetzt musste er in der Wohnung über dem Ladenlokal wohnen bleiben und künftig von der Miete leben.

»Wo kaufen Sie Ihre Schuhe?«, fragte Trudi.

»Ich ...« Herr Moser blickte auf seine dunklen Halbschuhe hinab. »Das hat meine Frau immer für mich gemacht.«

»In Zukunft müssten Sie nur die Treppe hinuntergehen, wenn Sie ein Paar neue Schuhe brauchen«, sagte Trudi. Herr Moser sah nicht so aus, als ob ihn diese Vorstellung besonders glücklich machte. Er fixierte den Drudenfuß auf Trudis Brust und schwieg.

»Was kosten eigentlich die Lava-Lampen da vorne?«, fragte ich ablenkend.

»Die blaue oder die rote?«, fragte Herr Moser.

»Die Räumlichkeiten haben sehr viel Potenzial.« Mimi hatte endlich auch ihren Rundgang beendet und trat wieder zu uns. Wie gut, dass sie im Kontrast zu Trudi einen schwarzen Hosenanzug und eine sehr schicke Aktentasche trug. Und eine Brille, die ihr ein extrem seriöses, ein wenig strenges Aussehen verlieh. Ich hatte gar nicht gewusst, dass sie eine Sehschwäche hatte.

»Die Ladenmiete ist natürlich nicht gerade niedrig«, sagte Mimi und rückte die Brille auf der Nase zurecht. »Und der Zustand ist … ähm … sehr …«

»Ich lasse alles instand setzen«, fiel Herr Moser ihr ins Wort. »Bis Ende des Monats ist der Laden geräumt, dann kommen die Maler. Palmen-Reisen würde bereits im Dezember übernehmen.«

»Wir könnten frühestens im Februar eröffnen«, sagte ich. Man brauchte sich (und Herrn Moser) nichts vorzumachen: Der Besuch bei der Bank wegen der Finanzierung stand uns erst noch bevor, und die Liste der Formulare und Genehmigungen, die wir bearbeiten und beantragen mussten, war erschreckend lang. Außerdem hatten wir bei der flüchtigen Lektüre eines Buches mit dem Titel »Kleine Schuhkunde« festgestellt, dass keiner von uns den Unterschied zwischen einem Jodhpur-Boot und einem Chelseaboot kannte. Das Seminar für Existenzgründer im Einzelhandel, für das wir uns angemeldet hatten, fand im Januar statt. Wir hofften, dass wir danach ein wenig klüger sein würden.

»Der Bodenbelag müsste auch erneuert werden«, sagte Mimi und zeigte auf einen tiefen Kratzer im Linoleum.

»Allerdings«, sagte Trudi. »Der sieht aus wie Erbrochenes.«

Jetzt, wo sie es sagte, merkte ich es auch. Das

Muster des Bodens setzte sich aus ungleichmäßigen Schlieren in Senfgelb und verschiedenen Brauntönen zusammen. Anne legte sich die Hand auf den Magen. Die Ärmste hatte immer noch sehr mit Morgenübelkeit zu kämpfen.

»Das war damals der letzte Schrei«, sagte Herr Moser. »Außerdem sieht man den Dreck nicht so darauf. Sie glauben ja nicht, was die Leute alles so mit reinschleppen.«

»Doch«, sagte Mimi. »Deshalb muss der neue Bodenbelag auf jeden Fall extrem strapazierfähig sein, und das kostet!« Sie seufzte, und Herr Moser seufzte gleich mit.

»Alles ist so teuer geworden«, murmelte er. »Und man ist ja auch nicht mehr der Jüngste. Früher habe ich alles selber gemacht.«

»Und Handwerker sind so unzuverlässig«, sagte Anne. »Die guten sind auf Jahre im Voraus ausgebucht.«

Herr Moser nickte traurig.

»Ich mache Ihnen einen Vorschlag«, sagte Mimi. »Wenn wir den Laden übernehmen, nehmen wir Ihnen die Renovierungsarbeiten ab.«

»Sie?« Herr Moser musterte uns der Reihe nach.

»Wir kümmern uns um die Handwerker. Lassen den Boden verlegen, organisieren die Elektro- und Malerarbeiten«, sagte Mimi. »Alles auf unsere Kosten und in hoher Qualität. Sie könnten sich gemütlich zurücklehnen und müssten keinen Cent dafür bezahlen.«

»Und wo ist der Haken?«, fragte Herr Moser, womit er mir aus der Seele sprach. Sicher, Mimis Mann Ronnie war Leiter eines riesigen Baumarktes, aber umsonst kam er ja auch nicht an Parkett und Farbe ran.

»Es gibt keinen Haken«, sagte Mimi. »Allerdings würden wir erst ab März Miete zahlen.«

»Aha«, sagte Herr Moser.

»Aha«, sagten auch Trudi, Anne und ich.

»Sie können das ja mal in aller Ruhe gegeneinander aufrechnen«, sagte Mimi. »Palmen-Reisen würde zwar ab Dezember Miete zahlen, aber die Renovierungsarbeiten blieben an Ihnen hängen. Schlimmer noch: Sie müssten alles innerhalb eines Monats erledigen.«

Herr Moser sah nachdenklich aus. »Und Sie verwenden wirklich hochwertige Materialien?«

»*Sehr* hochwertige Materialien«, sagte Mimi und sah Herrn Moser durch die Brille todernst an.

»Und ich müsste mich um gar nichts kümmern? Wenn was schiefginge, läge das allein in Ihrer Verantwortung?«

»Das könnten wir vertraglich festlegen«, sagte Mimi.

»*Uuuuund* Sie kriegten jedes Jahr ein Paar Schuhe umsonst«, sagte Trudi im Tonfall eines Jahrmarktschreiers.

Von Herrenschuhen war bisher keine Rede gewesen. Aber egal, für Herrn Moser würden wir die eben einfach beschaffen. Hauptsache, er gab uns diesen wunderbaren Laden!

»Also, ich weiß nicht …« Herr Moser sah immer noch zögerlich aus. Wir alle hielten die Luft an.

»Schlafen Sie ruhig mal darüber«, sagte Mimi freundlich.

Gott, die hatte vielleicht Nerven.

»Ja, schlafen Sie ruhig eine Nacht darüber, Herr Moser«, sagte ich. »Allerdings, wenn Sie sich sofort für uns entscheiden, dann kaufe ich diese beiden Lava-Lampen, den geblümten Toaster und das durchsichtige Salatbesteck da vorne. Und einen Bügelbrettüberzug, wenn Sie haben.«

»Alle beiden Lava-Lampen?«

»Jawohl«, sagte ich.

Ganz langsam glätteten sich die Sorgenfalten in Herrn Mosers Gesicht, bis er annähernd zwanzig Jahre jünger aussah. »Ich glaube, wir kommen ins Geschäft«, sagte er und streckte uns seine Hand entgegen. »Meine Damen! Der Laden gehört Ihnen.«

✿

»Auf Mimi, die knallharte Geschäftsfrau!« Ich hob das Champagnerglas. »Super, diese Brille!«

»Und auf Constanze, die weiß, wann man Lava-Lampen ins Spiel bringen muss«, sagte Trudi.

»Die blaue kaufe ich dir ab«, sagte Anne. »Jasper würde mir sonst sowieso keine Ruhe lassen, wenn Julius jetzt eine hat und er nicht.«

»Ich wollte sie ihnen eigentlich erst zu Weihnachten schenken«, sagte ich. Der Champagner war köstlich, eiskalt und prickelnd.

»Auf die Zukunft«, sagte Mimi. Die Brille hatte sie abgenommen. »Ronnie freut sich schon aufs Renovieren.«

»Jo wird ihm helfen«, sagte Anne. »Er kann auch Fliesen verlegen und Regale schreinern. Für einen Mathelehrer ist er unheimlich geschickt.«

»Ist euch eigentlich klar, dass ich, sollte das mit

dem Laden klappen, das erste Mal in meinem Leben eigenes Geld verdienen werde?«, fragte ich.

»Na ja, jedenfalls, sobald wir dir das Geld, das du in den Laden reinsteckst, zurückgezahlt haben«, sagte Trudi.

»Ähm, ja, du hast recht.«

»Keine Sorge«, sagte Mimi, die die gleiche schwindelerregende Summe in unser Projekt investieren wollte wie ich. »Der Laden ist eine Diamantmiene. Wir müssen nur an den richtigen Stellen schürfen.«

»Und in erster Linie geht es ja darum, Menschen glücklich zu machen«, sagte Trudi.

»Nicht in erster Linie«, sagte Mimi. »Denn dann hätten wir das Geld einfach dem Kinderschutzbund spenden können.«

»Die Mütter-Mafia hat ein neues Hauptquartier.« Anne lehnte sich zurück und legte die Hand auf ihren Bauch. »Wir müssen auf jeden Fall ein bequemes Sofa aufstellen.«

»Wir brauchen auch noch einen Namen für den Laden«, sagte Trudi. »Wie gefällt euch: *Das dritte Auge?*«

»Super! Wenn wir Brillen verkaufen wollten«, sagte Anne. »An Leute mit drei Augen.«

»Und *Sternenmeridian*?«, fragte Trudi.

Anne verdrehte die Augen. »Nein, es muss was mit *Schuhen* im Namen sein.«

»Wir waren uns doch einig, dass wir nicht ausschließlich Schuhe verkaufen, oder?«, sagte Mimi. »So ein bisschen Schnickschnack dazu wird sich ganz gut machen. Natürlich nur allerhochwertigster Schnickschnack, sparsam eingesetzt.«

»Ja, ja«, sagte Trudi. »Und außerdem bieten wir

kostenlos ayurvedischen Kräutertee an. Unser Laden soll die Leute auch glücklich machen, wenn sie gerade mal kein Geld zum Ausgeben haben.«

»Auf keinen Fall Tee«, sagte ich. Ich hatte oft genug Trudis ekelhafte Teekompositionen trinken müssen. »Wir schaffen eine Cappuccino-Maschine an – das macht Frauen glücklich.«

»Wie wäre es mit *Happy Shoes*?«

»Back to the boots«, schlug Anne vor.

»Wir haben noch jede Menge Zeit, uns einen Namen auszudenken«, sagte Mimi. »Jetzt müssen wir erst mal herausfinden, wo wir die Waren beziehen können. Ich will auf keinen Fall, dass wir am Ende genau die gleichen Schuhe anbieten wie C&A, nur zwanzig Euro teurer, weil wir natürlich nicht so einen günstigen Einkaufspreis wie die bekommen.«

»Hast du Paris mal wegen Manolo Blahnik und Konsorten gefragt?«, wollte Anne von mir wissen.

»Sobald sie aus Venedig zurück ist«, sagte ich. »Und auch nur, wenn ich das nächste Wochenende überlebe.« Als ich an den Besuch meiner Eltern dachte, war meine euphorische Stimmung gleich wieder verflogen. Bedrückt trank ich mein Champagnerglas leer. Ich musste Anton und die Kinder unbedingt verpflichten, nichts von meinen Schuhgeschäftsplänen zu verraten. Meine Eltern würden sonst die Köpfe auf die Tischplatte schlagen. *»Da hat sie einmal ein bisschen Geld auf der hohen Kante und muss es gleich wieder für so eine Schnapsidee zum Fenster rauswerfen!«*

Anne sah auf die Uhr. »Ich muss los, Jasper und Jojo abholen.«

»Du nennst das arme Kind *Dschodscho*?«

»Hör mal, das ist immer noch besser als *Dscho-Ähn*, wie diese bescheuerte Bianca das Mädchen getauft hat«, sagte Anne. »Sie gehört jetzt zu mir, also muss ich mir einen Namen ausdenken, mit dem wir beide leben können. Umtaufen lassen geht ja schlecht bei einer Sechsjährigen.«

»Hat sie nicht noch einen zweiten Namen?«, fragte Mimi.

»Doch«, sagte Anne. *»Chantal.«*

»Oh, na dann«, sagte Mimi. »Jojo ist eigentlich ganz niedlich.«

»Ich muss auch los«, sagte Trudi und stand auf. »Diesen Scheiß-Manager-Typen das Atmen beibringen. Ich sage euch, ich bin so froh, wenn ich diese Jobs nicht mehr machen muss.« Sie atmete einmal tief durch. »Obwohl das natürlich alles auch unheimlich viele positive Seiten hat, meine ich.«

»Ich mach mich auch mal auf die Socken«, sagte ich und folgte ihnen zur Haustür. »Ich musste Nelly ohnehin schon bestechen, damit sie auf Julius aufpasst. Heute Abend darf sie *Greys Anatomy* gucken.«

»Das gucke ich auch«, sagte Anne. »Und Jo massiert mir dabei die Füße. Ich bin die glücklichste Frau unter der Sonne, stimmt's?«

»Ja«, sagte ich und seufzte dabei. Eigentlich hätte *ich* die glücklichste Frau unter der Sonne sein müssen oder wenigstens die zweitglücklichste, gleich nach Anne, aber irgendwie lief das mit mir und Anton nicht so rund. Und dann dieser fürchterliche Golfkurs. Man sollte ja nicht glauben, wie schwierig es ist, so einen blöden weißen Ball zu treffen. Heute Morgen hatte ich vierzehn gewaltige Löcher in die Luft gehauen, bevor ich einen Ball getroffen hatte.

Und der war dann fünfzehn Meter senkrecht in die Luft geflogen. Es war wirklich zum Heulen.

Mimi warf mir einen prüfenden Blick zu und hielt mich am Arm fest, bis die anderen beiden gegangen waren.

»Was ist eigentlich los mit dir?«, fragte sie.

Ich liebte alle meine Freundinnen, aber Mimi liebte ich noch ein kleines bisschen mehr als die anderen. Sie war mit Abstand die Klügste von uns, und die Schönste war sie auch, mit ihren fein geschnittenen Gesichtszügen, der zierlichen Figur und den ausdrucksvollen Rehaugen. Sie und Ronnie waren meine Nachbarn im Hornissenweg, und sie hatten mir sehr geholfen, als ich vor einem knappen Dreivierteljahr hierhin gezogen war, frisch getrennt und am Boden zerstört. Über Mimi und Ronnie hatte ich übrigens auch Anton kennen gelernt.

»Ach, es ist nur – ich treffe einfach den verdammten Golfball nicht, und Anton wird am Wochenende meine Eltern kennen lernen«, sagte ich und tapste zurück ins Wohnzimmer, um mich erneut auf das Sofa fallen zu lassen. »Das hätte ich gern vermieden.«

Mimi goss mir noch ein Glas Champagner ein und hörte geduldig zu, wie ich das Problem vor ihr ausbreitete, inklusive der Installateur-Geschichte und Tante Gertis verstopftem Abfluss von 1976.

»Ich verstehe dich trotzdem nicht«, sagte sie, als ich am Schluss meiner Litanei angekommen war. »Wie sollten deine Eltern Anton wohl vertreiben können?«

»Indem sie ihm Gemeinheiten über mich erzählen!«

»Blödsinn«, sagte Mimi. »Sieh mal, wenn Ronnies

Mutter es nicht geschafft hat, mich zu vertreiben, dann werden deine Eltern das mit Anton sicher auch nicht schaffen.«

»Du verstehst das nicht.«

»Das sag ich ja.«

»Ich meine, Ronnies Mutter wollte dich vertreiben, weil sie ihren Ronnie so wunderbar fand, dass er in ihren Augen selbst für eine Frau wie dich zu schade war.«

Mimi schnaubte durch die Nase. »Warum sprichst du in der Vergangenheitsform? Sie ist immer noch der Meinung, ihr Ronnie-Schatzi hätte was viel Besseres als mich verdient. Erst recht seit der Fehlgeburt.«

»Siehst du, und exakt das ist der Unterschied: Meine Eltern denken genau anders herum: Sie finden, dass selbst ein arbeitsloser, alkoholkranker, kettenrauchender Exknacki, der in seiner Freizeit gern in Frauenkleider schlüpft, was Besseres als mich verdient hätte.«

»Aber warum?«

»Was weiß ich?« Ich zuckte mit den Schultern. »Ich glaube, ich habe nur Psychologie studiert, um das herauszufinden. Fakt ist, dass sie Anton nicht kennen lernen sollten.«

»Aber Constanze, Anton liebt dich, ganz egal, was deine Eltern ihm sagen werden.«

Ich schüttelte den Kopf. »Du kennst sie nicht so gut wie ich. Sie werden ihm das Gefühl geben, er tue ein wohltätiges Werk. Sie werden ihm vermitteln, dass er der allergrößte Vollidiot sein muss, wenn er sich mit mir abgibt. Das haben sie mit Lorenz auch gemacht, und du siehst ja, was aus uns geworden ist.«

Mimi legte einen Arm um meine Schultern.

»Schnucki, ich kenne deinen Lorenz zwar nicht besonders gut, aber ich fürchte, was er getan hat, hat absolut nichts mit deinen Eltern zu tun. Jetzt entspann dich einfach mal.«

Das versuchte ich doch schon seit drei Tagen, aber es wollte mir einfach nicht gelingen. Meine einzige Hoffnung blieb weiterhin, dass meine Eltern an Köln vorbeirauschen würden, wenn sie einmal auf der Autobahn waren.

»Egal, was deine Eltern von dir halten: Du bist eine ganz großartige Person, und Anton kann sich glücklich schätzen, dich gefunden zu haben«, sagte Mimi.

»Du bist sehr lieb«, sagte ich. »Jetzt fühle ich mich schon weniger schlecht.«

»Ist schön, wenn zur Abwechslung mal ich dich ein bisschen aufrichten kann«, sagte Mimi.

Sofort bekam ich ein schlechtes Gewissen.

»Ich weiß, das sind eigentlich gar keine Probleme«, sagte ich. Als Mimi die Fehlgeburt gehabt hatte, war es ihr wochenlang sehr schlecht gegangen, und beinahe wäre sogar ihre Ehe zerbrochen. Jetzt hatten sich die beiden wieder zusammengerauft, und es schien ihnen besser zu gehen. Aber das war sicher nicht mein Verdienst. Das Einzige, was ich getan hatte, war Händchen halten und mitweinen. »Spricht Ronnie immer noch im Schlaf?«

Mimi schüttelte den Kopf. »Nein, aber ich habe trotzdem das Gefühl, er verheimlicht mir etwas.« Sie seufzte.

Mimi und Ronnie hatten sich nichts sehnlicher gewünscht als dieses Kind. Jahrelang hatte Mimi versucht, schwanger zu werden, und als es endlich geklappt hatte, waren die beiden überglücklich gewesen.

Dass Menschen wie Ronnie und Mimi, die so viel zu geben hatten, keine Kinder bekamen, während andere, die weder welche wollten noch gut für sie sorgen konnten, eins nach dem anderen kriegten, war traurig und irgendwie auch ungerecht.

Ich bewunderte die beiden, weil sie versuchten, nicht mehr mit dem Schicksal zu hadern, sondern sich damit zu arrangieren. Man kann auch ohne Kinder ein erfülltes und glückliches Leben führen, war ihre neue, offizielle Devise, und ganz sicher hatten sie damit recht. Trotzdem, es brach einem das Herz, wenn man wusste, dass sie sich eigentlich vom Leben gewünscht hatten, Eltern zu werden. Eine Familie zu sein.

»Warum versucht ihr es denn nicht einfach noch mal?«, fragte ich leise.

»Nein«, sagte Mimi bestimmt. »Noch mal will ich das nicht erleben. Und Ronnie auch nicht.«

»Aber es könnte auch alles gut gehen. Viele Frauen bekommen nach Fehlgeburten gesunde Kinder.«

»Es könnte aber auch noch einmal passieren«, sagte Mimi. »Das würde ich nicht überleben. Und du hast ja gesehen, wie Ronnie gelitten hat.« Sie setzte sich gerade hin. »Weißt du, es hat durchaus auch Vorteile, keine Kinder zu haben. Zum Beispiel kann ich mich jetzt voll und ganz auf diesen Schuhladen konzentrieren. Das macht mir einen Heidenspaß. Viel mehr als mein alter Job.«

»Obwohl du da ein Vermögen verdient hast«, sagte ich. Ich hatte vergessen, was genau Mimi beruflich gemacht hatte, aber es hatte was mit Unternehmensberatung zu tun und einem ellenlangen Studium.

»Das werde ich diesmal auch. Dieser Schuhladen wird ein Bombenerfolg«, sagte Mimi. »Lass dich morgen von den Rechenbeispielen des Bankmenschen bloß nicht runterziehen. Egal, was er sagt: Der von mir angestrebte Gewinn ist keineswegs utopisch. Innerhalb eines Jahres können wir alle vier davon leben, wenn wir es richtig angehen.«

»Es sind aber bloß Schuhe. Keine Diamanten.«

»Das spielt keine Rolle. Und das mit dem Golf spielen kriegst du auch noch hin. Ich könnte mit dir trainieren.«

»Wirklich?«

»Klar. Sobald du die Platzreife hast, nehme ich dich als Gast mit auf den Golfplatz.«

»Die verdammte Platzreife ist ja gerade mein Problem.«

»Unsinn«, sagte Mimi. »Das haben schon viel Unbegabtere geschafft als du. Ronnie zum Beispiel. Und sieh ihn dir heute an, er hat immerhin ein Handicap von 18.«

✿

In dieser Woche sahen Anton und ich uns überhaupt nicht. Die Tage waren randvoll mit Terminen, und auch die Abende waren dicht. Montags spielte Anton immer Squash mit Ronnie, Dienstag hatte ich Elternabend in Nellys Schule, Mittwoch hatte Anton ein geschäftliches Abendessen, und Donnerstag war Emilys Generalprobe für die Ballettaufführung, die Freitagabend stattfinden sollte. Immerhin telefonierten wir jeden Tag miteinander, abends nach zehn Uhr, wenn die Kinder im Bett lagen.

»Was machst du gerade?«

»Ich liege nackt im Bett und denke an dich«, sagte ich. Das war nicht gelogen, wenn man sich das Nachthemd wegdachte. Es war Donnerstagabend halb elf. »Und du?«

»Ich versuche, diese verdammten Bienenköniginnen-Fühler mit der Heißklebepistole festzumachen«, sagte Anton. Nach einer kurzen Pause fügte er hinzu: »Und dabei bin ich nackt und denke an dich.«

Ich kicherte.

»Wie war dein Tag?«, fragte Anton.

»Oh, super. Ich habe viermal den / die / das Tee getroffen, elfmal den Rasen, hundertvierunddreißigmal die Luft, zweimal den Ball und einmal einen Platzwart.«

Anton lachte.

Das war kein Scherz, Doofmann!

»Und wie ist es bei der Bank gelaufen?«

»Oh, die sind ganz scharf darauf, uns das Geld zu leihen«, sagte ich. Das war auch wahr: Der Bankmensch hatte Mimis Kalkulation »ein bisschen optimistisch, aber im Großen und Ganzen glaubwürdig« genannt, und da wir ausreichende Sicherheiten boten, war unser Kredit anstandslos genehmigt worden. »Ich habe zwar immer noch nicht verstanden, warum wir uns das Geld leihen müssen, obwohl wir es doch auf der Bank liegen haben, aber anscheinend machen das alle so.« Wirklich: Ich bekam 4,5 Prozent Zinsen für die Kohle auf meinem Konto und musste nun 6,8 Prozent für das zahlen, das ich mir lieh – der Vorteil dieser Vorgehensweise wollte mir einfach nicht einleuchten.

Anton versuchte mir zum wiederholten Mal zu erklären, dass wir den Kredit als Geschäftsausgaben geltend machen konnten und uns unterm Strich günstiger mit dieser Art der Finanzierung stehen würden. Aber er erklärte es so kompliziert, dass ich ihn nach einer Weile unterbrach.

»Ich habe Sehnsucht nach dir«, sagte ich.

»Siehst du, und das meine ich: Wenn wir zusammen wohnen, können wir wenigstens die Nächte miteinander verbringen«, sagte Anton. »Au! Verfluchte Heißklebepistole! Das Zeug hat ein Loch in meine Jeans gebrannt.«

»Ich dachte, du bist nackt.«

»Gott sei Dank nicht, sonst hätte ich jetzt wer weiß ich was zusammengeklebt«, sagte Anton. »Diese Scheiß-Styroporkugeln wollen einfach nicht halten. Aber das müssen sie, sonst werden wir am Ende noch wegen Körperverletzung verklagt. Bei der Generalprobe vorhin ist der eine Fühler nur haarscharf am Nasenloch einer anderen Biene vorbeigezischt.«

»Na, das wird ja spannend morgen.«

»Ja, unheimlich spannend.« Anton seufzte ein bisschen. »Ich freue mich auf Samstag.«

Ja, da freute ich mich auch drauf. Ungefähr so sehr wie auf eine Wurzelbehandlung ohne Betäubung. Aber da musste ich jetzt durch. Falls nicht noch ein Wunder geschah.

Am Freitagmorgen fühlte ich mich krank. Ich konnte nicht genau sagen, wo es wehtat, eigentlich hatte ich von allem ein bisschen: Kopfschmerzen, Magenschmerzen, Gliederschmerzen, Halsschmerzen. Entweder handelte es sich um ein neuartiges Virus, oder aber es waren Angstsymptome, weil der Besuch meiner Eltern immer näher rückte.

Ich machte den Katzen und den Kindern Frühstück, schmierte Schulbrote und schälte Äpfel, suchte und fand einen verschollenen Kinderschuh, hatte eine Diskussion darüber, ob man bei sieben Grad Außentemperatur ohne Mantel aus dem Haus gehen durfte, und brachte Julius in den Kindergarten.

Als ich zurückkam, ging es mir noch schlechter.

Ich überlegte, ob man gegen eingebildete Schmerzen wohl auch ein Aspirin nehmen könnte, als das Telefon klingelte.

»Bauer?«

»Spreche ich mit Frau Constanze Bauer?«

»Ja.«

»Frau Bauer, mein Name ist Barbara Lehmann, und ich bin heute Ihre Glücksfee. Denn Sie haben gewonnen! Ist das nicht großartig?«

»Nein danke, ich kaufe nichts.«

»Hahaha, nein, Sie müssen auch nichts kaufen, Sie haben gewonnen! Bei unserer Glücksreisen-Verlosung! Und was soll ich Ihnen sagen? Sie sind für den Hauptgewinn vorgesehen!« Frau Lehmanns Stimme überschlug sich beinahe vor Freude.

»Aber ich habe bei gar keiner Verlosung mitgemacht.«

Frau Lehmann überging diesen Einwand. »Ich hoffe, Sie sitzen, denn sonst fallen Sie jetzt um, wenn ich Ihnen sage, was Sie gewonnen haben. Eine Reise nach Tunesien! Eine Woche Halbpension in einem Vier-Sterne-Hotel. Im Wert von zweitausend Euro! Na, was sagen Sie jetzt?«

»Ich könnte wirklich mal Urlaub gebrauchen.«

»Das haben Sie sich auch verdient«, sagte Frau Lehmann, die offenbar mehr über mich wusste, als mir lieb sein konnte. »Der Flug und das Hotel sind bereits für Sie reserviert. Ab in die Sonne! Alle Sorgen mal hinter sich lassen.«

»Ja, das wäre schön«, seufzte ich. Ich könnte für meine Eltern und Anton einen Zettel an die Tür hängen: *»Musste leider mal eben umsonst nach Tunesien.«*

»Das ist schön!«, rief Frau Lehmann. »Und das Beste kommt ja erst noch: Sie dürfen eine Begleitperson mitnehmen! Und die bekommt den Urlaub für die Hälfte! Sagenhafte fünfzig Prozent Ermäßigung! Na? Ist heute Ihr Glückstag, Frau Bauer?«

Jetzt wurde ich doch ein wenig misstrauisch. »Und wenn ich lieber allein fahren würde?«

»Das geht leider nicht.« Jetzt seufzte Frau Lehmann. »Die Reise ist nur für zwei Personen reserviert. Aber warum wollen Sie denn nicht Ihrem Mann auch mal was gönnen? Für nur neunhundertneunundneunzig Euro können Sie es sich zu zweit mal so richtig gut gehen lassen.«

Wie bitte? Also, das war doch …

»Glauben Sie nicht, weil ich blond bin, könnte ich nicht rechnen«, sagte ich böse.

»Na, das ist ja auch nicht schwierig zu rechnen, Frau Bauer«, sagte Frau Lehmann, eine kleine Spur aggressiver. »Selbst ein Kleinkind würde verstehen, dass Sie einen super Gewinn gemacht haben. Eine Reise im Wert von zweitausend Euro umsonst, und Ihre Begleitperson bekommt auf die gleiche Reise fünfzig Prozent. Wer da nicht zuschlägt, ist selber schuld.«

»Bei Palmen-Reisen kosten zwei Wochen Tunesien im Vier-Sterne-Hotel achthundertzwanzig Euro pro Person, Vollpension!«, sagte ich. »Wenn man dort also zu zweit einen Urlaub bucht und regulär bezahlt, spart man immer noch achtzig Euro gegenüber Ihrem Hauptgewinn samt sagenhafter Fünfzig-Prozent-Ermäßigung. Wer ist denn so blöd und fällt auf Ihren Pseudogewinnquatsch herein?«

»Wir können die Leute natürlich nicht zu ihrem Glück zwingen«, sagte Frau Lehmann. »Wenn Sie vor Ihrem Glück die Augen verschließen wollen, ist das Ihre Sache.«

»Tja, dann verschließe ich jetzt mal ganz fest die Augen«, sagte ich und legte auf.

Kaum hatte ich aufgelegt, klingelte es wieder.

»Sie können mich mal!«, rief ich in den Hörer.

»Hier ist deine Mutter. Wir sind schon hinter Bremen.«

»Was? Aber ihr wolltet doch erst morgen kommen.« Wenn überhaupt.

»Ja, aber so ist es besser«, sagte meine Mutter. »Wir zahlen ja ab morgen schon gutes Geld für unser Zimmer, da wollen wir keinen Tag verplempern.«

Na, das war ja wieder mal typisch. Dass andere Menschen ihre Tage auch verplant hatten, zogen sie gar nicht in Erwägung. Wenigstens nicht bei mir.

»Aber ich habe die Betten noch nicht überzogen ...«, begann ich. Da erst dämmerte mir, dass gerade das Wunder geschehen war, um das ich gebetet hatte: Wenn meine Eltern heute schon kamen, dann waren sie morgen Abend schon längst wieder weg. Das bedeutete, sie würden Anton gar nicht zu Gesicht kriegen. Und der konnte mir nicht mal

Vorwürfe machen, schließlich war es nicht meine Schuld, wenn meine Eltern so kurzfristig alle Pläne über den Haufen schmissen.

Begeistert rief ich: »Das ist sooo schön, dass ihr jetzt schon kommt!«

»Wir sind dann zum Mittagessen da«, sagte meine Mutter. »Bitte nichts Schweres. Kein Schweinefleisch. Und nichts mit Käse Überbackenes. Und keine Pfirsiche. Olav, auf welchen Knopf muss ich drücken?«

»Auf den roten«, hörte ich meinen Vater sagen, dann war das Gespräch beendet.

Meine Kopfschmerzen waren schlagartig verschwunden.

»Rate mal, wer gleich kommt«, sagte ich zu Julius, als ich ihn wieder vom Kindergarten abholte.

»Anton«, sagte Julius.

»Nein!« Eben nicht! »Oma und Opa. Sie kommen einen Tag früher.«

»Toll«, sagte Julius. »Kommt Anton auch?«

»Anton muss heute Abend ja zu der Ballettaufführung von Emily und kann leider nicht kommen.« Lieber Gott, das ist ja so wunderbar. Danke, dass du meine Gebete erhört hast. Es ist großartig, wie du das alles geplant hast, bis ins kleinste Detail!

»Weißt du was, Krümelchen? Wenn du Oma und Opa nichts von Anton und dem Schuhgeschäft erzählst, bekommst du was Schönes von mir geschenkt.«

Julius sah mich mit großen Augen an. »Was denn?«

So sind Vierjährige. Sie fragen eher »Was denn?« als »Warum denn?«. Sehr sympathisch.

»Eineeeee ... Lava-Lampe!«

»Boah, toll«, sagte Julius. »Die habe ich mir so sehr gewünscht. Und was kriegt Nelly, wenn sie Oma und Opa nichts von Anton und dem Schuhgeschäft erzählt?«

Das musste ich mir noch überlegen.

Ich lag auf dem Sofa und konnte nicht schlafen. Senta und Berger auch nicht. Sie rollten seit Stunden eine Walnuss über das Parkett.

Der Vollmond schaute mich durch das Wohnzimmerfenster besorgt an.

»Es liegt nicht an dir«, sagte ich zum Mond. »Es liegt an meinen Eltern. Die stressen mich einfach, egal, was sie tun. Ich bin zu aufgekratzt, um zu schlafen.« Und dann macht so eine Walnuss natürlich auch unheimlich Krach.

Der Mond musterte mich ernst. Trudi behauptete immer, der Mond sei in Wirklichkeit eine Mondin, la Luna, aber für mich blieb es »der« Mond, und ich fand auch seine Gesichtszüge sehr männlich. Männlich und gütig.

Trudi konnte das nicht verstehen. Sie fand, dass der Mond eindeutig ein Frauengesicht habe. »Guck doch bitte genau hin. Er sieht aus wie Prinzessin Stephanie von Monaco«, sagte sie immer.

Aber damit ging sie wirklich zu weit. Nichts gegen Prinzessin Stephanie, aber mit dem Mond hat sie wirklich nicht die leiseste Ähnlichkeit.

Es gibt übrigens Menschen wie Lorenz, die sehen überhaupt kein Gesicht im Mond oder sonst wo. Wenn ich mit Julius und Nelly das Wolkenspiel spielte (»Ich sehe eine Wolke, und die sieht aus wie ein Drache, der ein Haus auf dem Rücken hat«), saß Lorenz immer nur fassungslos daneben, den Kopf in den Nacken gelegt.

»Seht ihr da oben den kleinen Frosch?«, fragte Nelly zum Beispiel. »Den, der gerade seine Zunge ausfährt?«

»Ja«, rief Julius dann. »Er will den Igel fressen, der dumme Frosch. Papa, siehst du den Igel auch?«

»Ich sehe da oben nur Wolken.«

»Ja, aber siehst du nicht die Wolke, die aussieht wie ein Igel? Das heißt, jetzt sieht sie aus wie ein dicker König, siehst du?«

»Ich sehe nur Wolken, die aussehen wie Wolken«, brummte Lorenz und war auch noch stolz darauf.

Rumms – die Walnuss donnerte gegen ein Tischbein, und ich schreckte wieder hoch. Der Mond war im Fenster ein kleines Stückchen weiter nach rechts gewandert und guckte immer noch besorgt.

»Das Schlimmste habe ich doch schon überstanden«, sagte ich. »Nur noch das Frühstück, dann sind sie wieder weg. Und eigentlich sind sie doch ganz lieb.« Ja, wirklich: Meine Eltern hatten uns sogar etwas mitgebracht. Das heißt, mir nicht, aber den Kindern: Lego für Julius und ein Zahnputz-Set von *Prinzessin Lillifee* für Nelly.

Julius hatte sich sehr gefreut und dankbare Küsschen an Oma und Opa verteilt.

Nelly hatte ausgesehen, als müsse sie sich in den Zahnputzbecher übergeben. »Oh toll, vielen Dank! Ich wollte schon immer so einen Plastikbecher mit einer Prinzessin drauf haben. Meine kleinen Freundinnen sind sicher alle schrecklich neidisch, wenn sie das sehen.«

»Ich wollte zuerst noch eine passende Butterbrotbox kaufen«, sagte meine Mutter. »Aber bald ist ja schon Weihnachten.«

»Ja, da freue ich mich schon unheimlich drauf.« Nelly warf mir einen halb wütenden, halb amüsierten Blick zu. »Ich bin nicht vier, ich bin vierzehn!«, zischte sie mir zu.

»*Ich* weiß das«, zischte ich zurück.

»Sie haben auch einen schönen Malblock von Prinzessin Lillifee«, sagte meine Mutter. »Und so ein feines Täschchen. Und sogar eine Armbanduhr.«

»Wie süß«, sagte Nelly. »Gibt es vielleicht auch einen BH von Prinzessin Lillifee? Ich könnte nämlich dringend einen neuen gebrauchen.«

Meine Mutter sah mich tadelnd an. »Warum benutzt sie so schlimme Wörter?«

»Das ist der schlechte Einfluss der Großstadt, Mutti.«

Meine Mutter schüttelte den Kopf. Nelly ebenfalls, allerdings grinste sie dabei. Ich flüsterte ihr bei der nächsten Gelegenheit ins Ohr zu, dass Eltern zwar sehr wohl zu einem Teil dafür verantwortlich sind, wie ihre Kinder geraten sind, aber Kinder niemals etwas dafür können, dass ihre Eltern bescheuert sind.

»Gut, das merke ich mir«, sagte Nelly. Wenig später beugte sie sich wieder zu mir und flüsterte: »Aber ich glaube, *so* bescheuert wirst du nie sein.«

Da war ich sehr gerührt.

Hätten meine Eltern auch nur geahnt, dass Nelly mit jemandem wie Kevin Klose herumknutschte, wären sie wohl auf der Stelle tot umgefallen. Aber eine Konfrontation mit Kevin und seinen Piercings und Tattoos blieb uns erspart, weil Kevin wieder mal auf Samantha und seine kleinen Geschwister aufpassen musste.

»Er hat gefragt, ob ich vorbeikomme und ihm helfe, ihnen ein Kasperletheater-Stück vorzuspielen«, sagte Nelly.

Gott, das war ja so süß.

Aber Nelly tippte sich an die Stirn. »Ich dürfe auch das Krokodil spielen, hat er gesagt. Das kann man echt keinem erzählen. Da bleibe ich doch lieber zu Hause bei meinen bekloppten Großeltern und meiner bekloppten Mutter und sage nichts über Schuhläden und Menschen, die Anton heißen.«

»Dankeschön«, sagte ich. »Du bist mir eine echte Stütze.«

»Ja, und die *Dr.-House*-DVD können wir ja zusammen gucken«, sagte Nelly.

Meine Eltern hatten das Haus alles in allem sehr schön gefunden.

»Das muss man dem Lorenz hoch anrechnen«, sagte mein Vater. »Er hat gut für euch gesorgt.«

»Er hat hier keinen Finger krumm gemacht«, sagte ich, aber das hatten meine Eltern nicht hören wollen. Auch der riesige Garten fand ihren Beifall.

»Endlich kommen die Blagen mal an die frische Luft«, sagte mein Vater. »Das hat der Lorenz gut überlegt.«

»Und was für einen schönen großen Sandkasten ihr habt«, sagte meine Mutter zu Nelly. »Das ist doch besser als der Balkon mitten in der Stadt.«

»Oh ja«, sagte Nelly. »Da sitze ich den ganzen

Nachmittag und backe tolle Sandkuchen, die ich mit Gänseblümchen verziere.«

Mein Vater trat anerkennend gegen die dicken Balken. »Das hat der Lorenz gut gebaut.«

Da sagte Julius: »Das hat nicht Papa gebaut, das war Ant…«

Ich riss entsetzt die Augen auf.

Julius schlug sich die Hand vor den Mund und sah mich groß an. »Krieg ich jetzt keine Lava-Lampe?«

Ich wollte schon loslegen mit einer Geschichte über meine Sandkasten bauende Freundin Antje, da merkte ich, dass meine Eltern dem kleinen Ausrutscher gar keine Beachtung geschenkt hatten. Sie waren zum Baumhaus weitergegangen und lobten Lorenz' väterliche Baukünste in den höchsten Tönen. Niemand von uns machte sich mehr die Mühe, sie darüber aufzuklären, wer das Baumhaus tatsächlich gebaut hatte.

Auch auf Anton kam niemand mehr zu sprechen. Es gab nur noch einen weiteren heiklen Augenblick, nämlich, als meine Eltern das Doppelbett in meinem Schlafzimmer sahen.

»So ein breites Bett für einen allein ist gefährlich«, sagte meine Mutter und schnalzte mit der Zunge. »Denk nur an Tante Gerti.«

Tante Gerti, die ja nicht zuletzt wegen der Sache mit dem Installateur eine alte Jungfer geblieben war, hatte sich in jungen Jahren trotzig ein Doppelbett für sich allein angeschafft. Und heute war sie so dick, dass sie das Bett auch ohne Mann wirklich gut ausfüllte.

Mein Vater zwickte mich testweise in die Taille. »Sie hat sich aber noch keinen Kummerspeck angefuttert«, stellte er fest.

»Na, das liegt daran, dass ich keinen Kummer habe«, sagte ich. »Ich bin ohne Lorenz sehr, sehr glücklich.«

»Das bist du nicht«, sagte meine Mutter.

»Das bin ich wohl.« Es war doch wirklich dumm und borniert zu denken, geschiedene Frauen säßen traurig in der Gegend herum. Die meisten, da ging ich jede Wette ein, hatten mehr Spaß als vorher.

Meine Mutter warf mir einen mitleidigen Blick zu. »Es ist ja gut, dass du dich damit abfindest, allein zu sein. Du findest sowieso keinen Dummen mehr, der dich jetzt noch nimmt, mit den Kindern und in deinem Alter.«

Da war ich kurz davor zu rufen, dass ich sehr wohl einen Dummen gefunden hatte, und zwar einen viel, viel besseren als Lorenz. Aber ich behielt die Nerven. Besser, meine Eltern hielten mich für eine bedauernswerte Seelenverwandte von Tante Gerti, als dass sie die Wahrheit erfuhren und sich umgehend daran machen konnten, Anton in die Flucht zu treiben.

»Manchmal denke ich sowieso, das Leben ohne Mann ist nur halb so schlimm, wie man so denkt«, setzte meine Mutter mit einem vielsagenden Seitenblick auf meinen Vater hinzu. »Irgendwann, früher oder später, bleibt ja ohnehin einer allein zurück. Wenn ich du wäre, würde ich mir einfach vorstellen, dass der Lorenz gestorben ist.«

»Ja, das mache ich«, sagte ich. »Und alle zwei Wochen kommt Lorenz' Geist und holt die Kinder ab.«

»Wenn einer von uns beiden stirbt, heirate ich nicht mehr«, sagte mein Vater zu meiner Mutter.

»Wieso glaubst du, dass du länger lebst als ich?«, fragte meine Mutter. »Bei deinem hohen Blutdruck!«

»Glaub ich ja gar nicht. Ich habe lediglich gesagt, wenn einer von uns beiden stirbt, heirate ich nicht mehr.«

»Ja, wie denn auch, wenn du tot bist!«

»Ich glaube ja, die Ehe wird allgemein eher überschätzt«, sagte ich, aber meine Eltern hörten mich gar nicht. Sie stritten sich weiter darum, wer von ihnen als Erster sterben würde.

Als sie um zehn Uhr ins Bett gingen, atmete ich tief durch und rief bei Anton an. Ich fragte, wie die Ballettaufführung gewesen sei. Anton sagte, die Fühler hätten bombenfest gesessen und Emily sei die schönste von allen Bienen gewesen.

»Ich vermisse dich«, sagte er dann. »Ich freue mich auf morgen.«

»Hörst du das, der Akku ist gleich leer«, sagte ich und rubbelte dabei mit der Hand über das Sprechloch. »Und ich muss dir doch sagen, dass krahammwarlölek Eltern heukraboldewolmderümm son schon kewedelede nussnuss, nichts, oder? Drömdi wardi komm?«

»Ich kann dich ganz schlecht hören«, sagte Anton.

»Weil der Akku nördiwumms gleich leer ist«, sagte ich. »Aber kramdelodeö bramussdi sokra de leider bloß nicht denn sedele Schwarzwald hebretadula seh für die. Schade, krundi – mehr die denn du?«

»Was? Ich versteh dich wirklich ganz schlecht, Constanze.«

»Hauptsache, du leg hadratudisti anderes Mal kramdiwummder höchstens in Wein aber nicht traurig denndi wenn's nicht, einverstanden? Oder noch die legdarlivorne Sandkasten. Oh weh, der Akku!«

»Wir reden morgen, ja?«, rief Anton. »Mit deinem Telefon stimmt was nicht.«

»Klömorfi so sind sie rutituti leider. Siden jagjag. Ich liebe dich. Mag di noch disinfundar böse?«

»Ich freue mich auf morgen«, rief Anton.

»Ich kräm digeldigel«, flüsterte ich und legte schnell auf. Jetzt konnte Anton nicht sagen, ich hätte ihm nichts von den geänderten Plänen meiner Eltern gesagt. Hatte ich wohl. Kräm digeldigel.

Irgendwann in dieser Nacht hörten Senta und Berger auf, die Walnuss umherzurollen, der Mond wanderte rechts aus dem Fenster, und ich schlief tatsächlich ein.

✿

Als meine Eltern um halb neun aufstanden, hatte ich schon Brötchen geholt, den Frühstückstisch gedeckt und Tee gekocht.

Außerdem hatte ich vier Tassen schwarzen Kaffee getrunken und ließ mir gerade die fünfte Tasse voll laufen, als Julius sagte: »Mama, du guckst so komisch.«

»Wie – komisch?«

»Wie Sponge Bob«, sagte Julius.

»Das ist das viele Koffein«, sagte ich. Ich hätte besser Whisky in den Kaffee gekippt, dann wäre ich jetzt wach *und* entspannt gewesen. So oder so – bald würde es geschafft sein.

Oben im Bad rief mein Vater: »Wo hafft du meine Fähne hingetan, Ulrike?«, als es an der Haustür klingelte.

»Machst du bitte mal auf, Julius, das ist sicher Jasper«, sagte ich. »Sag ihm, er soll in einer Stunde noch mal wiederkommen.« Dann würden meine Eltern voraussichtlich auf dem Weg in den Schwarzwald sein, und wir hatten das Haus wieder für uns.

»Mach um Himmels willen mal die Klüsen auf, Olav«, hörte ich meine Mutter rufen. »Keiner rührt jemals freiwillig deine Zähne an.«

»Mama!«, rief Julius von der Haustür.

Ein winziger Schluck Whisky würde sicher nicht schaden. Ich nahm die Flasche vom Regal. Als ich mich umdrehte, stand Anton vor mir.

Ich schnappte nach Luft.

»Julius wollte mich nicht reinlassen«, sagte Anton lachend. Er hatte seine Joggingklamotten an und ganz verschwitzte Locken. »Dabei habe ich mir die Schuhe gründlich abgeputzt! Ich kann dich nicht umarmen, ich bin ganz verschwitzt. Aber ich konnte nicht einfach hier vorbeilaufen, ohne dir wenigstens mal ganz kurz guten Morgen zu sagen.«

Ich wusste, dass ich jetzt wirklich ganz genauso guckte wie Sponge Bob. Ich fühlte förmlich, wie mir die Augen aus dem Kopf glubschten. Mein Herz hatte schon mindestens fünf Sekunden keinen Schlag mehr getan.

»Wenn ich jetzt keine Lava-Lampe kriege«, sagte Julius. »Dann ist das aber ungerecht.«

»Du … hier«, flüsterte ich, und eine unbändige Wut auf den unberechenbaren Lauf der Dinge packte mich. Warum konnte denn nicht einmal im Leben etwas so laufen, wie ich es geplant hatte?

Anton küsste mich und schaute dann auf seine Armbanduhr. »Ich muss wieder los! Emily guckt *Ronja Räubertochter*, und in genau vierzehn Minuten kommt die Sterbeszene mit Glatzen-Per, da muss ich neben ihr sitzen und ihre Hand halten.« Er küsste mich noch einmal und wandte sich zum Gehen. »Bis nachher. Und denk bloß nicht, ich hätte die Whisky-Flasche nicht gesehen. Mir entgeht nichts!« Er lachte wieder.

Ich schöpfte noch einmal Hoffnung. Offensichtlich war ihm das Auto meiner Eltern auf der gegenüberliegenden Straßenseite sehr wohl entgangen. Und wenn er jetzt ging, bevor …

»Huch!« Um ein Haar wäre er mit meiner Mutter zusammengestoßen.

»Huch!«, machte auch meine Mutter.

Tja, also dann.

Ich öffnete die Whiskyflasche und nahm einen großen Schluck.

Meine Mutter riss die Augen auf und musterte Anton von den verschwitzten Haaren bis zu den Turnschuhen und wieder zurück.

»Guten Morgen, Mutti«, sagte ich.

»Mutti?«, fragte Anton.

Der Whisky brannte in meiner Kehle. »Das ist Anton Alsleben. Anton, das ist meine Mutti.«

»Hast du die Zähne von deinem Vater gesehen?«, fragte mich meine Mutter. Ihre weit aufgerissenen Augen blieben aber auf Anton gerichtet.

Der erholte sich schneller von dem Schreck. »Freut mich, Sie kennen zu lernen«, sagte er und streckte meiner Mutter seine Hand hin. »Ich dachte, Sie wollten erst heute Nachmittag kommen.« Er lachte ein bisschen verlegen. »Ich wollte eigentlich nicht, dass Sie mich in Joggingklamotten kennen lernen. Warum hast du nichts gesagt, Constanze?«

»Hab ich doch«, sagte ich. »Gestern am Telefon. Sie haben alles um einen Tag vorverlegt.«

»Wer sind Sie denn?«, fragte meine Mutter.

»Anton Alsleben«, wiederholte Anton, obwohl offensichtlich war, dass der Name meiner Mutter absolut nichts sagte.

»Iff hab fie!«, rief mein Vater von oben.

Ich nahm noch einen Schluck aus der Whiskyflasche.

»Ich bin Constanzes Lebensgefährte«, sagte Anton.

»Nein!«, sagte meine Mutter.

»Doch«, sagte Anton und lachte wieder. »Offensichtlich haben Sie sich mich ganz anders vorgestellt. Aber ich trage nicht immer Jogginghosen, ehrlich. Wann müssen Sie denn weiter?«

»Jetzt gleich«, sagte meine Mutter. Ich fand, dass auch sie durchaus ein wenig Ähnlichkeit mit Sponge Bob hatte, besonders um die Augenpartie.

»Das ist so schade«, sagte Anton. »Aber können Sie denn nicht auf dem Rückweg noch einmal Halt machen, damit wir uns ein bisschen näher kennen lernen können? Ich muss nämlich jetzt dringend weiter.« Er sah die Treppe hinauf. »Ah, und Sie sind sicher Constanzes Vater. Guten Tag. Ich bin Anton Alsleben, Constanzes Lebensgefährte. Bitte entschuldigen Sie meinen Aufzug. Ich habe erst heute Nachmittag mit Ihnen gerechnet.«

Mein Vater war wie angewurzelt auf der untersten Stufe stehen geblieben und ließ sich vollkommen überrumpelt von Anton die Hand schütteln.

»Ich sagte gerade zu Ihrer Frau, dass es doch schön wäre, wenn Sie auf dem Rückweg noch mal in Köln Halt machen könnten«, sagte Anton. »Ich würde uns dann einen Tisch im Restaurant reservieren und meine Eltern dazubitten, damit sich die ganze Familie mal kennen lernen kann. Wann ist Ihr Urlaub zu Ende?«

»Heute in vierzehn Tagen«, sagte mein Vater immer noch total verdutzt. Wenigstens hatte er seine Zähne eingelegt.

»Na, das passt doch!«, sagte Anton. »An dem Sonntag hat Constanze Geburtstag, da schlagen wir gleich zwei Fliegen mit einer Klappe.«

»Constanze hat im Februar Geburtstag«, sagte mein Vater.

»Nein, das bin ich, du Dösbottel«, sagte meine Mutter.

»Dann klopfen wir das doch direkt mal fest«, sagte Anton. »Ich reserviere für Samstag in vierzehn Tagen einen Tisch.« Er sah wieder auf die Uhr. »Jetzt muss ich aber wirklich los. War sehr nett, Sie kennen zu lernen. Wir sehen uns dann in zwei Wochen. Ohne Turnschuhe.«

Er gab mir noch einen Kuss auf die Wange, wuschelte Julius übers Haar und joggte durch die Tür.

Julius gab der Tür einen Schubs.

»Hab ich was verpasst?«, fragte Nelly verschlafen von oben.

FRAGEN SIE DIE PATIN

Die exklusive Familienberatung der streng geheimen Mütter-Mafia

10 goldene Regeln zum Umgang mit einer Lava-Lampe

1. Verhindern Sie um jeden Preis, dass eine Lava-Lampe Einzug in Ihr Heim hält.

2. Versuchen Sie Ihrem Kind so früh wie möglich zu vermitteln, dass Lava-Lampen hässlich sind. Es empfiehlt sich, die Lava-Lampen in die Schlaflieder zu integrieren. Der Mond ist aufgegangen, die gold'nen Sternlein prangen, und Lava-Lampen sind ganz fies.

3. Sollte Ihr Kind dennoch eine Lava-Lampe begehren, versuchen Sie es mit: »Entweder die Lava-Lampe oder ich. Entscheide dich.«

4. Sollte Ihr Kind sich für die Lava-Lampe entscheiden, bieten Sie ihm als Alternative ein Haustier seiner Wahl an.

5. Sollte das Kind immer noch unbedingt eine Lava-Lampe besitzen wollen, kaufen Sie bitte zeitgleich eine Großpackung Baldrian, und beginnen Sie unverzüglich mit der Einnahme.

6. Bedenken Sie, dass es bis zu zwei Stunden dauert, bis die Lava in der Lampe in Bewegung kommt. Lassen Sie Ihr Kind in diesen zwei Stunden auf keinen Fall mit der Lava-Lampe allein, und geben Sie ihm vorsorglich ein wenig Baldrian.

7. Verhindern Sie um jeden Preis, dass Ihr Kind die Lava-Lampe schüttelt. Sonst vermischt sich alles zu einer trüben, beleuchteten Flüssigkeit, und das Kind weint und will eine neue Lava-Lampe.

8. Verhindern Sie um jeden Preis, dass die Lava-Lampe auf den Boden fällt, denn sonst vermischt sich alles zu einer trüben, unbeleuchteten Flüssigkeit, die Ihren Teppich ruiniert, und das Kind weint und will eine neue Lava-Lampe.

9. Spülen Sie die Baldrian-Tabletten am besten mit Whisky hinunter und legen sich unverzüglich schlafen, damit Sie nicht laut

fluchend in den Scherben herumstampfen und das Kind weint und eine neue Mutter will.

10. Verhindern Sie um jeden Preis, dass eine Lava-Lampe Einzug in Ihr Heim hält.

* * * THE SECRET OF KINDERERZIEHUNG

– endlich entschlüsselt:
Das Haus sauber zu machen, während Kinder darin spielen, ist wie Schnee zu schaufeln, während es schneit. Entspannen Sie sich. Dreck ist gesund.

Willkommen auf der Homepage der

Mütter-Society,

dem Netzwerk für Frauen mit Kindern.

Ob Karrierefrau oder »nur«-Hausfrau,

hier tauschen wir uns über Schwangerschaft und Geburt, Erziehung, Ehe, Job, Haushalt und Hobbys aus und unterstützen uns gegenseitig liebevoll.

Zutritt zum Forum nur für Mitglieder

11. Oktober

Meine Lieben! Ich hoffe, die Wogen haben sich inzwischen ein wenig geglättet, und jeder ist zufrieden mit dem Kind, das er zugeteilt bekommen hat. Ellen, es tut mir leid, dass wir nicht mit Sicherheit sagen konnten, ob deine Chantal ein Kariesproblem hat, aber ich denke, die Chancen dafür stehen besser als bei Kind 8, Coralie, deren Zähne laut Ulrike einwandfrei aussehen. Ihr habt meinen lieben Mann übrigens gestern wirklich verschreckt, der hat unser »Weibergezänk«

(O-Ton Jan) bis in die Werkstatt gehört. Und Marvin meinte, er habe schlecht geträumt, von bösen Hexen, die ihn fressen wollten …
Versöhnliche Grüße
Frauke

11. Oktober

Ich möchte nach den doch mehrfach laut gewordenen Äußerungen einiger Mitglieder gestern Abend vor allem mal eins klarstellen: Ich bin weder aus unserem Big-Mum-Society-Projekt ausgestiegen, noch missbrauche ich meinen Posten als Obermami, um mir irgendwelche Vorteile zu verschaffen. Ich habe mir lediglich die Freiheit genommen, mir ein eigenes Kind für unser Projekt zu organisieren. Noch mal für alle, die das nicht mitbekommen / verstanden haben: Da unsere Putzfrau Dascha auch an zwei Nachmittagen bei uns arbeiten soll, aber nicht weiß, wie sie das mit der Betreuung von Valentina unter einen Hut bringen kann, habe ich ihr angeboten, Valentina mit zu uns nach Hause zu bringen, und erlaube mir nun, Valentina in unser Projekt zu integrieren. Niemand von euch würde wohl behaupten, dass sie als vaterloses Immigrantenkind nicht dort hineinpasst, auch wenn sie jünger ist als die anderen Mädchen. Da ich mich sogar an zwei Nachmittagen pro Woche um sie kümmern werde, kann man mir auch nicht vorwerfen, dass ich es mir einfach mache. Im Gegenteil, eine Sechsjährige ist doch in vielerlei Hinsicht anstrengender als eine Zwölfjährige, die ja immer-

hin für Babysitter-Arbeiten eingespannt werden kann.
Sonja

11. Oktober

Sonja, es ging ja gar nicht in erster Linie darum, dass wir deine Arbeit mit der Tochter deiner Putze nicht als Projektarbeit anerkennen oder denken, du hättest da was zu deinen Gunsten getürkt, sondern darum, dass durch deine eigenmächtige Entscheidung nun ein überzähliges Kind in unserem Projekt ist. Der armen Coralie konnte keine Society-Mum zugeteilt werden, und Fraukes Schwester Ulrike hat zu Recht moniert, dass das dem Kind und den Eltern schwer zu erklären sein wird, nachdem sie ja gerade erst mit Mühe überzeugt worden sind, das Kind überhaupt am Projekt teilnehmen zu lassen. Gerade du als unsere Vorsitzende und Obermami hättest eine solche Situation vermeiden müssen.
Aber nun ist das Kind ja in den Brunnen gefallen, und wir müssen nach einer Lösung suchen. Am einfachsten wäre es, wir würden eine weitere Mami für Coralie auftreiben. Wer hat eine Freundin / Schwester / Bekannte, die sich für diese verantwortungsvolle Aufgabe eignen würde? Und Gitti: Um das gleich vorneweg zu nehmen: Niemand von uns möchte Nagelpilz-Lehmann oder Schlägermami-Heidkamp deswegen fragen.
Sabine, schon wieder auf dem Sprung zur nächsten Tagung

11. Oktober

An Mami Sabine und alle: Das Wort »türken« im Sinne von hintergehen / täuschen / blenden / betrügen sollten wir aus ethisch / moralisch / sprachästhetischen Gründen aus unserem Wortschatz streichen, es ist ausländerfeindlich, unseren türkischen Mitbürgern gegenüber beleidigend und schlicht und einfach überholt.
Mami Gitti

P. S. Und das Wort »Putze« ist meines Erachtens auch nicht politisch korrekt.

11. Oktober

Gott, jetzt hab dich mal nicht so, Gitti. Nur wenn man das Wort »türken« benutzt, heißt das ja nicht, dass man ausländerfeindlich ist. Wir haben jede Menge ausländische Freunde und sind auch sonst ganz und gar kosmopolitisch ausgerichtet. Und weißt du, wie viel Geld ich im Monat allein für Yuffka und türkischen Joghurt ausgebe? Ich denke, dass Türken, die hier in Deutschland leben, sich solche Empfindlichkeiten, wie über ein Wort beleidigt sein, nicht leisten dürften. Wenn es ihnen nicht passt, wie wir sprechen, können sie ja zurück in die Türkei gehen. Hunde sind ja auch nicht beleidigt, wenn man sagt, dass man sich hundeelend fühlt.
Sabine

P. S. Wir sind hier ein geschlossenes Forum, wenn ich also etwas Beleidigendes über eine

Putze schreibe, dann kann ich ja davon ausgehen, dass keine Putze mitliest und sich somit auch nicht beleidigt fühlen kann.

11. Oktober

Manchmal denke ich, du bist total bekloppt.
Mami Gitti

4. Kapitel

»*Wer* war das?«, fragte mein Vater, als Anton weg war.

»Er sagt, er ist Constanzes neuer Lebensgefährte«, sagte meine Mutter. Fehlte nur der Zusatz »Der arme Irre.«

Dann wäre es durchaus noch möglich gewesen zu behaupten, dass Anton ein harmloser Irrer sei, der ab und an bei Frauen in der Nachbarschaft vorbeischaute, um sich als deren Lebensgefährte auszugeben. Wahrscheinlich hätten meine Eltern mir sogar geglaubt. Aber ich dachte an übernächsten Samstag, und außerdem wirkte der Whisky bereits.

»Ich wollte euch eigentlich mit der guten Nachricht überraschen«, sagte ich. So ungefähr im Jahr 2020, falls Anton und ich dann noch zusammen wären.

»Mit welcher Nachricht«, sagte mein Vater begriffsstutzig.

»Na, mit dem neuen Kerl, du Dösbottel«, sagte meine Mutter.

»Damit, dass ich mich verliebt habe«, sagte ich so würdevoll wie möglich. »Anton ist toll. Wir sind … ein glückliches Paar.«

Meine Eltern schwiegen.

»Anton hat meinen Sandkasten gebaut«, sagte Julius.

»Ist er arbeitslos?«, fragte meine Mutter.

»Nein«, sagte ich. »Er ist Anwalt. Er hat meine Scheidung geregelt.«

»Ach *so*!«, sagte mein Vater. »Ein Mitgiftjäger, also.«

»Nein. Anton hat selber genug Geld. Seine Kanzlei läuft hervorragend.«

»Sagt er.«

»Das ist wirklich so.«

»Und Antons Vater ist Rudolf Alsleben von *Alsleben Pharma*«, ergänzte Nelly. »Die sind so was von stinkend reich, das glaubt man gar nicht.«

»Aha«, sagte mein Vater, die Stirn in grüblerische Falten gelegt.

»Wollt ihr frühstücken? Ich habe Brötchen geholt.«

»Ist er … *normal*?«, fragte meine Mutter.

Sind seine Eltern Geschwister? Hat man ihn für Medikamentenexperimente missbraucht? Verwandelt er sich bei Vollmond in einen Werwolf?

Ich seufzte. »Ja, ganz normal. Tee oder Kaffee?«

»Tee«, sagte meine Mutter. »Bitte.«

Mein Vater präsentierte uns laut schnaubend das Ergebnis seiner Grübelei: »Natürlich ist er verheiratet!«

»Nein. Er ist seit Jahren geschieden.«

Pause. Ungläubiges Schweigen.

»Und er hat wirklich ernste Absichten?«

»Ja, Vati, die hat er. Anton ist ein wunderbarer Mann. Die Kinder mögen ihn auch. Stimmt's nicht, Kinder?«

»Doch«, sagte Nelly. »*Ihn* mögen wir sehr.«

Mir brach der Schweiß aus, als ich an Emily dachte.

»Ich mag ihn auch«, sagte Julius. »Wo ist die Lava-Lampe, Mama? Ich will sie jetzt endlich haben.«

»Ich weiß nicht, was ich davon halten soll«, sagte meine Mutter.

»Es wäre schön, wenn ihr euch einfach nur für mich freuen würdet.«

»Natürlich freuen wir uns«, sagte meine Mutter. »Sehr sogar. Da hätte ja keiner von uns mehr mit gerechnet.«

»Ich frage mich nur, wo der Haken ist«, sagte mein Vater.

»Da gibt es keinen Haken«, sagte ich mit fester Stimme.

»Nö«, sagte Nelly. »Da gibt es keinen Haken. Das ist mal so sicher, wie Prinzessin Lillifee supercool ist.«

Kaum waren meine Eltern weggefahren, klingelte es auch schon wieder an der Tür. Es war Mimi.

»Ronnie möchte hinter meinem Rücken ein Kind adoptieren«, sagte sie.

»Ich glaube nicht, dass das geht«, sagte ich und führte sie ins Wohnzimmer, wo Julius bäuchlings vor seiner Lava-Lampe lag und sie anstarrte.

»Ich fass es nicht, dass er nicht mit mir darüber redet«, sagte Mimi.

»Whisky?«

»Nein danke«, sagte Mimi. »Ich hab's über Google rausgefunden. Man kann sehen, welche Begriffe als Letztes gesucht wurden. *Kind nach Fehlgeburt. Später Vater. Verwaiste Eltern. Fehlgeburtstrauma.*«

»Ist doch okay, wenn er sich informiert«, sagte ich.

»Er informiert sich ja nicht, er sucht sich Gleichgesinnte, mit denen er sich im Selbstmitleid suhlen kann.«

»Ach, Mimi. Das hat doch nichts mit Selbstmitleid zu tun. Er ist einfach traurig. Andere gehen zum Therapeuten, er sucht eben im Internet nach Leuten, mit denen er sich austauschen kann.«

»Ausheulen, wohl eher«, sagte Mimi. »Er ist in einem Forum registriert. Für Eltern mit unerfülltem Kinderwunsch.« Mimi hob Senta vom Sofa, um sich auf ihren Platz zu setzen. Senta rollte sich gutmütig auf ihrem Schoß zusammen und schlief einfach weiter. »Ich hab ihn sofort erkannt an seinem saublöden Nickname. *Bonron70.*«

»Statt Bonbon«, sagte ich. »Witzig.«

»Nö, zum Lachen ist das nicht. Ronnie lässt da im Forum total mitleiderregendes Gejammer ab.« Mimi seufzte. »Wie glücklich er war, als er dachte, dass er bald Vater wird. Wie er gemerkt hat, dass erst ein Kind seinem Leben noch einen Sinn geben würde. Und dass er mit seiner Frau nicht darüber sprechen kann.«

»Na, da ist doch was Wahres dran«, sagte ich vorsichtig.

»Ja. Weil ich Gejammer überflüssig finde«, sagte Mimi. »Nach einer gewissen Zeit ist Jammern einfach destruktiv. Es hilft niemandem.«

»Mama, die Lava-Lampe macht gar nichts«, jammerte Julius.

»Manchmal hilft Jammern aber, um sich darüber klar zu werden, was man stattdessen will«, sagte ich.

»Ich will, dass die Lava-Lampe lavert«, jammerte Julius.

»Genau«, sagte Mimi. »Und Ronnie hat offensichtlich herausgefunden, dass er ein Kind adoptieren will. Aber ich will kein Kind adoptieren. Auf keinen Fall. Wir sind ohnehin zu alt für so ein Adoptionsverfahren. Weiß man doch, dass das Jahre dauert. Und gerade, wenn man das Kind in die Arme geschlossen hat, taucht die leibliche Mutter auf und nimmt es einem wieder weg.«

»Ja, im Film«, sagte ich. »Und in traurigen Büchern.«

»Ich will kein Kind adoptieren«, wiederholte Mimi.

»Sag's ihm halt.«

»Er redet ja nicht mit mir darüber. Nur mit *Sternchenmami13* und mit *Sumsebienchen68* oder wie diese blöden Weiber alle heißen. Und ich will nicht, dass er merkt, dass ich ihm nachspioniere.«

»Mama, die Lava-Lampe ist kaputt. Die macht gar nichts.«

»Die Lava muss erst heiß werden«, sagte ich. »Mimi …«

»Nenn mich ruhig *marzipanschwein218*«, sagte Mimi, wobei sie verschlagen grinste.

»Oh – ja, das wäre mein nächster Vorschlag gewesen.«

Mimi lachte. »Wusste ich's doch. Dir gefällt das. Anne hat mir schwere Vorwürfe gemacht. Sie findet es verwerflich, dem Ehemann heimlich in einen Chatroom zu folgen und sich dort auch noch als eine andere auszugeben.«

»Dann wäre es auch verwerflich, dem eigenen Ehemann in ein Strip-Lokal zu folgen und sich dort als Stripperin auszugeben«, sagte ich. »Trotzdem denke ich, ein offenes Gespräch ist immer noch das Beste.«

»Das sagt die Richtige«, sagte Mimi.

Ich schwieg beschämt.

»Mama, ich will eine neue Lava-Lampe. Die ist doof. Die macht nichts.«

»Alle Lava-Lampen sind doof, Krümelchen. Du musst einfach Geduld haben.«

»Das ist wie mit Männern«, sagte Mimi.

»Du bist ungerecht!«

»Ach ja? Bonron70 hat marzipanschwein218 anvertraut, dass er seiner Frau nicht zutraut, Verantwortung zu übernehmen. Schon gar nicht für ein fremdes Kind. *Meine Frau ist ein sehr zurückhaltender, verschlossener Mensch* ... Will heißen: Ich bin kalt wie 'ne Hundeschnauze.«

»Das ist deine Interpretation.«

Mimi zuckte mit den Schultern. »Ja. Aber es ist was Wahres dran. Ich weiß nicht, ob ich das könnte, selbst wenn ich es wollte: Ein adoptiertes Kind lieb haben wie ein eigenes. In unserem Alter kriegt man ja kein winzig kleines Baby in die Arme gelegt, sondern höchstens ein armes, verstörtes Kleinkind, das die Hälfte seines Lebens in der Kinderpsychiatrie verbracht hat.«

»Unsinn!«

»Im Ernst, wie soll ein Kind, das keine Eltern hat, die es bedingungslos lieben, denn diese ersten Jahre unversehrt überstehen?«

»Das ist ja gerade das Schöne an einer Adoption: Diese Kinder bekommen dann endlich Eltern, die sie bedingungslos lieben.«

»Ja, und wenn sie nicht gestorben sind, leben sie noch heute. In Wirklichkeit sieht das ganz anders aus. Ronnie hat recht: Ich möchte keine Verantwortung für so ein verkorkstes Kind übernehmen. Aber nicht aus Egoismus. Nur aus Angst.« Für einen Moment sah es so aus, als würde Mimi in Tränen ausbrechen.

»Rede mit ihm darüber!«

»Nur über meine Leiche. Außerdem ist es ganz interessant, was man als Marzipanschweinchen so alles erfährt. Heute Abend werde ich ihn fragen, wie seine Frau denn so im Bett ist.«

»Du spielst mit dem Feuer«, sagte ich.

»Ja«, sagte Mimi. »Man gönnt sich ja sonst nichts. Hast du in der Zwischenzeit mit Paris gesprochen?«

»Nein, sie kommt doch erst morgen aus Venedig zurück.«

»Ruf an und lad sie für übermorgen zum Kaffee ein«, befahl Mimi. »Wir haben keine Zeit zu verlieren. Herr Moser hat gesagt, dass er Ende nächster Woche den Laden geräumt hat. Und Ronnie hat uns einen wunderbaren Restposten Olivenholzparkett reserviert. Völlig zu Unrecht als zweite Wahl deklariert. Und zu einem absoluten Spottpreis. Warte, bist du es siehst, es ist traumhaft. Und für die Regale hatte Ronnie auch eine fantastische Idee.«

»Am Ende wollen wir alle noch in diesem Laden wohnen«, sagte ich.

✿

»Ich hatte den Eindruck, deine Eltern waren ein bisschen überrascht, mich zu sehen«, sagte Anton später am Tag. »Hoffentlich waren sie nicht enttäuscht. Sie guckten richtig erschreckt.«

»So gucken sie immer«, sagte ich. »Bei Fremden.«

»Als Eltern ist man wahrscheinlich automatisch

furchtbar misstrauisch. Wenn ich mir vorstelle, Emily kommt irgendwann mal mit so 'nem Typ an … – also, da gucke ich sicher auch nicht gerade begeistert.«

Emily hing wie immer an Antons Jackenärmel und guckte mich auch nicht gerade begeistert an. Wenn sie Jungs grundsätzlich auch so anguckte, dann brauchte sich Anton vorerst keine Sorgen zu machen.

»Ich habe gehört, du warst eine tolle Biene«, sagte ich zu ihr.

»Wieso habt ihr eigentlich ein Klavier, obwohl keiner drauf spielen kann?«, antwortete Emily. Damit traf sie einen wunden Punkt bei mir. Ich hätte als Kind furchtbar gern ein Instrument gespielt, aber meine Eltern hatten schon ganz früh behauptet, ich sei unmusikalisch, und das Thema damit abgehakt. Bei meinen Kindern wollte ich es natürlich besser machen, aber wenn man fünfzehn oder sechzehn Mal ein brüllendes, um sich schlagendes kleines Mädchen (»Ich will keine Scheißflöte spielen!«) über den Bürgersteig zum Blockflötenunterricht geschleift hat, muss man sich wohl eingestehen, dass es nicht das Richtige für das kleine Mädchen ist. Das Gleiche galt für den Kinderchor (»Ich will nicht mit Bekloppten singen!!«) und den Gitarrenunterricht (»Die Lehrerin hat Mundgeruch!«). Jetzt ruhten all meine Hoffnungen auf Julius. Vielleicht würde er Spaß am Klavierunterricht haben und die musikalische Ehre unserer Familie retten.

Emily spielte Violine. Ich hatte sie noch nicht spielen gehört, aber Anton sagte, sie sei sehr gut. Natürlich.

»Das Klavier war schon vor uns hier«, sagte ich. »Es wollte hier auf keinen Fall wieder weg.«

Emily tippte sich an die Stirn.

»Emily!«, sagte Anton warnend.

»Ist doch wahr. Sie behandelt mich wie ein Baby«, sagte Emily. »Als ob ein Klavier ein lebendiges Wesen wäre. Wenn es wirklich einen eigenen Willen hätte, würde es sicher nicht bei denen wohnen wollen.«

»Constanze macht doch nur Spaß«, sagte Anton.

»Nein, in diesem Fall leider nicht«, sagte ich in einem Anfall von kindischem Trotz. »Egon – so heißt das Klavier – ist wirklich sehr eigen. Er hat ein Heidentheater gemacht, als ich ihn weiß streichen wollte. Vier Tage am Stück hat er *Für Elise* gespielt. Es war furchtbar, vor allem, weil er ja nicht gestimmt ist!«

»Siehst du, was ich meine?«, sagte Emily.

Anton seufzte.

Ich tat so, als merkte ich das nicht. »Kevin und Nelly sind draußen und üben mit Julius und Jasper und Kevins kleinen Geschwistern Inliner fahren. Möchtest du mitmachen, Emily? Wir haben noch alte Inliner von Nelly, die dir passen müssten.«

Emily zögerte eine Sekunde lang, bevor sie zu meiner großen Überraschung »Ja, gut« sagte. »Aber nur, wenn Papa mir meine Inliner von zu Hause holt. Ich glaube nicht, dass Nelly jemals so kleine Füße gehabt hat wie ich.«

Möglicherweise stimmte das. Nelly war schon mit riesigen Füßen geboren worden. Die Krankenschwestern hatten sie hinter meinem Rücken auf der Station herumgezeigt wie eine Kirmesattraktion. Mit den großen Füßen, 2450 Gramm Geburtsgewicht und 59 Zentimetern Körpergröße hatte sie auf jeden Fall deutlich stromlinienförmiger ausgesehen als die anderen Babys. Ich wünschte manchmal, die Mütter, die damals über mein Baby gelacht haben, könnten es heute sehen. Wetten, dass keins ihrer dicken, rosa Brummer auch nur annähernd so schön geworden war?

»Natürlich hole ich dir die Inliner, Spätzchen«, sagte Anton zu Emily. Zu mir sagte er: »Siehst du? Wenn wir zusammenwohnen würden, müsste ich jetzt nicht extra nach Hause fahren.«

»Ja, das ist wirklich ein schlagendes Argument«, sagte ich.

Anton ließ mich tatsächlich mit Emily allein, um die verdammten Inliner zu holen.

»Eher sterbe ich«, sagte Emily zu mir.

»Wie bitte?«

»Eher sterbe ich, als mit euch zusammenzuziehen«, sagte Emily.

Geht mir genauso, Herzchen.

»Hast du das deinem Vater schon mal gesagt?«

»Klar«, sagte Emily. »Ich hab ihm gesagt, dass ich in eurer Gesellschaft total verdummen würde.«

»Ja, und das kann er doch unmöglich wollen«, sagte ich.

»Doch«, sagte Emily. »Aus irgendeinem Grund glaubt er wohl, dass du nicht so dumm bist, wie du immer tust.«

Ich musste lächeln.

»Na ja«, sagte Emily und lächelte auch. »Irgendwann wird er's aber schon noch merken.«

»Ja«, sagte ich. »Wenn es dann aber mal nicht schon zu spät ist.«

Unsere geschäftliche Besprechung mit Paris ließ sich zunächst an wie ein ganz gewöhnlicher Kaffeeklatsch.

»Und – wie ist es so, im Internet mit dem eigenen Mann zu flirten?«, wollte Anne von Mimi wissen.

»Er denkt immer nur an das eine«, sagte Mimi.

»Mit Marzipanschwein218 oder mit sumsebienchen08/15?«

»Er denkt immer nur an ein Kind. Dass die Möchtegern-Mamis ihn da alle angraben, merkt er gar nicht. Aber können wir jetzt mal bitte übers Geschäft reden?«

»Unbedingt«, sagte Trudi. »Ich kann es nicht erwarten, endlich eine erfolgreiche Geschäftsfrau zu werden.«

»Ich dachte, du wolltest die Leute nur glücklich machen«, sagte Anne.

»Das werde ich auch. Aber vor allem ist es meine Bestimmung, der Welt zu beweisen, dass Menschen, die was von Reiki und Engelkommunikation verstehen, jederzeit in der Geschäftswelt bestehen können.«

»Was ist denn mit dir passiert?«, fragte ich.

»Ach, da hat mich gestern doch so ein flach atmendes Arschgesicht von Manager eine realitätsferne Öko-Eso-Schlampe genannt, die von Wirtschaft ungefähr so viel verstehe wie ein Regenwurm von Raumfahrttechnik. Das hat der natürlich nur gesagt, weil ich nicht mit ihm ins Bett wollte. Aber mich ärgern diese Vorurteile schon seit langem. Ich habe einen IQ, von dem diese Großverdiener nur träumen können. Also, Paris …«

»Ja! Schaut mal!« Paris hielt zwei allerliebste Strampler in die Höhe, auf die ein Luftballon und »Abi 2025« gestickt war. »Sind die nicht goldig?«

»Doch«, sagten wir alle. Nur Trudi stieß mich in die Seite und sagte: »Ich habe mir diese Woche eine Pfeffermühle gekauft. Hätte ich die auch mitbringen und in die Höhe halten sollen?«

»Schwangere sind eben so«, flüsterte ich.

»So bescheuert«, sagte Trudi.

»Ich kann dir auch solche Strampler besorgen«, sagte Paris zu Anne. »Die gibt's in allen Farben.«

»Mit 16 schon Abi?«, fragte Anne. »Findest du das nicht ein wenig zu optimistisch?«

»Nein«, sagte Paris. »Das ist frühkindliche Konditionierung. Für mich keinen Kaffee bitte, ich trinke diesen Tee.« Sie schraubte eine Thermoskanne auf und goss sich eine trübe Flüssigkeit in ihre Tasse. »Möchtest du auch, Anne? Er soll Wunder wirken. Ich habe ihn nach einem Rezept aus meinem Schwangeren-Forum beim Apotheker mischen lassen. Hab vergessen, was alles drin ist, aber alles ist supergesund.«

»Er schmeckt, als habe der Apotheker reingepinkelt«, sagte Anne. »Ich glaube, ich nehme lieber eine Tasse Kaffee.«

»Haaaallloooo«, sagte Trudi. »Wir wollen hier eine geschäftliche Besprechung abhalten!«

Paris sah Anne entsetzt an. »Aber du als Hebamme … Du weißt schon, dass das Koffein nicht gut für das Baby ist?«

»Meins braucht das«, sagte Anne.

»Spricht Paris nur mit Schwangeren?«, fragte mich Trudi.

Ich konnte es nicht lassen, einen Schluck von dem Wundertee zu probieren.

Mimi holte derweil die Brille aus der Brusttasche

ihres Blazers und setzte sie auf. »Also, Paris. Wie du ja weißt, eröffnen wir im Februar einen Schuhladen …«

Diesmal war ich es, die den Beginn der Besprechung verzögerte. Ich sprang auf und spuckte den Tee ins Spülbecken. »Was für Wunder soll das Zeugs denn bewirken, bitteschön?«

»Ach, er ist einfach für alles gut«, sagte Paris. »Man muss als Schwangere ja an so viel denken! Hast du schon angefangen, die Brustwarzen zu bürsten, Anne?«

Mimi seufzte. Trudi verdrehte die Augen. Anne wurde rot. »Ich habe nur dieses eine Haar auf der Brustwarze. Und das bürste ich nicht, das rupfe ich aus. Wenn ich es finde.«

»Ich meinte, ob du die Brustwarzen abhärtest«, sagte Paris. »Ich mach's mit einem Sisalschwamm. Manche aus meinem Schwangeren-Forum nehmen auch eine Wurzelbürste.«

»Möglicherweise bist du ja aus Versehen in ein Sado-Maso-Schwangeren-Forum geraten«, sagte Mimi, und Trudi sagte: »Reden wir bitte endlich übers Geschäft!«

»Man kann auch mit Salz und Olivenöl eine Art Peeling …«, sagte Paris, aber Trudi unterbrach sie unwirsch: »Wir brauchen Rabatt auf Manolo-Blahnik-Schuhe, und du sollst sie uns besorgen, Paris.«

»Bitte«, setzte ich freundlich hinzu.

Paris setzte ihre Tasse ab und lachte. Sie lachte so sehr, dass ihr die Tränen die Wangen hinunterliefen.

»Hol doch mal bitte jemand die Wurzelbürste«, sagte Anne nach einer Weile.

»Ihr glaubt wirklich, hahaha, ihr könntet einfach

so Manolos in eurem Laden verkaufen?«, lachte Paris und fiel fast vom Stuhl.

»Ja, das dachten wir«, sagte Mimi verstimmt.

»Weil er ja ein Freund von dir ist und dir sicher gern ein paar Kartons im Monat überlässt«, sagte Anne.

»Und weil du Constanze den Mann ausgespannt hast und ihr noch was schuldig bist«, sagte Trudi.

»Das ist natürlich Blödsinn!«, sagte ich.

»Manolo ist kein besonders guter Freund von mir«, sagte Paris. »Man kennt sich halt in der Branche.«

»Egal, wir wollen seine Schuhe. Nicht so viele, es reichen vielleicht zwei Modelle pro Saison in vier gängigen Größen«, sagte Mimi. »Einfach nur, damit wir was Besonderes anbieten können, etwas, was Neugierige in den Laden lockt.«

Wieder lachte Paris sich schief. »Da möchte ich aber mal wissen, wie du da rankommen willst!«

»Na, über dich«, sagte Trudi. »Du hast die Dinger ja auch zu Hause im Schuhschrank.«

»Da habe ich aber ein Vermögen für ausgegeben«, sagte Paris. »In Manolos Manufaktur werden gerade mal achtzig Paar hergestellt!«

»Im Jahr?«, fragte Anne.

»Am Tag, Dummerchen«, sagte Paris. »Aber das ist trotzdem sehr wenig.«

»Vielleicht auf die Weltbevölkerung gerechnet«, sagte Mimi. »Aber es dürften doch wohl ein paar Kartons für uns drin sein.«

»Nein«, sagte Paris. »Jedenfalls keine, die bezahlbar wären. Jeder einzelne Schuh ist reserviert.«

»Unsinn«, sagte Mimi. »Man kann die ja sogar bei eBay kaufen.«

»Dann mach das doch einfach.« Paris gluckste

noch ein bisschen vor sich hin, während sie an ihrem Apothekerpipi nippte.

Wir schlürften frustriert unseren Kaffee.

»Manolos könnt ihr euch ehrlich von der Backe putzen«, sagte Paris.

»Na, es gibt ja wohl noch andere coole Designer«, sagte Trudi. »Ferragucci und wie die alle heißen. Die kennst du auch alle.«

»Ich dachte, ihr wolltet einen besonderen Laden«, sagte Paris. »Designerschuhe, wie ihr sie euch vorstellt, kosten euch im Einkauf doch schon viel zu viel. Am Ende wird sie sich keiner leisten können. Außerdem ist das im Grunde langweilig, weil jeder teure Schuhladen auf der Kö die gleiche Auswahl anbietet.«

»Wir wollten eine spannende Mischung«, sagte Mimi. »Für den großen wie den kleinen Geldbeutel. Die Manolos und so waren als Blickfang gedacht. Man kann sie anprobieren und sich dann doch ein Paar günstige Schuhe kaufen.«

»Wen sollte das glücklich machen?« Paris schüttelte den Kopf. »Nur das Zweitbeste kaufen – ich sehe schon lauter unzufriedene Kundinnen vor meinem geistigen Auge.«

Mir ging es gerade ganz genauso. Paris hatte recht: Man probierte keine wunderschönen Pumps von Manolo Blahnik an, um dann zufrieden mit einem Billigmodell nach Hause zu gehen.

»Aber wir dachten, du hättest vielleicht Kontakte …«, murmelte Anne.

»Habe ich ja auch«, sagte Paris. »Und ich würde euch auch wirklich gern helfen. Aber mit Manolos kann ich nicht dienen – außer secondhand, natürlich. Oder eben zum sündhaft teuren Einkaufspreis.«

»Nein danke«, sagte Mimi.

»Wenn ihr neue Maßstäbe setzen wollt, dann müsst ihr euch einfach was trauen«, sagte Paris. »Etwas anbieten, was sonst keiner hat. Zum Beispiel Schuhe von Santini.«

»Von wem?«

»Francesco Georgio Santini«, sagte Paris feierlich.

»Nie gehört.«

»Noch ist er auch ein Geheimtipp!«, sagte Paris. »Weshalb seine Schuhe heute auch noch erschwinglich sind. Er ist sehr jung, sehr innovativ. Seine Schuhe sind einfach nur traumhaft schön, aber durchaus alltagstauglich. Und in Deutschland noch gar nicht vertreten. Ich könnte den Kontakt für euch herstellen.«

»Erst einmal möchte ich die Schuhe sehen«, sagte Mimi, aber sie hatte rote Wangen bekommen vor Aufregung.

»Du wirst begeistert sein«, sagte Paris. »Francescos Vater gehört eine große Schuhfabrik in der Nähe von Mailand, und seit zwei Jahren fertigen sie auch Francescos Entwürfe. Erst mal nur so nebenher. Aber diverse Designer sind schon auf ihn aufmerksam geworden, wenn alles gut geht, werden sogar Isaac Mizrahis Models in Paris in seinen Schuhen laufen.«

Wir hörten ihr mit offenem Mund zu. Paris lehnte sich zurück und faltete die Hände über ihrem Babybauch. »Seine Schuhe in eurem Laden – das wäre wirklich etwas ganz Besonderes. Wenn ihr das richtig aufzieht, kommen die Kundinnen auch von weiter her, um Santinis zu kaufen.«

»Hat er eine Website?«, fragte Mimi. Ihre Stimme war ein wenig belegt.

Paris schüttelte den Kopf. »Aber ich habe zwei Paar von seinen Schuhen bei mir zu Hause, die kann ich euch zeigen. Und natürlich würde es sich anbieten, Francesco in Mailand zu besuchen.«

»Ja, das würde sich wohl anbieten«, sagte Anne und strahlte. »Geschäftlich nach Mailand … dass ich das mal sagen würde …«

»Wir können nicht alle fliegen«, sagte Mimi. »Wir bilden eine Delegation aus maximal zwei Personen. Und eine davon bin ich.«

»Die andere bin ich«, sagte Trudi.

»Nein, ich!«, sagte Anne.

»Oder ich«, sagte ich, obwohl ich gar nicht scharf drauf war, nach Mailand zu fliegen. Ich konnte kein einziges Wort Italienisch, und mein Englisch war auch nicht besonders gut. Außerdem – wohin mit den Kindern?

»Francesco ist zauberhaft«, sagte Paris. »Ihr werdet ihn mögen.«

»Ich fliege mit Mimi«, sagte Trudi. »Ich habe mal einen Italienisch-Kurs an der Volkshochschule gemacht.«

»Und ich habe mindestens zehnmal Urlaub in der Toskana gemacht«, sagte Anne.

»Was heißt *Obermaterial* auf Italienisch?«, fragte Mimi. Anne und Trudi wussten es nicht.

»Dafür weiß ich aber ganz sicher, dass *o sole mio* nicht *oh meine Sohle* heißt«, sagte Anne.

»Francesco ist wie seine Schuhe«, sagte Paris. »Sehr besonders. Sehr charmant. Sehr gut aussehend.«

»Sehr schwul?«, fragte Trudi. »Oder sehr verheiratet?«

Paris schüttelte den Kopf. »Weder noch.«

»Also, ich fliege da auf jeden Fall mit hin«, sagte Trudi. »Koste es, was es wolle.«

»Ich bin dafür, dass wir das auslosen«, sagte ich und stand auf, um Streichhölzer zu holen.

»Spreche ich mit Frau Constanze Bauer?«

»Ja.«

»Frau Bauer, mein Name ist Susanne Müller, und ich bin heute Ihre Glücksfee. Denn Sie haben gewonnen! Ist das nicht großartig?«

»Haben Sie nicht neulich schon mal hier angerufen?«

»Frau Bauer, setzen Sie sich besser mal. Sonst fallen Sie mir noch um, wenn ich Ihnen sage, dass Sie den Hauptgewinn gemacht haben.«

»Hören Sie …«

»Eine Reise nach Tunesien, Frau Bauer! Eine Woche Halbpension in einem Vier-Sterne-Hotel. Im Wert von zweitausend Euro! Na, was sagen Sie jetzt, Frau Bauer?«

»Ich fühle mich gerade wie in einer Zeitschleife gefangen«, sagte ich. »Das Gleiche ist mir neulich schon mal passiert. Ich weiß genau, was jetzt kommt.«

»Sie können Ihr Glück wohl gar nicht fassen, Frau Bauer, aber der Flug und das Hotel sind bereits für Sie reserviert. Ab in die Sonne! Alle Sorgen mal hinter sich lassen. Frau Bauer! Und das Beste kommt ja noch: Sie dürfen eine Begleitperson mitnehmen, Frau Bauer! Und weil heute Ihr Glückstag ist, bekommt Ihre Begleitperson sagenhafte fünfzig Prozent Ermäßigung. Fünfzig Prozent, Frau Bauer. Na, wird sich da Ihr Mann freuen, Frau Bauer?«

Ich wollte mal etwas Neues ausprobieren, deshalb sagte ich: »Ich würde mir gern den Gewinn in bar auszahlen lassen. Wir brauchen eine neue Geschirrspülmaschine.«

»Das geht leider nicht«, sagte meine Glücksfee. »Die Reise ist ja bereits für Sie und eine Begleitperson Ihrer Wahl reserviert. Einfach mal ausspannen und die Sonne genießen, Frau Bauer.«

»Nein danke, ich möchte lieber eine neue Geschirrspülmaschine.«

Der Tonfall meiner Glücksfee wurde ein wenig strenger. »Sie haben aber eine Reise gewonnen, keine Geschirrspülmaschine, Frau Bauer. Von dem Geld, dass Sie sparen, Frau Bauer, können Sie sich ja eine neue Geschirrspülmaschine leisten.«

Da schnaubte Frau Bauer aber. »Haben Sie keine Angst, dass Sie in die Hölle kommen, wenn Sie mal sterben, Frau Dings? Gibt es irgendjemand, der auf Ihren Betrug hereinfällt?«

»Sie würden staunen, Frau Bauer«, sagte die Glücksfee. Ich staunte und legte auf.

Gleich darauf klingelte das Telefon erneut. Hartnäckiges Volk, diese Glücksreisenleute.

»'ier ist Fabienne mit der extra großen Oberweite, was kann isch für disch tun?«, säuselte ich.

»Oh, da wüsste ich aber eine Menge«, sagte eine tiefe Männerstimme. »Meine Freundin und ich kommen irgendwie nie dazu. Wegen der Kinder, wissen Sie? Die kann man nämlich abends nicht allein lassen. Das wäre alles anders, wenn wir zusammenwohnen würden.«

»Anton!« Glücklicherweise nicht Herr Moser. Oder mein Vater. Oder der Mann von der Bank.

»Ich habe eine Überraschung für dich, Fabienne mit der großen Oberweite«, sagte Anton. »Morgen Nachmittag. Kannst du die Kinder so gegen fünf mal eine Stunde allein lassen?«

»Isch denke, das lässt sisch einrischteeeen«, sagte ich. »Aber im Auto kostet es extra.«

Anton sagte, ziemlich ernst, wie mir schien: »Das ist es mir wert!«

Ich fand ja selber, dass wir zu selten miteinander schliefen. Jeder Teenager hatte es leichter als wir, ein paar ungestörte Stunden zu finden. Theoretisch hätte ich Julius abends mal bei Nelly lassen können, um zu Anton zu gehen, wenn Emily schlief, aber das wollte ich nicht. Ich stellte mir vor, dass Emily vielleicht gar nicht schlief, sondern an der Tür lauschte und Mordpläne schmiedete, während Julius zu Hause schlecht träumte und nach mir rief. Keine sehr erotisierende Vorstellung. Umgekehrt wäre es Anton nicht mal im Traum eingefallen, die schlafende Emily allein im Haus zu lassen, um sich noch mal zu mir zu schleichen. Und natürlich hatte ich dafür vollstes Verständnis. So blieben uns nur die Wochenenden, an denen Emily bei Polly übernachtete und Nelly und Julius bei Lorenz und Paris waren.

Alle zwei Wochen.

»Mein Gott, wie ihr das nur aushaltet!«, sagte Mimi mitleidig. Wir hatten mittlerweile ausgelost, wer nach Mailand fliegen durfte, und da ich die Auslosung geschickt manipuliert hatte, würden Anne und ich bei unseren Kindern zu Hause bleiben.

»Nur alle zwei Wochen – und dafür nimmst du die Pille?«, sagte Trudi, ebenfalls mitleidig.

»Ich nehme die Pille nicht«, sagte ich. »Aber ich

habe es fest vor. Muss nur einen Termin beim Frauenarzt machen, aber immer, wenn ich anrufe, ist besetzt.«

»Wie um Himmels willen verhütet ihr dann?«, fragte Anne.

»Kondom«, sagte ich.

Jetzt guckten alle drei mitleidig.

»Man kann auch mit Kondom tollen Sex haben«, versicherte ich ihnen.

»Habe ich dir eigentlich schon mal die Geschichte von dem Kondom erzählt, mit dem Max gezeugt wurde?«, fragte Anne.

Ich wartete, bis ich allein war, dann rief ich beim Frauenarzt an. Es war besetzt.

»Und man kann wohl tollen Sex mit Kondom haben«, sagte ich zu mir selber.

✿

Anton kam am nächsten Nachmittag pünktlich um zehn vor fünf vorgefahren.

»Wie war's beim Golf?«, fragte er, als ich zu ihm ins Auto stieg.

»Wie immer«, sagte ich. »Nur dieser unfreundliche Topmanager trifft noch weniger Bälle als ich. Das liegt daran, dass er denkt, auch tote Gegenstände müssten tun, was er sagt. Was meinst du, wie vielen Bällen er schon fristlos gekündigt hat!«

Anton lachte.

»Dafür glänze ich in der Theorie. Ich konnte heute allen den Unterschied zwischen losen hinderlichen Naturstoffen und Hemmnissen erklären, sowie den Unterschied zwischen darf, kann, sollte, muss und darf nicht. Wo fahren wir hin?«

»Das ist ja die Überraschung!«, sagte Anton.

»Sie muss aber hier in der Nähe sein. Wenn ich in einer Stunde nicht zurück bin, muss ich Nelly alle Staffeln von Greys Anatomy auf DVD kaufen. Ich finde, das ist noch nichts für eine Vierzehnjährige.«

»Wegen der promiskuitiven Ärzte?«

»Wegen der ekligen Körperinnenansichten«, sagte ich und sah mich um. »Eigentlich müsste Sex in einem Jaguar doch recht luxuriös sein.«

»Nicht unbedingt«, sagte Anton.

»Mit wem hast du es ausprobiert?«

»Mit … niemandem.«

Ich lächelte Anton dankbar an. Er lächelte zurück.

»Fahren wir in eine Autowaschanlage?«

»Nein, wir sind schon da.«

»Wir sind aber immer noch in der Insektensiedlung.«

»Nein, nicht mehr ganz. Diese Straße heißt Heinrich-Larder-Weg.«

»Aha, die korrupte-Politiker-Siedlung.«

»Heinrich Larder war ein evangelischer Theologe, soviel ich weiß«, sagte Anton und parkte auf dem Seitenstreifen.

»Hier? Bist du verrückt? Hier kann wirklich jeder ins Auto gucken!«

»Erstens haben wir getönte Scheiben, und zweitens steigen wir jetzt aus.«

»Wie du willst«, sagte ich und öffnete die Autotür. »Du weißt aber schon, dass ich kein Höschen unter diesem Rock trage?«

»Ehrlich nicht?« Anton guckte mich zweifelnd an. »Du hast doch nicht wirklich geglaubt, ich wolle dich mit einer schnellen Nummer im Auto überraschen?«

Doch.

»Natürlich nicht«, sagte ich und stieg aus. »Und natürlich habe ich auch ein Höschen an! Was denkst du denn von mir?«

»Meine Überraschung ist viel toller und viel weniger primitiv.« Anton nahm meine Hand und ging auf ein schmiedeeisernes Gartentor zu, das zu einem weißen Haus mit vielen Fenstern und Solarzellen auf dem Dach gehörte.

Die Frau, die vor dem Haus stand und uns lächelnd entgegensah, kam mir bekannt vor. Es war Frau Hittler aus dem Kindergarten.

»Da wären wir also«, sagte Anton und schüttelte Frau Hittler die Hand.

»Wie schön, dass Sie pünktlich sind«, sagte Frau Hittler und schüttelte auch mir die Hand. Wenn sie mich wiedererkannte, so ließ sie es sich nicht anmerken. »Haben Sie die Doppelgarage gesehen?«

»Ja«, sagte Anton. »Sehr schön.«

Ich war ehrlich verwirrt. In Gedanken war ich so sehr auf Sex eingestellt gewesen, dass ich jetzt für den Bruchteil einer Sekunde in Erwägung zog, Anton habe Frau Hittler für einen flotten Dreier dazu gebeten. Aber das war natürlich absolut ausgeschlossen. Hoffte ich doch. Nur warum wir ausgerechnet Frau Hittler besuchten, wenn wir mal eine Stunde für uns hatten, blieb mir ein Rätsel. Ich sah Anton fragend an, aber er lächelte nur geheimnisvoll.

Frau Hittler schloss die Haustür auf. Vermietete sie ihre Zimmer vielleicht stundenweise?

»Hier können Sie gleich den großzügigen Eingangsbereich bewundern. Repräsentativ und schlicht zugleich«, sagte Frau Hittler. »Sehr geschmackvolle

Bodenintarsien. Und sehen Sie nur die wunderbare Treppe.«

Meine Güte, Bescheidenheit zählte wohl nicht gerade zu ihren herausragenden Charaktereigenschaften. Ich meine, es war ja in Ordnung, wenn man stolz auf sein Zuhause war, aber eine solche Angeberei war ja nicht auszuhalten.

Anton strahlte mich an. »Na, was sagst du?«

Da alles von dem, was ich sagen wollte, Frau Hittler beleidigt hätte, sagte ich nichts.

»Sehr klug gelöst ist die Garderobenfrage«, fuhr Frau Hittler fort und öffnete eine Tür. »Sehen Sie? Hier passen nicht nur Mäntel und Jacken hinein, hier ist auch Platz für einen Schuhschrank und – was ich persönlich ja ganz wichtig finde – die Schulranzen!«

»Das ist toll«, sagte Anton. »Hast du das Treppengeländer gesehen, Constanze? Wie geschaffen, um darauf herunterzurutschen.«

Ich machte den Mund auf, um etwas zu sagen, klappte ihn aber wieder zu, weil ich mir nicht sicher war, ob das, was ich sagen wollte, passend war.

»Hier das kleine, aber elegante Gäste-WC«, prahlte Frau Hittler weiter. »Heller Marmor, weiße Sanitärobjekte, schlichte Edelstahlarmaturen, einfach zeitlos. Das wird auch in zwanzig Jahren noch modern wirken.«

»Sehr edel«, sagte Anton und schob mich in das Gästebad. »Gefällt es dir? Sag doch mal was.«

Ja, was sollte ich denn sagen? Es gab keinen Spiegel, keine Handtücher, keine Seife, nicht mal Klopapier – offenbar ging Familie Hittler hier nicht aufs Klo, und Gäste hatten sie wohl auch nie. Wahrscheinlich wollte niemand mit Hittlers befreundet sein.

Weil ich so hartnäckig schwieg, sagte Frau Hittler: »Dann wollen wir mal weiter zur Küche. Sie haben ja bereits im Exposé gelesen, dass man drei Meter von der Wand zum Wohnzimmer einreißen kann, wenn Sie eine offene Lösung bevorzugen.«

Da endlich fiel bei mir der Groschen. Das Haus gehörte gar nicht den Hittlers – es stand zum Verkauf! Und Frau Hittler war offenbar die Maklerin, die Anton hinter meinem Rücken engagiert hatte.

Das war die ganze Überraschung.

Gott, war ich enttäuscht. Und irgendwie auch sauer.

»Bulthaupt«, sagte Frau Hittler zu der Küche. »Ist sie nicht ein Traum?«

»Absolut«, sagte Anton.

»Mein Geschmack ist es nicht«, sagte ich mürrisch.

»Die Wand kann man zum Teil entfernen«, sagte Anton. »Dann wirkt es noch großzügiger.«

»Es ist ein Haus für eine große Familie«, sagte Frau Hittler, während sie uns in den Wohn-Essbereich führte. »Für Essen an großer Tafel. Für rauschende Feste. Viel Platz für Kinder. Wie viele haben Sie?«

»Zur Zeit vier«, sagte Anton, wobei er offensichtlich seine Tochter Molly mitzählte, die bei seiner Exfrau in London lebte. Vielleicht wollte er mich ja als Nächstes damit überraschen, dass auch Molly bei uns einziehen sollte.

Das Haus war nicht mal hässlich. Vielleicht ein bisschen viel Marmor, aber im Grunde nicht schlecht. Nur – ich hatte bereits ein Haus, das mir gefiel. Ein Haus, in dem ich wohnen bleiben wollte.

Anton kniete begeistert vor dem Kachelofen. »Ist der nicht wunderbar? Ein antikes Stück, komplett neu aufgesetzt und mit modernster Technik versehen.«

Frau Hittler guckte sehr zufrieden. Bestimmt überlegte sie bereits, wofür sie die Maklercourtage auf den Kopf hauen konnte.

Es wurde Zeit, sich ein bisschen danebenzubenehmen. Ich sah durch die Schiebetüren hinaus auf die Terrasse. »Wie groß ist das Grundstück?«

»Insgesamt vierhundertfünfzig Quadratmeter«, sagte Frau Hittler.

»Wenn man da dieses Haus und die Doppelgarage abzieht, bleibt aber nicht mehr viel Garten übrig«, sagte ich.

»Vielleicht kein riesengroßer Garten, aber ein hübsches, pflegeleichtes Stückchen Erde, allemal genug, um den Kindern ein wenig Fläche zum Austoben zu bieten«, sagte Frau Hittler. »Und bedenken Sie bitte, dass wir uns hier mitten in der Stadt befinden. Da sind vierhundertfünfzig Quadratmeter schon sehr luxuriös.«

»Das stimmt«, sagte Anton.

»Ich wohne nur ein paar Straßen weiter, und mein Grundstück ist mehr als doppelt so groß«, sagte ich. »Die Bäume sind annähernd sechzig Jahre alt. Da können die Kinder drauf herumklettern.« Ich zeigte verächtlich auf die kümmerliche Kugel-Robinie, die in der Mitte der Rasenfläche stand. »Hierauf können nicht mal die Enkelkinder klettern.«

»Dafür ist dein Haus aber zu klein«, sagte Anton.

»Das ist relativ«, sagte ich.

»Wenn es Ihnen recht ist, zeige ich Ihnen jetzt den Keller mit Fitness- und Saunabereich, bevor wir nach oben gehen«, sagte Frau Hittler.

Anton lächelte mir vielsagend zu. »Das ist uns recht, nicht wahr?«

»Sauna?«, fragte ich gedehnt. »Na ja, die wird man ja sicher abreißen und stattdessen was Sinnvolles mit dem Platz machen können.«

»Sie mögen nicht gerne saunieren?«, fragte Frau Hittler leicht verkniffen.

»Sagen wir mal so«, sagte ich. »Ich bin kein Fan von Heimsaunen im Keller. Um das mal abzukürzen – was soll der Spaß hier denn kosten?«

»Wir haben doch noch gar nicht alles gesehen«, sagte Anton.

»Fünfhundertfünfundvierzig«, sagte Frau Hittler. »Plus Courtage.«

»Ach du liebe Güte«, sagte ich.

»Das muss man schon anlegen für ein Haus in der Größenordnung und in der Lage«, sagte Anton. »Es hat sechs Schlafzimmer, vier Bäder, den Kachelofen, modernste Heiztechnik …«

»Sie nehmen mir ja die ganze Arbeit ab«, lachte Frau Hittler und öffnete die Tür zum Heizungskeller. »Brennwerttechnik vom Feinsten. Alle Räume mit Fußbodenheizung. Solarzellen auf dem Dach heizen das Warmwasser auf. Die Isolierungswerte sind einmalig.«

»Das kann ja alles sein«, sagte ich. »Aber in erster Linie muss einem so ein Haus ja gefallen.«

Frau Hittler drehte sich zu mir um und lächelte säuerlich. »Und Ihnen scheint es nicht besonders zu gefallen.«

»Mir gefällt es überhaupt nicht«, sagte ich.

»Aber …« Anton sah mich enttäuscht an. »Du hast ja noch nicht mal die Hälfte gesehen.«

»Genug, um zu wissen, dass ich es auf keinen Fall kaufen will«, sagte ich.

»Na dann …« Frau Hittler schloss die Tür vom Heizungskeller und sah Anton achselzuckend an. »Wir haben ja da noch einige andere Objekte, die ich Ihnen zeigen kann.«

»Aber nicht mehr heute«, sagte ich und guckte demonstrativ auf meine Armbanduhr.

Anton seufzte. Frau Hittler seufzte auch. Das Geseufze machte mich so aggressiv, dass ich auch übertrieben laut: »Ha-puh« machte. Meine Güte!

»Können wir?«, fragte ich.

»Wie du willst«, sagte Anton.

Frau Hittler brachte uns bis zum Gartentor und schüttelte uns wieder die Hände. »Ich schicke Ihnen die Exposés, und Sie können jederzeit einen neuen Termin mit mir vereinbaren.«

»So machen wir's«, sagte Anton. Ich sagte nichts.

Schweigend gingen wir zurück zum Auto. Anton hatte wieder die Kiefer aufeinandergepresst. Offenbar war er sauer auf mich. Aber diesmal hatte er wirklich keinen Grund dazu. Eher doch wohl umgekehrt.

Ich brach das Schweigen als Erste. »Danke für diese tolle Überraschung«, sagte ich, während ich mich anschnallte. »Das war natürlich viel besser als Sex.«

»Bist du etwa sauer auf mich?«

»Überhaupt nicht«, sagte ich. »Ich fand das superschön, mit dir und Frau Hittler. Das war doch mal was anderes.«

»Constanze, wir waren uns doch einig, dass wir ein größeres Haus brauchen«, sagte Anton.

»Ja, irgendwann mal«, sagte ich. »Und ich dachte schon, dass wir die Entscheidung über den Zeitpunkt gemeinsam treffen.«

Anton ließ den Motor an. »Nicht irgendwann!

Jetzt! Dieses Hin und Her zwischen zwei Haushalten ist doch unerträglich. So werden die Kinder nie begreifen, dass wir jetzt eine Familie sind. Gerade für Emily ist es wichtig, dass sie sich nicht immer nur wie Besuch fühlen muss.«

Ah, Emily. Mein Lieblingsthema.

»Vielleicht *will* sie sich ja auch so fühlen«, sagte ich.

»Kein Kind will sich schlecht fühlen! Sie ist kompliziert. Nicht so robust und anpassungsfähig wie deine Kinder. Und sie ist allein.«

»Robust? Nur, weil meine Kinder sich nicht querstellen und freundlich zu dir sind?«

»Ich meine das positiv«, sagte Anton. »Deine Kinder gehen offen mit der neuen Situation um. Aber Emily fällt es nicht so leicht zu akzeptieren, dass es jetzt noch jemanden außer ihr gibt, der mir wichtig ist. Sie hatte es ganz schön schwer, so allein mit mir, ohne Mutter und ohne ihre Schwester. Deshalb will ich diese Übergangssituation so schnell wie möglich hinter mich bringen. Damit Emily begreift, dass es uns ernst ist.«

»Also eigentlich willst du nur wegen Emily zusammenziehen«, entschlüpfte es mir. *Damit du jemanden hast, der das unzuverlässige Kindermädchen ersetzt. Unentgeltlich!*

Anton sah mich wütend an. »Das habe ich nicht gemeint, und das weißt du auch genau.«

»Ja, entschuldige.« Ich bereute längst, das ich das gesagt und gedacht hatte.

Es war kindisch und kleinlich von mir, auf Emily eifersüchtig zu sein. Natürlich kam sie für Anton an erster Stelle. Auch wenn ein Teil von mir gern gehabt hätte, dass es anders gewesen wäre, so wusste ich doch, dass es genau so sein musste. Kinder gingen vor. Meine Kinder waren für mich auch das Wichtigste auf der Welt. Wichtiger als Anton.

Ich seufzte. Vielleicht konnte man nur eins von beiden sein: entweder gute Eltern oder gute Liebhaber oder wie man das auch nennen wollte.

Auch Anton schien schwerwiegenden Gedanken nachzuhängen. Als wir in den Hornissenweg einbogen, sagte er: »Tut mir leid, dass ich dich mit dem Haus so überfallen habe. Irgendwie dachte ich, du würdest dich freuen, dass ich die Sache schon mal in die Hand genommen habe.« Er parkte das Auto in unserer Einfahrt, stellte den Motor aus und sah mich ernst und traurig an. »Ich hätte dich vorher fragen sollen.«

Meine Wut war restlos verraucht. »Tut mir auch leid, dass ich so doof war. Aber musstest du auch ausgerechnet Frau Hittler engagieren? Sie kann mich nicht ausstehen, seit ich gesagt habe, mein Name sei Mussolini.«

»Das hast du nicht gesagt.« Gott sei Dank, Anton konnte wieder lächeln.

»Doch, leider. Ich überlege schon die ganze Zeit, wie Frau Hittler wohl mit Mädchennamen geheißen haben muss, dass sie freiwillig den Namen ihres Mannes angenommen hat.«

Jetzt lachte Anton, und wie immer, wenn er lachte, legte sich dabei sein ganzes Gesicht in Falten.

»Ich liebe dich«, sagte ich schnell.

Da wurde Antons Gesicht wieder ernst. »Ich liebe dich doch auch«, sagte er.

✿

»Ich habe ein Kind«, rief Mimi.

»Komm erst mal rein«, sagte ich. »Whisky?«

»Nein danke«, sagte Mimi. »Ich muss gleich wieder nach Hause, um es Ronnie zu sagen. Es ist ein Mädchen.«

»Hmhm«, machte ich freundlich. An manchen Tagen war man wirklich nur von Irren umgeben.

»Elf Jahre alt. Ich hab's von Sabine Ziegenweidt und dieser Frauke Soundso bekommen.«

»Sabine Ziege-Sülzkopf und Frauke Doppelname-Prollmann von der Mütter-Society haben dir ein elfjähriges Mädchen ... – geschenkt?«

»Nein, nur geliehen«, sagte Mimi. »Es heißt Coralie.«

»Na, da wird sich Ronnie aber sicher unheimlich freuen«, sagte ich.

»Zumindest kann er jetzt nicht mehr sagen, ich würde keine Verantwortung übernehmen!«

»Mimi! *Hallo!*« Ich rüttelte sie ein bisschen an der Schulter. Aber es half nichts.

»Ich muss los. Ronnie kann jeden Augenblick kommen, und Sonntag um halb zehn kriegen wir das Kind schon.«

»Mimi, das ist total bekloppt! Sabine und Frauke können keine Kinder verleihen!«

»Doch, das können sie. Also, nicht ihre eigenen. Es ist so ein Sozial-Projekt mit Mädchen aus der benachteiligten Unterschicht. Alle Mütter aus der Mütter-Society nehmen so ein Kind in ihre Familie auf. Und aus irgendeinem Grund halten sie mich und Ronnie für würdig, an dem Projekt teilzunehmen.«

»Aus irgendeinem teuflischen Grund! Darf man

bitte mal fragen, woher sie die Kinder haben? Das ist doch ein Fall fürs Jugendamt.«

»Das hat alles seine Ordnung«, sagte Mimi. »Die Kinder sind ja auch nur jeweils sonntags in ihren Projektfamilien. Und man muss gar kein besonderes Programm mit ihnen machen. Nur mal einen Kuchen backen. Basteln. Spazieren gehen. Monopoly spielen. Ganz normale Sachen eben. Das kriege ich doch wohl hin, oder? Ich kriege es doch hin? Ich meine, das werde ich doch hinkriegen, oder?«

»Sicher. Die Frage ist nur, warum!«

»Na, also, zum einen, um Ronnie zu beweisen, dass ich sehr wohl in der Lage bin, Verantwortung für ein Kind zu übernehmen. Und zum anderen, weil Ronnie sich so davon überzeugen kann, dass eine Adoption eine Schnapsidee wäre. Sabine und Frauke haben gesagt, die Kinder wären ziemlich schwierig. Alles Schulversager und Kleinkriminelle, schlecht ernährt und vernachlässigt. Da kann Ronnie gleich mal seine rosaroten Fantasien begraben.«

Ich war ehrlich empört. »Wenn das wirklich wahr ist, was sollen die armen vernachlässigten Kindern denn dann bei diesen Schrapnellen von der Mütter-Society?«

»Das ganz normale Familienleben kennen lernen«, sagte Mimi.

»Bei denen?«

»Und bei uns«, sagte Mimi.

»Du denkst, du bekommst so eine Art Testkind, das ist mir schon klar«, sagte ich. »Aber warum sie dir eins geben, frage ich mich.«

»Du bist ja nur neidisch, dass sie dich nicht gefragt haben!«

»Wahrscheinlich hatten sie ein Kind über, und das musst du jetzt nehmen, weil sie sonst keinen Dummen gefunden haben.«

»Oder sie denken, ich bin die richtige Person, um mich vorbildhaft um so ein armes Mädchen zu kümmern und ihm ein paar schöne Sonntage zu verschaffen«, sagte Mimi. »Danke auch für dein Vertrauen. Jetzt muss ich nach Hause, um den Karton mit meinen alten Barbiepuppen zu suchen.«

»Aber das ist – Mimi! Bleib hier! Hörst du!!!«

»Ich mach es trotzdem«, rief Mimi. »Du missgünstige Kuh!«

FRAGEN SIE DIE PATIN

Die exklusive Familienberatung der streng geheimen Mütter-Mafia

Liebe Mütter-Mafia!
Ich war sehr froh, mich nach meiner Scheidung vor einigen Monaten noch einmal verlieben zu können. Mein neuer Freund ist in jeder Beziehung untadelig, das Problem ist sein neunjähriger Sohn Mirko. Er kann mich nicht ausstehen. Obwohl ich mir alle nur erdenkliche Mühe mit ihm gebe, tyrannisiert er mich, wo er kann. Wenn mein Freund nicht hinguckt, streckt er mir die Zunge heraus oder tritt mich vors Schienbein. Letzte Woche fand ich ein Honigbrötchen in meiner Wäscheschublade, gestern einen toten Frosch zwischen meinen Unterhosen. Mein Freund glaubt nicht, dass Mirko etwas damit zu tun hat. Was kann ich nur tun?
Petra Martini, Cloppenburg

Liebe Frau Martini, Mirko scheint ja ein richtiger Teufelsbraten zu sein. Und offensichtlich hat es keinen Zweck, mit seinem Vater darü-

ber zu sprechen. Eltern sind leider nur allzu oft verblendet, wenn es darum geht, Schwächen bei ihren Kindern zu erkennen.

Spontan würde ich sagen: Wehren Sie sich. Kleben Sie dem Jungen ein Honigbrötchen zwischen die Mathehausaufgaben oder einen toten Frosch unters Kopfkissen. Gießen Sie Essig über seinen Gameboy. Drohen Sie ihm mit Ihrem guten Freund aus dem Karate-Zentrum. Wenn sich die Stimmung dadurch aber nicht verbessern sollte, wovon auszugehen ist, denken Sie doch einfach mal über eine Trennung nach. Das Leben als Single hat viele Vorteile, die man erst so richtig zu schätzen weiß, wenn man es mal eine Zeit lang ausprobiert hat. Und wenn es Ihnen nicht liegen sollte, können Sie sich ja immer noch mal verlieben. In einen Mann ohne Kinder. Verstehen Sie mich nicht falsch: Kinder sind etwas Wunderbares. Aber deshalb müssen Sie sich ja nicht mit ihnen abplagen.

Herzlichst, Ihre Patin

* * * THE SECRET OF KINDERERZIEHUNG

– endlich entschlüsselt:
Aus dem Lexikon der relevanten Erziehungsbegriffe:
Gehirn: ein Organ, mit dem man denkt, dass man denkt.

Willkommen auf der Homepage der

Mütter-Society,

dem Netzwerk für Frauen mit Kindern.

Ob Karrierefrau oder »nur«-Hausfrau,

hier tauschen wir uns über Schwangerschaft und Geburt, Erziehung, Ehe, Job, Haushalt und Hobbys aus und unterstützen uns gegenseitig liebevoll.

Zutritt zum Forum nur für Mitglieder

17. Oktober

Manche Probleme lösen sich tatsächlich ganz von allein.

Erstens: Ich darf wieder frei rumlaufen! Ich soll mich zwar weiterhin schonen, und die Haushaltshilfe darf ich auch behalten, aber ich kann meine Kinder wieder selber in den Kindergarten und zur Schule bringen. Hurra! Auf den ersten Besuch im Supermarkt freue ich mich wie ein Kind auf Weihnachten. Ihr wisst ja nicht, was für eine Qual das war, jemand anderem einen Einkaufszettel schreiben zu müssen und dann am Ende doch lauter falsche Sachen im Kühlschrank zu haben!!!

Zweitens: Laura-Kristin ist wieder im Internat, und im Haus herrscht himmlische Ruhe. Ich mache wirklich drei Kreuze, wenn dieses Kind die Pubertät überstanden hat. Das Fresspaket, das Jan ihr in den Koffer geschmuggelt hatte, habe ich in letzter Minute wieder herausgeholt. Will er etwa, dass Laura-Kristin in zwanzig Jahren genauso aussieht wie seine fette Schwester?
Und drittens: Mimi Pfaff aus dem Hornissenweg wird unser überzähliges Kind, Coralie Schuster, übernehmen. Natürlich ist sie keine Mami und hat, so gesehen, keine Erfahrung mit Kindern, aber das war schließlich ein Notfall, und Sabine und ich waren der Meinung, dass Mimi Pfaff nach ihrer Fehlgeburt eine Aufgabe brauchen kann. Sie hat auch sofort begeistert zugesagt. Du brauchst also wegen Coralie kein schlechtes Gewissen mehr zu haben, Sonja.
Sehr aufgeräumte und wieder mobile Grüße von Frauke

17. Oktober

Ehrlich, ich finde das supi-bedenklich, dieser Frau Pfaff ein Kind zu geben. Frauen mit unerfülltem Kinderwunsch sind total unberechenbar. Ich weiß, wovon ich rede, die Ex von meinem Männe ist ja so eine Psychopathin. Der Hass dieser Person auf Kinder und Mütter hat sich in den knapp fünf Jahren seit der Trennung ins Unendliche gesteigert. Sie schreibt ständig Leserbriefe an die Zeitung, von wegen, in dieser Stadt würde an jeder Ecke ein Kinderspielplatz

gebaut, aber an die Hunde denke keiner, überhaupt sei es total ungerecht, dass man für Hunde Hundesteuer zahlen müsse, aber für Kinder auch noch Kindergeld bekäme und so weiter und so weiter. Im Augenblick ist sie wieder mal vor Gericht, sie hat eine Mutter verklagt, deren Kind ihr immer mit dem Einkaufswagen in die Hacken gefahren ist. Und so einer wollt ihr wirklich ein armes, unschuldiges Kind anvertrauen?
Empörte Grüße von Mami Ellen

17. Oktober

Mimi Pfaff ist total nett, ihr Mann ebenfalls, und sie haben ein tolles Haus und süße Katzen. Ich wünschte, sie wären meinen Eltern.
Mami Gitti

17. Oktober

Na, na, na, Ellen, jetzt lass aber mal die Kirche im Dorf. Es geht hier nicht um die Ex von deinem Mann, sondern um Mimi Pfaff, die zwar eine Fehlgeburt hinter sich hat, aber deshalb keine Psychopathin ist.
Sonja

P. S. Ich hasse das auch, wenn mir Kinder mit Einkaufswagen in die Hacken fahren. Bitte sag uns doch Bescheid, ob die Klage Erfolg hat, das würde mich sehr interessieren.

18. Oktober

Mittlerweile haben mein Mann, meine Kinder und ich uns ganz gut in der Insektensiedlung eingelebt, nicht zuletzt dank euch und eurer vielen guten Tipps.

Meine beiden Großen haben bereits Freunde gefunden, aber um meinen Fünfjährigen mache ich mir noch ein wenig Sorgen. Eure Sohnemänner, Frauke und Ellen, sind ja leider erst drei. Offenbar ist die Auswahl an gleichaltrigen Freunden in dieser Kindergartengruppe recht beschränkt, und ich möchte ungern eine falsche Wahl treffen.

Was könnt ihr mir über Julius Bauer, Jasper Hagen und Gereon Peters sagen? Sind das Kinder, mit denen ihr eure Kinder bedenkenlos spielen lassen würdet, wenn sie im passenden Alter wären?

Sibylle

18. Oktober

Julius, Jasper, Gereon – voll ins Klo gegriffen, Sibylle! Eher würde die Hölle zufrieren, als dass meine Töchter mit einem dieser abartigen Kinder spielen würden.

Sabine

18. Oktober

Ein bisschen differenzierter geht es auch: Jasper und Julius kommen beide aus zerrüt-

teten Familienverhältnissen, Scheidung, neue Lebenspartner der Eltern, »Stief«-Geschwister, das volle kaputte Programm. Gereons Eltern sind selbsternannte Buddhisten und glauben, dass ihre Katze in Wirklichkeit ihre wiedergeborene Tante Johanna ist. Jasper hat ADS und ist sehr aggressiv (Marlon leidet sehr unter seinen Attacken, erst letzte Woche hat er einen Wachsmalstift von Jasper ins Ohr gedrückt bekommen), Julius ist ein bisschen dumm, aber ganz lieb. Wenn überhaupt, kommt wohl nur er als Spielgefährte für deinen Fritz infrage.

Frauke

5. Kapitel

Ich konnte es beinahe nicht glauben. Um die Platzreife zu bekommen, musste man gar nicht Golf spielen können! Das nur mal so als Information, falls Sie auch mal daran gedacht haben, es zu versuchen, sich aber noch nicht so recht trauen: Es reicht, wenn Sie sich bemühen. Und den Unterschied zwischen »ein Ball« und »der Ball« kennen, was sich jetzt komplizierter anhören mag, als es ist. Wenn Sie dann noch die Maximallänge des Tees wissen (101,6 mm), haben Sie den Wisch schon so gut wie in der Tasche.

Babyleicht, wie Julius sagen würde.

»Ich kann es noch gar nicht fassen«, sagte ich zu Anton am Telefon. »Ich konnte die ganze Nacht nicht schlafen vor Angst, und dann war es so einfach. Sogar der Topmanager hat es geschafft, und der wusste nicht mal, was ein halbiertes Loch ist. *Ich gebe mich nicht mit halben Sachen zufrieden,* hat er gesagt.«

»Ich bin stolz auf dich«, sagte Anton. »Sag mal, kann es sein, dass du neulich, als du den Jaguar hattest, einen Mini angefahren hast?«

Ach, *Shit.*

»Nicht angefahren«, sagte ich. »Nur ganz leicht berührt. Jedenfalls war nichts an dem Auto zu sehen, und auch weit und breit nichts von seinem Besitzer. Du kriegst doch deswegen keinen Ärger?«

»Nein, nur eine kleine Anzeige wegen Fahrerflucht.«

»Tut mir so leid.«

»Ich regele das schon. Du bist eben in manchen Dingen etwas … schusselig. Ich weiß, dass du so was nicht mit Absicht machst.«

»Ich hätte es dir ja gesagt, wenn ich es wichtig gefunden hätte … Und dann habe ich es vergessen.«

»Hauptsache, du hast die Platzreife geschafft! Das ist großartig und sollte gefeiert werden. Gleich am Sonntag können wir das erste Mal auf den Platz gehen. Das schöne Herbstwetter muss man doch ausnutzen.«

»Aber Sonntag sind die Kinder bei Lorenz!«

»Na eben«, sagte Anton. »Ich frage Fred von Erswert, ob er und seine neue Freundin einen Vierer mit uns spielen wollen.«

Ich schwieg.

»Du kennst doch noch Fred von Erswert?«

»Der Name kommt mir bekannt vor …«

»Mein Nennonkel Fred. Du hast ihn und seine Frau im Restaurant kennen gelernt und sie immer von Eiswurst genannt. Sie sind wirklich gute Freunde meiner Eltern.«

»Ach ja«, sagte ich. »Die Eiswursts. Onkel Fred und die nette Tante …?«

»… Jule«, ergänzte Anton. »Die Ärmste ist in das gemeinsame Ferienhaus nach Mallorca geflüchtet und heult sich die Augen aus.«

»Und du willst mit der neuen Freundin ihres Mannes Golf spielen? Das ist aber nicht die feine Art.«

»Na, aber die Neue zu ignorieren wohl auch nicht«, sagte Anton. »Außerdem versteht ihr beiden euch sicher gut. Sie müsste so in deinem Alter sein.«

»Ach du liebe Güte. Können wir nicht mit jemand anderem spielen? Oder nur wir beide?« Oder gar nicht?

»Na, es ist leider so, dass ich schon seit Wochen für diesen Sonntag mit von Erswert auf dem Golfplatz verabredet bin«, sagte Anton. »Ich regele die Scheidung, weißt du.«

»Du regelst die Scheidung für deine Tante Jule und deinen Onkel Fred?«

»Nur für Onkel Fred«, sagte Anton. »Tante Julchen hat sich einen eigenen Anwalt genommen. Ich habe ihn ihr selber empfohlen, schließlich ist sie die beste Freundin meiner Mutter.«

»Na, aber das kannst du doch nicht machen«, sagte ich entrüstet. »Die arme Tante Jule! Der Mann verlässt sie für eine Jüngere, und du vertrittst ihn, damit er sie noch richtig über den Tisch ziehen kann?«

»Keineswegs«, sagte Anton. »Das wird alles ganz fair ablaufen.«

»Haha«, sagte ich.

»Na hör mal, ich kann doch das Mandat für den besten Freund meines Vaters nicht ablehnen«, sagte Anton.

»Ich finde schon«, sagte ich. »Ich finde, du solltest überhaupt keine alten Säcke vertreten, die ihre Frauen verlassen und sich eine Jüngere anlachen.«

Anton schwieg einen Moment. Wahrscheinlich hatte ich seine Anwaltsehre beleidigt.

»Tja«, sagte er schließlich. »Wenn ich das nicht machen würde, hätte ich auf jeden Fall deutlich mehr

Freizeit. Genau genommen wäre ich sogar mehr oder weniger arbeitslos.«

»Du könntest dich ja auf Fahrerflucht und solche Sachen spezialisieren«, schlug ich vor, und da lachte Anton wieder.

Seit Herr Wu, der taiwanesische Gemüsehändler im Rosenkäferweg, wusste, dass wir bald seine Ladennachbarn sein würden, bekam ich bei jedem Einkauf etwas geschenkt, mal einen Granatapfel, mal eine Aubergine oder eine Orange. Herr Wu hatte auch gute Ideen, was wir außer Schuhen sonst noch verkaufen konnten.

»Mein Neffe produziert in Taiwan sehr hochwertige Brillenetuis«, hatte er letzte Woche gesagt, und tatsächlich: Das Brillenetui, das er mir zeigte, war entzückend. Es war aus grünem, geprägtem Kunstleder, wie ein Krokodil geformt, und das Auge des Krokodils war ein funkelnder Glaskristall. Ein anderer Neffe von Herrn Wu produzierte die dazu passenden Sonnenbrillen. Mimi stand mit dem Neffen von Herrn Wu bereits in Verhandlungen.

»Der Urenkel eines Freundes meiner Mutter exportiert Recycling-Gummistiefel«, sagte Herr Wu heute, als ich ein Körbchen Himbeeren bezahlte. »Das wäre vielleicht etwas für Ihren Laden.«

Er reichte mir eine Khaki-Frucht.

»Vielen Dank, Herr Wu. Aber Sie sollen mir nicht immer etwas schenken.«

»Für die Kinder«, sagte Herr Wu. »Wollen Sie sich die Gummistiefel mal anschauen?«

Recycling-Gummistiefel stellte ich mir ungefähr so attraktiv vor wie Recycling-Toilettenpapier. Aber ich sagte höflich, dass ich sie mir bei Gelegenheit gerne mal anschauen würde.

In meiner Manteltasche furzte es laut und vernehmlich.

»Entschuldigung«, sagte ich zu Herrn Wu, während ich das Handy herausnahm und den Furz abstellte. »Meine Tochter blamiert mich immer! Sie hat Ihre Khaki wirklich nicht verdient.«

Am anderen Ende der Leitung war Anton. Sein Tonfall klang hektisch. Er hatte noch nicht angefangen zu reden, da wusste ich, dass dies der Anruf war, vor dem ich mich schon seit Wochen heimlich fürchtete.

»Ich habe ein Riesenproblem«, sagte er. »Ich hänge hier in Düsseldorf am Gericht fest, Luisa ist krank, und ich kann meine Mutter nicht erreichen.« Luisa war die Studentin, die Emily immer dienstags und donnerstags nach der Schule betreute. »Könntest du bitte ausnahmsweise Emily an der Schule abholen und mit zu dir nehmen, bis ich komme?«

Oh, mein Gott.

»Ja«, sagte ich. »Natürlich.«

Anton erklärte mir den Weg zu Emilys Klassenzimmer. »Ich versuche, spätestens um sechs da zu sein«, sagte er. »Danke, Constanze, du bist ein Engel, und ich liebe dich.«

»Ich muss los«, sagte ich zu Herrn Wu. »Aber über die Gummistiefel reden wir noch.«

Um pünktlich an Emilys Schule sein zu können, holte ich Julius ein paar Minuten früher vom Kindergarten ab als üblich und ließ ihn sich auch nicht von jedem Kind, jeder Erzieherin und jedem Bauklotz einzeln verabschieden wie sonst immer.

»Heute müssen wir uns ein bisschen hetzen«, sagte ich. »Denn wir müssen heute Emily von der Schule abholen.«

»Fährst du wieder mit Karacho durch die Pfützen?«, fragte Julius.

»Ja«, sagte ich. Aber zu Julius' Kummer waren alle Pfützen ausgetrocknet. Jetzt im Herbst hatten wir Wetterverhältnisse, von denen wir im Sommer nur hatten träumen können.

Zu Emilys Schule war es nicht weit, eigentlich hätte Emily sowohl zu Antons als auch zu meinem Haus gut zu Fuß gehen können. Es musste nur eine große Straße überquert werden, und die hatte einen beampelten Fußgängerüberweg. Aber nicht nur Emily wurde abgeholt, offenbar auch alle anderen Kinder, denn der Parkplatz und der Seitenstreifen vor der Schule waren bereits hoffnungslos zugeparkt. Als ich das Fahrrad abstellte, sah ich auch den Van von Frauke Werner-Kröllmann vorfahren. Sie parkte auf dem Behindertenparkplatz.

Ich hob Julius hastig vom Fahrrad, aber es war schon zu spät, Frauke hatte mich bereits gesehen.

»Hallo«, sagte sie. Ihr Babybauch hatte mittlerweile gigantische Ausmaße angenommen. Er berührte schon meinen Mantel, als Fraukes Gesicht noch einen halben Kilometer entfernt war. An der Hand führte sie ihren hochbegabten Sohn Marlon. »Möchtest du Julius hier anmelden?«

»Noch nicht«, sagte ich. »Er wird ja im Januar erst fünf.«

»Iß trete dir ßo feßte in den Bauch, dass dir die

Därme raußquillen tun«, sagte Marlon zu Julius. »Und dann reiße iß dir den Kopf ab und ßtopfe ihn in die Mülltonne.«

Julius und ich starrten ihn ungläubig an.

»Schatz, das ist jetzt aber ungerecht«, sagte Frauke. »Julius hat dir doch nichts getan.«

Zu mir sagte sie: »Marlon ist heute im Kindergarten gebissen worden, und Aggressionen erzeugen ja leider immer Gegenaggressionen. Dieses Heidkamp-Kind ist allmählich nicht mehr tragbar. Wir machen eine Unterschriftensammlung von Eltern betroffener Kinder. Ist Julius noch nie von Dennis gebissen worden?«

»Jedenfalls nicht so, dass die Därme rausquillen tun«, sagte ich.

»Die Mutter ist ganz offensichtlich überfordert«, sagte Frauke. »Ich denke, das ist ein Fall fürs Jugendamt.«

Und du und dein Sohn seid ein Fall für die Geschlossene.

Frauke beschloss, das Thema zu wechseln. »Die Hirschkäferweg-Schule ist die beste Grundschule in der ganzen Stadt«, sagte sie.

»Es ist vor allem die nächstgelegene«, sagte ich.

»Aber sie nehmen weiß Gott nicht jeden auf«, sagte Frauke. »Sie achten hier auf ein sehr hohes Niveau. Der Aufnahmetest ist berüchtigt. Wir von der Mütter-Society trainieren unsere Kinder schon ein gutes Jahr vorher. Leider können wir unseren Insider-Aufnahmetest-Trainings-Test nur an Mitglieder abgeben.«

Ich ließ mir das Wort Insider-Aufnahmetest-Trainings-Test noch auf der Zunge zergehen, als die Schulglocke ertönte. Da ich Angst hatte, Emily in dem Gewühl zu übersehen, drängelte ich mich an Frauke vorbei in das Schulgebäude. Aus allen Klassen strömten Kinderscharen. Julius hielt sich ängstlich an meinem Mantel fest.

»Wenn du willst, dass Julius hier aufgenommen wird, dann musst du jetzt anfangen, mit ihm zu rechnen und zu schreiben. Und natürlich musst du die Allgemeinbildung trainieren«, sagte Frauke, die offenbar den gleichen Weg hatte wie wir. »Flavia musste in ihrem Aufnahmetest die Bedeutung eines Semikolons erklären, das Ein-Mal-Vier aufsagen und Violoncello buchstabieren.«

»Im Aufnahmetest-Trainings-Test oder im richtigen Aufnahmetest-Test?«, fragte ich.

»Im richtigen Aufnahmetest natürlich«, sagte Frauke.

Na gut. Wenn das wirklich stimmte, sollte ich mich schon mal nach einer anderen Schule für Julius umschauen.

»Ah, da ist ja Frau Berghaus«, rief Frauke. »Frau Berghaus, hallo! Hier bin ich! Nur ganz kurz: Haben Sie das Buch über das Schreibverhalten von Linkshändern gelesen, dass ich Ihnen gegeben habe? Ich finde es schon wichtig, dass Flavia die gleichen Bedingungen hat wie ihre rechtshändigen Mitschüler.«

Frau Berghaus sah aus, als ob sie flüchten wollte, aber Frauke versperrte ihr mit dem Bauch den Fluchtweg und hielt sie am Ärmel fest.

»Lehrerin ist sicher auch ein Scheißberuf«, sagte ich zu Julius.

»Da vorne ist Emily«, sagte Julius.

Tatsächlich kam Emily den Gang entlang, und

sie sah winzig und zerbrechlich aus zwischen all den anderen Kindern. Sie las im Gehen in einem Buch, hatte den Kopf gesenkt und schleifte den teuren lila Mantel auf dem Boden hinter sich her.

So vertieft stieß sie mit einem größeren Jungen zusammen, der aus seiner Klasse schoss.

»Doofes Schlitzauge, pass doch auf, wohin du gehst«, rief der Junge.

Emily sah kaum aus ihrem Buch hoch. Der Junge, ein feister Kerl mit roten Stoppelhaaren, rannte an uns vorbei und rempelte Julius dabei seinen Schulranzen in die Seite. Ich unterdrückte den Impuls, ihm hinterher zu rennen und ihn zu verhauen und stellte mich stattdessen Emily in den Weg.

»Hallo, Emily. Luisa ist leider krank geworden. Deshalb hole ich dich heute ab.«

»Und ich«, sagte Julius.

Emily musterte uns unfreundlich. »Und warum ist Oma nicht gekommen?«

»Dein Papa hat sie nicht erreicht. Komm, ich nehme deinen Mantel, ja?«

»Kann ich selber«, sagte Emily und klappte ihr Buch zu. Es war *Sara, die kleine Prinzessin* von Burnett. Wahrscheinlich ebenfalls Stoff für den Aufnahmetest an dieser Schule, zusammen mit dem Gesamtwerk von Peter Härtling und dem *Foucaultchen Pendel* von, äh, Dings, dem Kerl, der auch *Der Name der Rose* geschrieben hatte.

»Heißt deine Lehrerin Frau Berghaus?«, fragte ich beiläufig.

»Ja«, sagte Emily. »Warum willst du das wissen?«

»Ach, nur so«, sagte ich. »Weißt du, das Buch habe ich auch mal gelesen. Allerdings war ich da doppelt so alt wie du. Mein erstes Buch habe ich im zweiten Schuljahr gelesen. Es hieß *Lisa hat einen Hund.* Ich kann es heute noch auswendig. *Lisa hat einen Hund. Er heißt Bello. Bello ist ein Dackel. Er spielt gern mit Lisa. Am liebsten hat er seinen Knochen. Lisa hat Bello sehr lieb.* Fertig.«

Emily verdrehte die Augen.

»Darf ich deinen Schulranzen mal anziehen?«, fragte Julius.

»Bist du blind?«, fragte Emily. »Der Schulranzen ist rosa, mit Feen drauf, und du bist ein Junge.«

»Biiiiitte«, sagte Julius.

»Wenn du dich unbedingt lächerlich machen willst – von mir aus!«

Glückstrahlend setzte sich Julius den Feenranzen auf den Rücken.

»Bist du etwa mit dem Fahrrad da?«, fragte mich Emily.

»Ja«, sagte ich. »Ich schiebe es bis nach Hause, und einer von euch kann in den Kindersitz und der andere auf den Sattel, wenn er sich gut festhält.«

»Nein danke«, sagte Emily und klappte wieder ihr Buch auf.

Neben der Eingangstür stand Frau Hittler, und ich tauchte hinter einer Mutter mit einem breiten Kreuz ab, damit sie mich nicht sah. Im Vorbeischleichen sah ich genau, dass Frau Hittlers Sohn Frau Hittlers Himmelfahrtsnase geerbt hatte. Und offensichtlich war er mit dem rothaarigen Jungen befreundet, der Emily angepöbelt hatte. Frau Hittler fragte den Pöbler nämlich gerade, ob er nicht am Nachmittag mit »Ben« spielen wolle.

Draußen stieß ich wieder auf Frauke und ihre

Kinder. Fabia hatte den gleichen Schulranzen wie Emily. Überhaupt hatten alle Mädchen den gleichen Schulranzen wie Emily.

»Iß reiße dir den Aaß auf und trete deine Eia ab«, sagte Marlon zu Julius.

Frauke glotzte von Emily zu mir und wieder zurück.

»Ach, *deshalb* warst du hier!«, sagte sie. »Dann sind Gerüchte, dass du und Herr Alsleben euch wieder getrennt habt, wohl nicht zutreffend? Schön. Wirklich, das freut mich für euch … Diese Woche ist bei uns leider schon dicht, aber wollt ihr euch für nächste Woche verabreden, Flavia, du und Emily?«

»Von mir aus«, sagte Flavia.

Emily sagte nichts. Sie war augenscheinlich wieder ganz vertieft in ihre Lektüre.

»Iß ßteß dir die Augen auß und eß die ßum Frühßtück«, sagte Marlon, und seine Spucke flog wild durch die Gegend.

»Ihr habt doch letztes Mal so schön bei Flavia im Zimmer gespielt«, sagte Frauke zu Emily.

»Am besten telefonieren wir einfach«, sagte ich, als Emily nicht reagierte.

»Dienstags hat Flavia Klavierunterricht«, sagte Frauke. »Mittwoch Ballett. Aber Donnerstag ist ein guter Tag bei uns. Ach, da hinten ist Frau Berghaus! Frau Berghaus, warten Sie! Ich wollte mit Ihnen noch über den Füllerführerschein sprechen! Es sollte doch möglich sein, ihn schon im ersten Halbjahr zu erwerben, für die Kinder, die auch zu Hause fleißig arbeiten.«

Frau Berghaus tat so, als würde sie Frauke nicht sehen, und hastete zu ihrem Auto. Frauke hastete hinterher. Ich dirigierte die Kinder zu meinem Fahrrad, während Marlon uns noch weitere schreckliche Drohungen nachwarf.

»Willst du dich denn mit Flavia verabreden, Emily?«, fragte ich.

»Nein«, sagte Emily. »Sie mag mich gar nicht. Es ist immer furchtbar langweilig mit der. Sie ist eine doofe Kuh.«

»Dann kommt sie wohl auf ihre Mutter«, sagte ich.

»Oma verabredet mich immer mit so doofen Mädchen«, sagte Emily. Ich hob sie samt Buch und Mantel in Julius' Kindersitz und schnallte sie an. Dabei staunte ich, wie federleicht sie war, sie wog weniger als Julius, und der war fast zwei Jahre jünger. Allerdings war er auch sehr groß für sein Alter, da kam er ganz nach mir und Nelly. Er durfte mit dem Ranzen auf dem Rücken auf dem Sattel Platz nehmen und sich am Lenkrad festhalten.

»Gibt es denn in eurer Klasse überhaupt Kinder, die nicht doof sind?«, fragte ich, während ich das Fahrrad auf den Bürgersteig schob.

»Nein«, sagte Emily.

Das hatte ich mir gedacht. Aber hundert Meter weiter hob Emily zu meinem großen Erstaunen den Kopf und sagte: »Ein paar sind vielleicht doch ganz nett. Valentina zum Beispiel. Aber mit der spielt keiner.«

»Warum denn nicht?«

Emily zuckte mit den Schultern. »Sophie und Flavia sagen, eigentlich darf Valentina gar nicht auf unsere Schule gehen, weil ihre Mutter nur Putzfrau ist und nicht mal richtig Deutsch kann.«

»Aber offensichtlich ist Valentina echt schlau, wenn

sie ohne Insider-Mütter-Society-Aufnahmetest-Test-Training erklären konnte, wozu man ein Semikolon braucht«, sagte ich.

»Sophie sagt, Valentina hat gar keine Puppen, nur einen Bär, und der ist hässlich«, sagte Emily. »Aber vielleicht will Valentina ja gar keine Puppen haben. Ich finde Puppen auch doof. Außer Barbie.«

»Das klingt nach echter Seelenverwandtschaft«, sagte ich. »Warum verabredest du dich denn nicht mal mit Valentina?«

»Oma will das bestimmt nicht«, sagte Emily. »Valentina hat immer so komische Sachen an. Und ihre Mutter auch.«

»Hm«, machte ich. »Soll ich mal mit deiner Oma oder deinem Papa reden?«

»Das kannst du dir sparen. Auf dich hört sowieso keiner«, sagte Emily und war mit einem Schlag wieder ganz die Alte. »Ich hoffe nicht, dass du wieder diese Tortellini mit grüner Soße gekocht hast, dann mache ich lieber direkt Hausaufgaben.« Sie seufzte. »Wenn ich irgendwo in eurem Irrenhaus einen Platz finde, wo mich niemand stört, bis Papa kommt.«

Unter anderen Umständen hätte ich »Ich könnte dir so lange eine Zelle im Keller anbieten« gesagt, aber heute konnte ich sogar ein gewisses Maß an Verständnis für Emilys Garstigkeit aufbringen. Wie Frauke gesagt hatte: Aggressionen erzeugen immer Gegenaggressionen. Obwohl ich ja daran zweifelte, dass das Wort *Gegenaggression* im Duden stand.

Nelly gab der Haustür einen Tritt, dass sie krachend ins Schloss fiel. Der Kronleuchter klirrte leise mit seinen falschen Kristallen.

»Noch mal«, rief ich aus dem Wohnzimmer. »Die Bilder sind noch nicht von der Wand gefallen.«

»Spar dir deine dummen Witze«, fauchte Nelly und stapfte die Treppe hoch.

»Was hat sie denn?«, fragte Julius.

»Freitagsabend-Liebeskummer«, sagte ich.

»Quatsch!«, schrie Nelly. »Ich habe einfach nur eine Sauwut.« Sie riss die Tür zu ihrem Zimmer auf und knallte sie hinter sich zu.

»Worauf hat sie Wut?«, fragte Julius.

»Auf Kevin«, sagte ich.

Nelly riss die Tür wieder auf. »Nicht auf Kevin! Auf mich selber! Weil ich so eine dumme Kuh bin und mich in den falschen Jungen verliebt habe! In so ein babysittendes Weichei! Und ich dachte, Kevin sei cool! Wie blöd kann man denn sein? Aber jetzt ist es zu spät! Max ist mit dieser doofen Laura-Kristin zusammen, und ich bin in einen Typ verliebt, der nach Penatencreme riecht.«

»Willst du nicht zu uns runterkommen?«, fragte ich.

»Nein!«, schrie Nelly und knallte die Tür wieder zu.

Julius und ich warteten. Nach vier Sekunden flog die Tür wieder auf.

»Er wollte allen Ernstes, dass ich Samantha die Windel wechsle! Und zwar eine vollgeschissene Windel! Er dachte noch, er tut mir einen Gefallen damit!«

Ich bemühte mich, nicht zu lachen, und guckte so empört wie nur möglich.

»Offenbar war seine vorige Freundin ganz scharf darauf, Babywindeln zu wechseln«, brüllte Nelly. »Wie krank ist das denn?«

»Popcorn«, sagte ich. »Julius und ich machen Popcorn.«

Nelly kam ein paar Stufen die Treppe herunter. »Er hat gesagt, ich sei nicht normal! Ich! Nur weil ich es nicht toll finde, mit Babys und kleinen Kindern rumzumachen und in deren Kacke rumzuwühlen.«

Als wir nichts erwiderten, fing sie an zu weinen: »Ist ja nicht so, dass das arme Waisenkinder wären. Die haben ja schließlich Mütter, die das machen können.«

»Wir haben auch Chips und Eis«, sagte Julius.

Nelly kam noch ein paar Stufen näher. Sie schniefte. »Ich finde das so ungerecht.«

»Wir wollten eine DVD gucken und auf dem Sofa picknicken«, sagte ich. »Du darfst mitmachen, wenn du willst.«

»Aber nur, wenn wir einen traurigen Film angucken«, sagte Nelly.

»Dann gucken wir Dumbo«, sagte Julius und hatte schon bei dem Gedanken daran Tränen in den Augen. »Das ist so traurig, wenn die Elefantenmutter eingesperrt wird und nicht zu dem armen Dumbo kann.«

»Ich möchte mein Popcorn mit zerlassener Butter«, sagte Nelly. »Und ich möchte in der Mitte sitzen.«

»Aber dann kann ich den Kopf nicht auf Mamas Schoß legen«, sagte Julius.

»Du kannst den Kopf auf meinen Schoß legen«, sagte Nelly.

»Du magst aber keine kleinen Kinder«, sagte Julius.

»Dich schon«, sagte Nelly ein bisschen widerwillig. »Du bist irgendwie anders. Nicht so laut und klebrig und zappelig und lästig wie andere Bälger.«

»Aber wenn du meine Haare kraulst, ziept es immer«, sagte Julius.

»Heute nicht«, versprach Nelly. »Ich kraule ganz vorsichtig.«

Als ich mit einer Riesenschüssel gebuttertem Popcorn, Chips und Eis ins Wohnzimmer kam, saßen Julius und Nelly schon aneinandergekuschelt auf dem Sofa, und gerade warf ein Storch der Elefantenmama den kleinen Dumbo genau vor die Füße.

»Elefanten würden sich totlachen, wenn sie den Film sehen würden«, sagte ich, während ich mich setzte. »Sie sind mindestens zwölf Monate trächtig.«

»Schscht«, machte Julius. »Guck doch mal, wie sie sich über ihr Baby freut.«

Nelly lehnte den Kopf an meine Schulter. »Kevin sagt, Mädchen, die keine kleinen Kinder mögen, sind nicht normal.«

»Blödsinn«, sagte ich.

»War ich auch so ein süßes Baby wie Dumbo?«, fragte Julius.

»Ja, genauso«, sagte Nelly. »Mama war jedenfalls hin und weg von dir.«

»Ja, und das bin ich auch immer noch.« Ich legte meine Füße auf den Couchtisch und nahm mir eine Hand voll Popcorn.

»Kevin hat wahrscheinlich recht«, sagte Nelly. »Alle anderen Mädchen, die ich kenne, tragen furchtbar gern Babys durch die Gegend und freuen sich, wenn sie Bäuerchen machen. Normale Mädchen finden kleine Kinder total niedlich.«

»Was ist schon normal? Manche Mädchen haben diesen Bemutterungstrieb, andere nicht. Manche behandeln schon als Fünfjährige ihre Puppen wie Babys, anderen schreiben ihnen mit Filzstift schlimme Wörter auf den Bauch.«

»Das waren keine schlimmen Wörter«, sagte Nelly.

»Ich bin eine doofe Puppe, und keiner hat mich lieb«, sagte ich.

Nelly nagte schuldbewusst an ihrer Unterlippe.

»Als ich so alt war wie du, konnte ich auch nicht verstehen, warum die Leute so ein Aufhebens um kleine Kinder machten«, sagte ich. »Ich war die Einzige, die fand, dass meine Babycousine aussah wie eine Wurst in Strumpfhosen. Und ich dachte immer, ich müsse mich übergeben, wenn ich meine Tante noch einmal ›mein wonniges, sonniges Wutzigutzidutzi‹ sagen hören würde.«

Nellys Miene hellte sich ein bisschen auf. »Wirklich? Du warst auch so eine Kinderhasserin? Und wann hat sich das geändert?«

»Gar nicht«, sagte ich. »Meine Cousine sieht immer noch aus wie eine Wurst in Strumpfhosen, und wenn jemand wutzigutzidutzi sagt, wird mir schlecht.«

»Aber du magst kleine Kinder!«

»Die wenigsten, wenn ich ehrlich bin. Eigentlich nur euch. Und ein paar von euren Freunden. Und die Kinder meiner Freundinnen.«

»Magst du Lara?« Lara war Nellys beste Freundin von Kindergartenzeit an.

»Soll ich ehrlich sein? Ich fand Lara immer fürchterlich. Sie hat beim Sprechen so geleiert und ihren Schnupfen im ganzen Gesicht und an meinen Möbeln verteilt. Und dann hat sie immer gesagt: *Du bist ja eine komige Mutter*!«

»Das mit dem SCH und so hat sie bis heute nicht raus«, sagte Nelly. »Sie sagt immer *Teppige* und *gefährlige* Zeiten.«

»Wenigstens schmiert sie ihre Rotze nicht mehr durch die Gegend«, sagte ich.

»Emily magst du auch nicht.«

Ich suchte nach den richtigen Worten. »Ich gebe mir Mühe, sie zu mögen.«

»Und sie gibt sich alle Mühe, damit dir das nicht gelingt.«

»So sieht es wohl aus.«

»Magst du Samantha?«

»Ja, doch, bis auf den Namen und die Hundeschleife im Haar. Aber deshalb würde ich mich auch nicht darum reißen, ihr eine frische Windel zu machen.«

»Warum ist Kevin da nur so scharf drauf?«, fragte Nelly.

»Er ist nicht scharf aufs Windelwechseln«, sagte ich. »Aber er liebt Samantha und fühlt sich für sie verantwortlich. Das ist ungewöhnlich für einen vierzehnjährigen Jungen. Die meisten sind in dem Alter mehr mit sich selbst beschäftigt. Und damit, Mädchen an die Wäsche zu gehen.«

Dumbo stolperte auf dem Bildschirm fortwährend über seine Ohren.

»Kevin liebt Samantha und seine Geschwister mehr als mich«, sagte Nelly.

»Nein, das glaube ich nicht. Aber er hat das Gefühl, die Kleinen brauchen ihn. Du hingegen bist groß und stark und kannst gut selber für dich sorgen.«

»Von wegen«, sagte Nelly und kraulte Julius' Lockenkopf.

Eine Weile sahen wir Dumbo zu, wie er versuchte, fliegen zu lernen.

»Ich dachte auch immer, dass Jungs einen unentwegt ins Bett kriegen wollen und dass man als Mädchen die ganze Zeit nach Argumenten suchen muss, warum man sich noch nicht reif genug dafür fühlt«, sagte Nelly. »So ist das jedenfalls bei Lara und Moritz. So ist das bei überhaupt allen! Angeblich hat sich sogar Laura-Kristin die Pille verschreiben lassen, das heißt, sie und Max schlafen schon miteinander.«

»Das glaub ich nicht. Außerdem ist Laura-Kristin doch die meiste Zeit im Internat. Die beiden haben allenfalls Telefonsex.«

»Immer noch besser, als wenn der Typ mitten im Knutschen aufspringt und schreit: Ich hab vergessen, Sammys Schnuller auszukochen!«

Ich musste leider lachen. »Wenigstens muss Papa sich keine Sorgen machen, dass du zu früh schwanger wirst.«

»Nee«, sagte Nelly. »Da muss er sich echt keine Sorgen machen.« Sie seufzte. »Wenn ich Kevin doch nur nicht so schrecklich lieben würde …«

»Tja«, sagte ich. »Es wird dir wohl nichts anderes übrig bleiben, als zu akzeptieren, dass du ihn nur im Paket mit Sammy und seinen Geschwistern bekommen kannst. Der Windelgestank gehört eben zu Kevin wie Pech zu Schwefel, äh, Hemd zu Hose, äh, Hammer zu Nagel …«

»Wie Emily zu Anton«, sagte Julius, ohne die Augen vom Fernseher zu wenden.

Ja. Richtig. Wie Emily zu Anton.

Lorenz holte die Kinder am Samstag pünktlich um elf Uhr ab.

»Keine Mayonnaise, ich weiß«, raunzte er, als ich den Mund aufmachte, um meine üblichen Ratschläge loszuwerden. »Morgen Abend um sechs bringe ich sie zurück.«

»Viel Spaß«, sagte ich und kämpfte wie immer gegen die Tränen.

»Viel Spaß für *dich!*« Lorenz lächelte missgünstig. »Du bist ja diejenige mit dem kinderfreien Wochenende. Ach, und ich soll dir von Paris sagen, sie hätte ganz tolle Gürtel für euch ausfindig gemacht blablabla, und dann noch irgendwas mit Krönchen oder Herzchen oder Kikifuzz-Scheiß-Weiberkram, hab ich jetzt vergessen, aber du weißt sicher, was sie meint.«

»Aber klar doch. Sei so lieb und bestell Paris bitte schöne Grüße, und sag ihr Schnickischnacki-Scheiß-Weiberkram-Schnuckiputzi, dann weiß sie schon Bescheid.«

Lorenz guckte mich misstrauisch an. »Bei dir weiß ich echt nie, ob du es ernst meinst oder nur Witze machst.«

»Witzewatzewutze«, sagte ich und umarmte die Kinder, als wäre es das letzte Mal.

Bis Anton kam, hatte ich meinen Trennungsschmerz längst überwunden, ein Schaumbad genommen, die Beine rasiert und einen köstlichen Rapunzelsalat gemacht, mit Himbeeren, kross gebratenen Hähnchenbruststücken, gehackten Walnüssen und Himbeer-Balsamico.

Aber Anton war kaum eine Viertelstunde da, als wir uns schon wieder stritten.

Dabei fing es ganz friedlich an. Ich schenkte uns Rotwein ein, und Anton überreichte mir einen Strauß wundervoller Sonnenblumen und bedankte sich noch mal ganz förmlich dafür, dass ich Emily vorgestern von der Schule abgeholt hatte. Zuerst war ich gerührt, aber dann bekam ich urplötzlich Angst, er könne fragen, ob ich das ab jetzt nicht jeden Donnerstag machen wolle. Oder überhaupt jeden Tag.

»Emily wird in der Schule gehänselt«, sagte ich daher hastig. »Ich habe gehört, wie ein Junge *Schlitzauge* zu ihr gesagt hat.«

Zu meiner Verblüffung regte sich Anton überhaupt nicht darüber auf. »Ach, alle Kinder werden in der Schule doch wegen irgendwas gehänselt. Mich haben sie immer *Stoppelkopf* genannt.«

»Das ist doch nicht dasselbe, Anton!«

»Jedes Kind hat eben einen anderen Hänselnamen bekommen. Hattest du keinen?«

»Doch«, sagte ich. »Aber trotzdem ist das nicht …«

»Welchen Spitznamen haben sie dir denn gegeben?«

»Sag ich nicht.«

»Biiiiitte!«

»Horrorwindmühle«, sagte ich.

Anton lachte. »Warum das denn?«

»Ich hatte so lange Arme. Deshalb haben sie mich so genannt.«

»Siehst du, und du hast es unbeschadet überlebt.«

»Nicht unbeschadet«, sagte ich heftig. »Ich fand das sehr demütigend. Ich habe mehr Komplexe, als man zählen kann, und dabei ist *Horrorwindmühle* nicht mal zu vergleichen mit *Schlitzauge. Schlitzauge* ist rassistisch und gemein und ausgrenzend …«

»Ja, wenn es ein glatzköpfiger Kerl in Springerstiefeln sagt«, sagte Anton. »Bei Kindern hat das eine andere Bedeutung. Da kann man das nicht so ernst so nehmen. Und es wäre Blödsinn, Emily deswegen zu bedauern. Da muss sie einfach durch – sie sieht eben ein wenig exotisch aus, und es wird nicht mehr lange dauern, da wird sie genau daraus einen Riesenvorteil ziehen. Ihre Mutter musste das Gleiche durchmachen als Kind. Ihre Schwester ebenfalls.«

»Ich finde, du machst es dir da viel zu leicht.« Ich nahm einen Schluck Rotwein und sah, dass Anton wieder seine Kiefer aufeinanderpresste. Ja, genauso hatte ich mir das gedacht: Mit mir zusammenziehen wollte er, und von der Schule durfte ich seine Tochter auch abholen, aber in die Erziehung würde er sich niemals reinreden lassen.

»Es würde vielleicht nicht so schlimm sein, wenn sie für jeden Blödmann, der *Schlitzauge* zu ihr sagt, eine Freundin oder einen Freund an ihrer Seite hätte, der das gemeine Kind *glotzäugiger Fettsack* oder *hirnamputierter Blödmann* nennt«, sagte ich. »Aber sie hat ja keine Freunde.«

»Das ist nicht wahr«, verwahrte sich Anton. »Sie hat mindestens eine Verabredung in der Woche, und die Mädchen aus ihrer Ballettschule wollen immer alle mit ihr spielen.«

»Ihre Mütter wollen das«, sagte ich. »Weil sie gerne hätten, dass ihre Töchter mit der Enkelin von Alsleben Pharma befreundet wären. Diese Mädchen mögen Emily gar nicht besonders, und Emily findet sie alle fürchterlich.

»Das vermutest du jetzt als Psychologin?«

»Dafür muss ich keine Psychologin sein«, sagte ich. Und ich war ja auch keine, Mann! »Emily hat mir selber gesagt, dass das einzige Mädchen, mit dem sie wirklich gern mal spielen würde, dir und deiner Mutter zu komisch angezogen ist.« Na, das hatte sie zwar nicht gesagt, aber ein bisschen Polemik durfte doch wohl erlaubt sein.

»Was redest du denn da? Emily darf mit jedem Kind spielen, mit dem sie spielen will. Und wenn sie mit einem Kind nicht spielen will, dann muss sie es auch nicht tun.«

»Ja, klar. Gib doch zu, dass du das heute alles zum ersten Mal hörst.«

Jetzt sah Anton richtig wütend aus. »Wenn Emily etwas unbedingt will, glaub mir, dann redet sie auch mit mir darüber.«

»Kinder sagen einem nicht alles.«

»Aber alles Wichtige.«

»Nein, tun sie nicht. Es nutzt ja auch nichts, wenn die Eltern sie ignorieren und trotzdem machen, was sie wollen.«

»Ich nehme alle Rücksicht der Welt auf Emily«, sagte Anton zornig.

Ja, das tat er wirklich.

»Und wie steht sie zu deinen Plänen, ein Haus für uns alle zu kaufen?«

Für einen Moment schien Anton völlig aus dem Konzept gebracht. »Wenn sie sich dagegen sträubt, dann doch nur, weil …« Er unterbrach sich. »Ha! Wie raffiniert du bist! Aber ich durchschaue dich!«

»Wie bitte?«

»Du möchtest dich hinter der Meinung einer Sechsjährigen verstecken. Nicht Emily ist hier das Problem, sondern du bist es! Du bist diejenige, die das Zusammenziehen hinauszögert!« Bei jedem »Du« streckte Anton seinen Finger aus und zeigte auf meine Nase.

»Und du verstehst es wirklich, den Spieß rumzudrehen«, rief ich und versuchte, Antons anklagenden Zeigefinger zur Seite zu schlagen.

Anton fing meine Hand ab und hielt sie fest. »Ich habe doch recht. Du hast diese unmögliche Nummer bei der armen Frau Hittler mit voller Absicht abgezogen. *Nicht mein Geschmack, Kellersaunen sind blöd, viel zu teuer …* – alles nur, weil du dich nicht traust, Nägel mit Köpfen zu machen. Ja, so ist das: Du meinst es einfach nicht ernst mit uns.«

»Nur weil ich nicht hinter deinem Rücken schon mal den Umzugswagen bestelle? Ich gehe die Dinge eben einfach ein bisschen langsamer an.« Ich sprach mit sehr viel weniger Nachdruck, als ich eigentlich wollte, was daran lag, dass Anton mich immer noch festhielt. Sein Geruch und seine Körperwärme lenkten mich ab.

»Ja, wir gehen die Dinge komplett verschieden an«, sagte Anton, wobei er auf meinen Mund starrte und mich enger an sich heranzog.

»Wir passen gar nicht zusammen«, murmelte ich. Gott, was roch dieser Mann wunderbar.

»Nein, das tun wir nicht«, sagte Anton. Und dann küsste er mich.

Zwei Stunden später lagen wir erschöpft und glücklich nebeneinander auf dem Wohnzimmerteppich, und Anton sagte: »Ich weiß gar nicht, worüber wir uns andauernd streiten. Wir sind füreinander geschaffen.«

»Jedenfalls in *dieser* Beziehung«, sagte ich. »Sagt man doch: Gleich und gleich gesellt sich gern, aber Gegensätze ziehen sich aus.«

Anton fing wieder an, mich zu streicheln. »Es wäre auch irgendwie furchtbar, wenn du so wärst wie ich.«

»Erst recht, wenn du so wärst wie ich«, sagte ich und stellte mir mein männliches Pendant vor: ein Typ, der sich vor Hunden und seinen Eltern fürchtete, bei »Heidi« Rotz und Wasser heulte und ständig darüber nachdachte, ob er seine Beine auch rasiert hatte. Ein Typ, der nur »wegen der Umwelt« stottern konnte, wenn er gefragt wurde, warum er immer »Die Grünen« wählte. Ein Typ, der grundsätzlich jedem Hausierer aus Mitleid und Feigheit ein Zeitungsabonnement abkaufte und geheime Listen schrieb, zum Beispiel darüber, was er noch alles vor seinem fünfzigsten Geburtstag lernen wollte (Aquarellzeichnen, Italienisch). Oder vor nächsten Donnerstag (Fensterputzen ohne Streifen, einen Pfannekuchen durch Werfen wenden). Nein, so einen Mann hätte ich wirklich nicht haben wollen.

»Du hast da einen Knoten in der Brust«, sagte Anton.

»Das ist meine Brust«, sagte ich und lachte über den gelungenen Scherz.

»Im Ernst«, sagte Anton. »Fühl mal bitte.«

Er hatte recht. Ich hatte einen Knoten. Ich fühlte ihn sofort, einen daumennagelgroßen Knubbel in der linken Brust, fast unter der Achselhöhle.

»Oh«, sagte ich und setzte mich erschrocken auf.

»Ist der neu?«, fragte Anton.

»Das musst du besser wissen als ich«, sagte ich.

»Tastest du dich nicht regelmäßig ab?«

»Nein.« Nein, so was machte ich nicht.

»Mach bitte sofort einen Termin bei deinem Gynäkologen«, sagte Anton. »Wann warst du das letzte Mal da?«

Ach herrje. Das war schon lange her. Ich war furchtbar nachlässig in diesen Dingen. Auch zum Zahnarzt ging ich nur, wenn mir etwas weh tat, was aber praktischerweise immer einmal im Jahr vorkam.

»Da ist immer besetzt«, sagte ich kleinlaut.

»Es ist sicher nichts Schlimmes«, sagte Anton, wobei er eine Miene aufsetzte, als stünde er bereits auf meiner Beerdigung.

»Nein, sicher nicht«, sagte ich.

Mein ganzer Körper war mit Gänsehaut überzogen.

FRAGEN SIE DIE PATIN

Die exklusive Familienberatung der streng geheimen Mütter-Mafia

Liebe Mütter-Mafia!
Mein Dustin kommt im Sommer ins zweite Schuljahr. Er ist eigentlich ein lieber Junge, aber sein Freund übt einen schlechten Einfluss auf ihn aus. Er stiftet ihn dazu an, im Schulbus zu schubsen, Kaugummi unter die Sitze zu kleben und Butterbrotdosen aus Ranzen zu klauen. Außerdem bringt er ihm schlimme Wörter bei. Nun will ich einen neuen Freund für Dustin finden. Ich fürchte aber, die anderen Kinder in seiner Klasse sind auch nicht viel besser. Wie kann ich herausfinden, welches Kind als Freund passend wäre?
Ihre Susanne D.

Liebe Frau D.
Heißt Ihr Sohn wirklich Dustin? Wenn ja, warum?

Tatsächlich ist es immer schon wichtig gewesen, seinem Kind einen sogenannten »guten

Umgang« zu sichern. Leider ist es riskant, die Wahl seiner Freunde dem Kind selber zu überlassen. Deshalb wurden die »Freunde«-Bücher erfunden. Das Kind gibt das Freunde-Buch in der Klasse herum, und Sie können die Einträge in Ruhe zu Hause auswerten. Auf diese Weise können Sie auch gleich den Lernstand der anderen Kinder mit dem Lernstand Ihres Kindes vergleichen. Außerdem lernen Sie immer auch ein bisschen über die familiären Hintergründe des jeweiligen Kindes. Ein Beispiel: Wenn in der Schrift der Mutter bei »Was ich mal werden will« »Tohrwart« steht, sagt das schon eine Menge aus.

Im Folgenden finden Sie eine Liste mit Einträgen, bei denen zumindest Vorsicht angesagt ist (nicht sortiert):

So groß bin ich:	*40,1 Meter*
Mein Lieblingsbuch:	*Floch der Karebek 1, 2 unt 3*
Mein Lieblingsfilm:	*Candy heiß und wild*
Was ich am liebsten tue:	*Plestesen, Gembeu, Nintendo DS, Sponschbob*
Was ich am meisten hasse:	*Untahosen*

Welche Haustiere hast du?	*Pittbull, Vogelspinne, Krokodil, Klapperschlange*
Mein größter Wunsch:	*Lava-Lampe*
Was ich mal werden will:	*Altenpfleger*
So schwer bin ich:	*65 Kilo*
Was ich am liebsten esse:	*Brokoli, Kohlrabi und Rotkohl*
Mein Lieblingsbuch:	*alles von Schopenhauer*
Mein Lieblingsfilm:	*Ketensegenmasaka 1 unt 2*
Was ich am meisten hasse:	*Meine Mutter, meine Schwester, meine andere Schwester, meine Tante, meine an dere Tante*
Mein Lieblingsfach:	*Blau*
Was ich am liebsten tue:	*Hamsta ärgan*
Was ich mal werden will:	*Berufschullehrer*
Mein Lieblingsbuch:	*Fußbal*
Wen ich am liebsten habe:	*Fußbal*
Was ich mal werden will:	*Fußbal*
So groß bin ich:	*bis hierhin*
Welche Haustiere hast du?	*Ja*
Was ich am liebsten tue:	*Semikolon fahren*
Was ich gar nicht gut finde:	*Nintendo kaput*

Was ich am liebsten esse:	*Mon Chérie*
Wen ich am liebsten habe:	*Plestesen*
Mein größter Wunsch:	*Neua Hamsta*

Wenn Sie noch mehr Informationen benötigen, um sich ein Bild von dem Kind machen zu können, entwerfen Sie doch einfach selber ein Freunde-Buch. Dank Fotoshop und moderner Druck- und Bindetechnik kann es täuschend echt aussehen. Und Sie haben die Möglichkeit, auch noch andere Dinge abzufragen, wie zum Beispiel:
Wann gehst du ins Bett?
Trifft deine Mutter sich mit anderen Männern?
Streiten deine Eltern viel, wenn ja, worüber?
Wie oft wird bei euch die Bettwäsche gewechselt?
Würdet ihr in den Ferien auch mal unentgeltlich ein anderes Kind betreuen?
Sind die roten Haare deiner Mama echt?
Wie viel verdient dein Vater?
Und so weiter und so fort.
Und wenn Sie schon mal dabei sind: Wieso entwerfen Sie nicht auch so ein hübsches Büchlein für Ihren Mann, das er dann bei seinen Arbeitskollegen herumgehen lassen kann? Freunde kann man gar nicht gründlich genug aussuchen.

Wir hoffen, Ihnen geholfen zu haben, und wünschen Ihnen viel Spaß beim Freunde-Finden.

Ihre Patin

* * * THE SECRET OF KINDERERZIEHUNG

– endlich entschlüsselt:
Kinder brauchen Liebe – besonders, wenn sie sie nicht verdient haben. (Henry David Thoreau)
Sorgen Sie dafür, dass sich ihr Kind nie wie das fünfte Rad am Bein fühlt.

Willkommen auf der Homepage der

Mütter-Society,

dem Netzwerk für Frauen mit Kindern.

Ob Karrierefrau oder »nur«-Hausfrau,

hier tauschen wir uns über Schwangerschaft und

Geburt, Erziehung, Ehe, Job, Haushalt

und Hobbys aus und unterstützen uns

gegenseitig liebevoll.

Zutritt zum Forum nur für Mitglieder

24. Oktober

Bericht, Projektkind CHANTAL, 12 Jahre.

Der erste Sonntag mit unserem Projekt-Kind war recht erfolgreich. Natürlich war Chantal erst mal überwältigt von dem Luxus in unserem Haus. Kinder wie sie kennen ja weder den Wert echter Gemälde noch haben sie jemals ein Bidet gesehen. Sie haben komplett andere Wertevorstellungen als unsereins. Das Erste, was Chantal gefragt hat, als sie Tims Zimmer gesehen hat, war: »Hat der keinen eigenen Fernseher?« Außerdem fand sie es seltsam, dass er noch keine Playstation III hat. (Ihr Bruder ist noch keine drei, aber wohl schon im dritten Level von »Ninja Cars«.) In unserem Mittagessen stocherte sie nur herum, offensichtlich war Brokkoli ihr vollkommen unbekannt, und als wir fragten, was sie denn zu Hause immer zu Mittag äße, sagte sie: »Smarties.« Auch hatte sie noch nie eine Litschi gesehen oder gar gegessen und fand sie »eklig«.

Wir waren schon supi betroffen von alledem, obwohl wir uns der sozio-kulturellen Schlucht vorher bewusst gewesen waren. Aber es ist eben doch ein Unterschied, ob man davon in der Zeitung liest oder es direkt erlebt.

Chantal machte es aber supi Spaß, die goldenen Armaturen im Bad mit einem Mikrofasertuch zu polieren, nur man merkt leider, dass sie in Hausarbeiten nicht besonders geübt ist. Wir müssen da sicher viel Geduld aufbringen und ihr alles nach und nach zeigen und erklären. Mein Männe war aber supi-glücklich, dass Chantals Zähne noch schlimmer sind, als er es sich erhofft hatte. Offenbar war sie schon seit Jahren nicht bei einem Zahnarzt. »Se will nich, da kann man nichts machen«, sagte uns ihre Mutter, die am Abend kam, um Chantal abzuholen. Auch sie war sehr beeindruckt von unserem Haus. Sie fasste alles an, fragte, ob die Teppiche echt seien, bewunderte die Alarmanlage und unterschrieb anstandslos eine Einwilligung, Chantal von meinem Männe behandeln zu lassen. Wir sind uns nicht sicher, ob sie den Passus mit der Vollnarkose gelesen hat, aber unterschrieben ist unterschrieben.

Mami Ellen

24. Oktober

Bericht, Projektkind VALENTINA, 6 Jahre.

Valentina ist ja beinahe jeden Nachmittag bei uns. Sophie ist davon nicht so begeistert, aber sie hat die Grundidee unseres Projekts begriffen und weiß, dass man manchmal zugunsten anderer zurückstecken muss. Es ist schön, mit anzusehen, wie sie Valentina bei den Hausaufgaben hilft und ihr Spielzeug mit ihr teilt. Valentina ihrerseits muss lernen, ihre Neidgefühle zu unterdrücken und den Unterschied zwischen »mein« und »dein« zu respektieren. Daran arbeite ich aber noch.

Bei dem herrlichen Herbstwetter habe ich mit den Kindern lange Spaziergänge an der frischen Luft gemacht, so muss Dascha kein schlechtes Gewissen haben und fürchten, dass Valentina zu kurz kommt, während sie unsere Wäsche bügelt. Im Grunde kann man auch Dascha als Projektkind bezeichnen: Unter Jürgis geduldiger Anleitung hat sie gelernt, mit Abbeize umzugehen und den Lack von einer antiken Kommode zu schleifen, die wir schon seit Jahren aufarbeiten wollten. Diese Fertigkeiten könnten Dascha später noch sehr nützlich werden. Als Nächstes nehmen sie sich den alten Küchenschrank von Jürgis Mutter vor.

Sonja

24. Oktober

Bericht: Projektkind META, 13 Jahre

Wird später nachgeliefert. Habe gerade die

Handwerker im Haus. Die Scheibe, die Meta eingeschmissen hat, ist – natürlich! – eine Sonderanfertigung. Und Metas Eltern haben – natürlich! – keine Haftpflichtversicherung.

Sibylle, falls ihr schon wieder aus der Notaufnahme zurück seid: Ulrike benötigt eine Kopie des Arztberichts für ihre Akten.

Frauke

24. Oktober

Bericht, Projektkind LARISSA, 13 Jahre

Das Problem mit Larissa ist, dass sie raucht und auch aus einem Raucherhaushalt stammt. Leider hat meine Mutti das sofort gerochen, weshalb sie angepest kam und verlangt hat, dass Larissa das Haus verlässt und niemals wiederkommt. Dabei hat Larissa natürlich im Haus gar nicht geraucht und das auch nicht vorgehabt, aber ihr kennt ja meine Mutti. Sie hat gesagt, dass das ganze Projekt eine dumme Idee sei, und wir hatten deshalb einen schlimmen Streit. Aber wie alle schlimmen Dinge war auch dieser Streit für etwas gut: Er hat dafür gesorgt, dass das Eis zwischen Larissa und mir gleich gebrochen war. Als meine Mutti beleidigt gegangen war, um mit ihrem Anwalt zu telefonieren, war Larissa nämlich sehr nett zu mir und Marie-Antoinette.

Wir haben zusammen einen Nusskuchen mit Sauerkirschen gebacken (Rezept im Anhang) und Kastanientiere gebastelt. Dabei haben wir über Mütter geredet. Larissas Mutter kocht nie für Larissa und ihre Geschwister, und manch-

mal liegt sie noch im Bett, wenn Larissa von der Schule nach Hause kommt. Ich sagte, dass meine Mutti immer toll für mich gekocht hat und dass unser Haus immer tadellos aufgeräumt war, aber Larissa meint, jetzt, wo sie meine Mutter kennen gelernt hat, findet sie ihre gar nicht mehr so schlimm. Das ist, denke ich, auch ein Erfolgserlebnis für mich.
Mami Gitti

P. S. Litschis finde ich übrigens auch eklig, Mami Ellen. Die schmecken wie das Parfüm von meiner Mutti.

6. Kapitel

Ich versuchte, nicht an den Knoten in meiner Brust zu denken. Aber es wollte mir nicht so recht gelingen. Denn immer, wenn ich gerade mal nicht an den Knoten dachte, glotzte mir Herr von Erswert penetrant auf den Busen und erinnerte mich wieder daran.

Dabei hatte Herr von Erswerts neue Freundin an dieser Stelle sichtlich mehr zu bieten als ich. Mindestens zwei Körbchengrößen mehr. Ich hatte das ungute Gefühl, Herr von Erswert starrte mir immer nur auf den Busen, um ihn mit dem Busen seiner Neuen zu vergleichen.

Die war tatsächlich ungefähr so alt wie ich, kicherte aber die ganze Zeit wie eine Dreizehnjährige. Sie hieß Heike, aber wir sollten sie doch bitte »Heiki« nennen, denn Heike klänge so streng. Ich hätte jede Wette abgeschlossen, dass Heiki zu den Frauen gehörte, die ihren Brüsten Namen gaben. *Karl* und *Heinz* oder *Dick* und *Doof.* Trudi hatte ihre *William* und *Harry* getauft, aber sie nannte sie meistens nur »meine dicken Prinzen«.

Herr von Erswert und Heiki waren bestens gelaunt. Er machte die ganze Zeit »Witze«, und sie kicherte darüber.

Beim ersten Abschlag sagte er: »Lieber eine Latte

in der Hose als ein Brett vorm Kopf.« Und beim zweiten Loch sagte er: »Lieber einen Kurzen lang drin als einen Langen kurz draußen.«

Ich war verblüfft, wie kraftvoll und gerade ich abschlug, nur, weil ich mir vorstellte, der Ball wäre Herr von Erswerts Hintern.

»Der Freddy meint, du hast gerade erst die Platzreife gemacht«, sagte Heiki zu mir. »Ich und meine Freundin, wir spielen ja schon seit über sechs Jahren.«

Und was ist daran so lustig?, wollte ich sie fragen, aber da kicherte sie schon weiter: »Und weißt du auch warum? Weil man auf dem Golfplatz immer die besten Männer kennen lernt.«

Jetzt hätte ich aber auch beinahe gekichert. Der sprücheklopfende Herr von Erswert hatte eine braungebrannte Glatze, die bereits Falten warf, und aus seinen Ohren wuchsen Haare.

»Meine Freundin und ich haben uns gedacht, entweder gehen wir in die Politik, oder wir lernen Golf«, kicherte Heiki und warf ihre lange Haarmähne in den Nacken. »Wir haben uns dann fürs Golfen entschieden, das ist gesünder und außerdem nicht so anstrengend.« Sie schenkte Anton einen schmachtenden Blick. »Männer finden Politikerinnen auch gar nicht sexy, stimmt's, Anton?«

»Das kommt darauf an«, sagte Anton. Schaute er etwa auf Heikis *Karl* und *Heinz* oder in die tiefe Schlucht dazwischen? Ich spürte deutlich prämenstruelle Aggressionen in mir aufsteigen. Ich hatte ja gleich gewusst, dass Golfen nichts für mich war.

»Außerdem lernt man ja beim Golfen auch Politiker kennen, stimmt's, Freddy?«, sagte Heiki.

»Stimmt auffallend, Puschi«, sagte Herr von Erswert.

»Sind Sie Politiker, Herr von Erswert?«, fragte ich.

»Nennen Sie mich bitte Freddy, Conny!«, sagte Herr von Erswert. »Ich würde mich nicht Politiker nennen, ich engagiere mich nur ein wenig in der Parteiarbeit. Ganz im Hintergrund. Sie sind dran, Conny.«

Ich schlug einen tadellosen Ball. Es war schon der dritte hintereinander.

»Großartig!«, sagte Anton. »Du bist ja ein Naturtalent.«

Ich konnte es selber kaum fassen. Wenn ich so weitermachte, würde Anton noch denken, ich könnte wirklich Golf spielen.

Antons Abschlag war perfekt, aber diesmal landete sein Ball in einem Maulwufshügel. Das heißt, ich war der Ansicht, es handele sich um einen Maulwurfshügel, die anderen hielten es für eine zufällige Erdanhäufung. Anton wollte den Ball von dort weiterschlagen, aber ich warf mich dazwischen. »Das kannst du nicht tun! Wenn der Maulwurf genau in dem Moment den Kopf aus seinem Loch steckt, in dem du schlägst, ist er tot.«

»Aber hier wohnt kein Maulwurf«, sagte Anton. »Das kannst du gar nicht wissen«, sagte ich. »Es könnte ein Familienvater sein oder eine alleinerziehende Maulwurfsmutter. Wenn du sie erschlägst, sind die Kinder ganz allein.« Ich merkte, das mir die Tränen in die Augen stiegen. Zu prämenstruellen Aggressivität gesellte sich jetzt auch prämenstruelle Sentimentalität.

Anton leierte irgendeine doofe Golfregel herunter.

»Spätestens morgen ist von dem Haufen hier sowieso nichts mehr zu sehen«, sagte Herr von Erswert. »Der Platzwart wird schon dafür sorgen.«

Ich bestand aber darauf, Antons Ball neben den Maulwurfshügel zu legen oder aber als verloren zu geben und einen neuen Ball zu nehmen, ansonsten würde ich nicht weiterspielen.

Heiki und Herr von Erswert versicherten, dass sie ausnahmsweise so tun würden, als handele es sich hier um den Bau eines Erdgänge grabenden Tieres.

»Wir sind ja unter uns«, sagte Herr von Erswert. Anton runzelte die Stirn, gab aber nach, nachdem er einen kurzen Blick auf meine Brust geworfen hatte.

»Ich bin auch total tierlieb«, sagte Heiki. »Ich würde niemals einen Pelzmantel tragen oder so. Außer vielleicht einen aus Hermelin, die sind ja eine Plage, habe ich gelesen.«

Du bist auch eine Plage, hätte ich gern gesagt. Und dass sie lesen konnte, nahm ich ihr auch nicht ab.

»Die Einzigen, die einen Hermelinpelz wirklich brauchen, sind die Hermeline«, sagte ich.

»Ach, dann will ich doch keinen«, sagte Heiki.

»Du hattest doch neulich diesen niedlichen Bikini mit den Puschelchen an, Puschi«, sagte Herr von Erswert. »War das denn kein echtes Kaninchenfell? Es war so kuschelweich.«

»Kaninchen sind aber wirklich eine Plage«, sagte Heiki zu mir und quiekte, als Herr von Erswert ihren Hintern tätschelte.

»Du bist ja ein ganz Schlimmer!«, kicherte sie.

Ich schlug meinen nächsten Ball in ein kleines Gehölz und hatte so die Gelegenheit, beim Ballsuchen für ein paar Minuten mit Anton allein zu sein.

Anton wollte mich im Schutz der Blätter küssen.

»Hey!«, sagte ich. »Ich habe den Ball nicht hierhin geschlagen, um rumzuknutschen, sondern um mich mal ungestört übergeben zu können. Diese Frau und dein lieber Onkel Freddy bestätigen wirklich jedes Vorurteil, das ich hatte.«

»Ach komm«, sagte Anton. »Sie sind doch nur verliebt.«

»Vielleicht er in sie«, sagte ich.

»Jetzt sei nicht ungerecht«, sagte Anton.

»Jetzt sei nicht dumm«, sagte ich. »Sie hat extra Golf spielen gelernt, um einen Mann aufzureißen. Und es war ihr ganz egal, dass er doppelt so alt und außerdem verheiratet war.«

»Psssst«, sagte Anton. »Das ist nicht dein Ball, der muss weiter links liegen.«

»Möchtest du auch, dass ich einen Bikini mit Kaninchenpuschel für dich trage?«, fragte ich extra laut und quiekte wie Heiki. »Du bist ja ein Schlimmer!«

»Du bist ein Biest«, sagte Anton und versuchte, mir den Mund zuzuhalten.

»Und du bist ein Schleimscheißer!«, sagte ich.

»Jetzt …« Anton unterbrach sich. »Warum zanken wir uns eigentlich schon wieder? Es gibt doch weiß Gott genug andere Probleme.« Und dabei schaute er wieder auf meine Brust.

Für diese Bemerkung hasste ich ihn in diesem Augenblick.

»Wenn du oder Freddy mir noch einmal auf Max und Moritz guckt, kann ich für nichts mehr garantieren«, sagte ich, schob Anton beiseite, schlug einen von den ungefähr dreißig Bällen, die hier im Laub herumgammelten, zurück aufs Grün und marschierte zurück zu Heiki und Herrn von Erswert.

Dabei trat ich auf etwas Weiches.

Es war ein toter Maulwurf. Obwohl er schon tot gewesen sein musste, bevor ich auf ihn getreten war, fing ich an zu weinen.

»Golf ist ein mörderisches Spiel«, schluchzte ich.

»Lieber im Heu gebumst als ins Gras gebissen«, sagte Herr von Erswert.

Da beschloss Anton, das Spiel abzubrechen und mich nach Hause zu fahren.

✿

»Hier sind ganz viele!«, rief Julius und sammelte mit beiden Händen Kastanien auf. Ich kniete mich neben ihn und sammelte mit.

»Am liebsten habe ich die, die man noch aus der Igelschale pulen muss«, sagte Julius.

»Ich auch. Die glänzen so schön.«

»Guck mal, hier ist eine ganz kleine, eine Babykastanie!«

»Oh, ist die niedlich!« Und nicht nur die. Mir tat es leid, dass ich keinen Fotoapparat mitgenommen hatte. Julius hatte vor Eifer ganz rote Backen und glänzende Augen, und die Herbstsonne ließ seine Haare leuchten wie einen Heiligenschein. Für eine Sekunde kämpfte ich mit den Tränen.

»Wahrscheinlich harmlos«, hatte der Frauenarzt heute Morgen zu dem Knoten in meiner Brust gesagt. Wahrscheinlich. Ein recht vages Wort, wenn man so darüber nachdachte. Aber auf jeden Fall besser als *vielleicht*.

Wo ich schon mal da war, wollte ich mir auch gleich die Pille verschreiben lassen, aber der Arzt sagte, damit sollten wir warten, bis das mit dem Knoten geklärt wäre.

Es war Montagnachmittag, und da hatte Nelly immer bis drei Uhr Schule. Anstatt nach dem Mittagessen den Abwasch zu machen, hatte ich Julius aufs Fahrrad gesetzt und war mit ihm hierher gefahren.

Es war ein Herbsttag wie aus einem Gedicht. Wie aus diesem Gedicht von … Dings. Nikolaus Lenau? Oder Friedrich Hebbel? Ich verwechselte die beiden immer.

… *die Luft ist still, als atmete man kaum, und dennoch fallen raschelnd fern und nah, die schönsten Früchte ab vom Baum* …

Hebbel. Ja.

Julius pflügte sich glücklich durch das Laub. »Hier sind noch mehr!«, schrie er. »Ich glaube, hier sind Millionen!«

Gott, was liebte ich dieses Kind! Ich musste es hochheben und an mich drücken. *Wahrscheinlich* war nicht genug. Ich wollte sicher sein, dass ich noch eine Weile für mein Kind da sein konnte. Und für das andere auch. »Ich hab dich so lieb, mein Krümelchen.«

»Ich dich auch, Mama.«

»Du bist das Allerbeste, was mir jemals passiert ist«, sagte ich. »Du und Nelly.«

»Du bist auch meine allerbeste Mama«, sagte Julius.

Da wollte ich mich ins Laub werfen und weinen – … *dass ich lieber halte still, gleich am Orte hier zu sterben* … – *das* war aber jetzt von Lenau, er war der mit den melancholischen Texten.

Das Handy in meiner Manteltasche klingelte. Nein, es klingelte nicht, vielmehr hustete es eklig, wie ein alter Mann mit Bronchitis.

»Warst du beim Arzt?«, fragte Anton.

Natürlich war ich beim Arzt gewesen. Als das Telefon wieder nur das nervtötende Besetztzeichen von sich gegeben hatte, war ich direkt in die Praxis gefahren und hatte mir den halben Vormittag im Wartezimmer um die Ohren geschlagen. Außer mir hatten nur schwangere Frauen dort herumgesessen, und von denen hatte keine in der Broschüre über Brustkrebs herumblättern wollen.

»Ja. Alles in Ordnung«, sagte ich und blinzelte die Herbstgedicht-Tränen weg. »Wahrscheinlich eine harmlose Dings …«

»Zyste?«

»Nee, eher ein Dings … ein … Nüpsel.«

»Ein *Nüpsel*? Constanze, was hat der Arzt denn genau gesagt?«

»Er hat einen Ultraschall gemacht und gesagt, seiner Einschätzung nach sei es ein harmloser Knoten. Dann noch irgendwas mit Längs- oder Querstruktur der Zellen. Auf jeden Fall vermutlich nichts Schlimmes.«

»Aber *sicher* ist er sich nicht gewesen?«

»Doch, im Grunde schon. Er hat mir aber trotzdem eine Überweisung zur Mammografie gegeben.«

»Aha. Und wann ist die?«

»Am fünfzehnten Januar«, sagte ich.

»Was? Das ist ja noch Monate hin? Hatten die keinen früheren Termin?«

»Nein«, sagte ich. Na ja, ehrlich gesagt, wusste ich es nicht. Die Frau am Telefon hatte gefragt, ob es dringend wäre, und ich hatte geantwortet: »Nein, nur so zum Spaß.« Leider hatte sie meine Ironie nicht als solche verstanden, und deshalb hatte ich jetzt eben erst einen Termin am fünfzehnten Januar.

»Ist ja nicht so schlimm, es ist ja sowieso harmlos«, sagte ich.

»Na, hoffentlich«, sagte Anton.

»Hier sind noch mal eine Million!«, rief Julius. »Wenn wir die alle verkaufen, sind wir reich!«

»Ich hätte keine ruhige Minute mehr, bis ich wüsste, ob es wirklich harmlos ist«, sagte Anton.

»Ach«, sagte ich. »Man kann sich da auch reinsteigern.«

Und das hatte ich längst getan. Als wir wieder zu Hause waren, rief ich sofort noch mal in der Radiologischen Praxis an, um einen früheren Mammografie-Termin zu bekommen.

Es war besetzt.

Während Julius mit seinem Freund Jasper einen Verkaufsstand für Kastanien in unserer Einfahrt eröffnete, saß Nelly schlecht gelaunt am Esstisch, um ihre Hausaufgaben zu machen.

»Wir alle fallen. Diese Hand da fällt«, las sie von einem Arbeitsblatt ab. »Versteht doch keiner! Warum fallen Hände ab? *Und sieh dir andre an: Es ist in allen.* Was denn, bitteschön? Wovon spricht der Mann?«

»Rilke«, sagte ich entzückt. Vielleicht war heute ja Weltherbstgedichttag. »Das Fallen ist in allem. Weil Herbst ist.«

»Das Fallen! In allem! Du kennst echt jeden Scheiß«, sagte Nelly. »Ich muss mindestens dreihundert Wörter darüber schreiben. Weißt du, wie viel dreihundert Wörter sind? Über ein Gedicht, das gerade mal zweiundsechzig Wörter hat!!«

»Ich finde, es ist ein schönes Gedicht«, sagte ich. »Man kann jede Menge hineininterpretieren ... *als welkten in den Himmeln ferne Gärten* ... – das ist doch wunderschön.«

»Dann mach du doch meine Hausaufgaben«, sagte Nelly.

»Nein. Das musst du schon selber machen.«

»Ich hasse Gedichte!«, sagte Nelly. »Außerdem habe ich Hunger.«

»Du hast gerade drei Portionen Lasagne gegessen«, sagte ich. »Du kannst keinen Hunger haben.«

Es klingelte an der Haustür. Ich hatte sofort Angst, es könne die Polizei sein, von Frau Hempel gerufen. Vorhin, als die Kinder ihren Kastanienstand aufgebaut hatten, war sie herangewatschelt gekommen und hatte gesagt: »Dafür braucht man aber eine Genehmigung. Hier ist ein reines Wohngebiet.«

Es war nicht die Polizei, es war Mimi.

»Die haben ja echt günstige Angebote«, sagte sie und zeigte auf Julius und Jasper. »Drei Kastanien gibt es für fünfzig Cent, zehn Kastanien aber zum einmaligen Sonderpreis von zehn Euro.«

»Ja, damit scheidet die Schule im Hirschkäferweg wohl leider aus«, sagte ich. »Möchtest du heute mal reinkommen, oder wird das wieder eins unserer Türschwellengespräche?«

Mimi trat ins Haus. »Du willst wohl gar nicht wissen, wie mein Sonntag mit dem Leihkind war«, sagte sie, während sie mich links und rechts auf die Wange küsste. Offensichtlich war sie blendend gelaunt.

»Ich kaue immer noch an der missgünstigen Kuh«, sagte ich.

»Das war doch nur ein Scherz«, sagte Mimi. »Ich weiß, dass du alle möglichen Fehler hast, aber missgünstig bist du nicht. Machst du mir einen Kaffee?«

»Natürlich.«

Mimi setzte sich zu Nelly an den Esszimmertisch. »Na, Süße! Wie geht es dir?«

»Ich habe Hunger!«, sagte Nelly. »Und ich soll dieses Scheißgedicht mit leerem Magen interpretieren.«

»Ich kann dir ein Butterbrot machen«, bot ich widerwillig an.

»Zwei, bitte«, sagte Nelly. »Eins mit Schinken und eins mit Käse.«

»Ist das Rilke?«, fragte Mimi.

»Ja. Ein Gedicht über Herbst in einer Leprakolonie oder so«, sagte Nelly. »Und ich soll dreihundert Wörter darüber schreiben, weil meine Lehrerin einen Sockenschuss hat. Wie geht es dir?«

»Mir geht es blendend! Nächste Woche Montag fliege ich mit Trudi nach Mailand zu Paris' vielversprechendem Schuhdesigner. Und Ronnie und ich machen bei so einem Sozialprojekt mit, das einen Riesenspaß macht. Hat deine Mutter dir schon davon erzählt?«

»Nö«, sagte Nelly.

»Da kümmert man sich immer sonntags um ein Mädchen aus sogenannten bildungsfernen Schichten. Unser Mädchen heißt Coralie und ist elf Jahre alt. Gestern war sie das erste Mal bei uns.«

Das Telefon klingelte.

»Hier ist deine Mutter«, sagte meine Mutter. »Möchtest du lieber eine Kuckucksuhr oder einen handgeschnitzten Waldschrat zum Geburtstag haben.«

Weder noch, natürlich. »Einen handgeschnitzten Waldschrat«, sagte ich.

»Das habe ich mir gedacht«, sagte meine Mutter. »Ich hatte recht, Olav. Sie will den Waldschrat.«

»Du weißt eben, was ich mag«, sagte ich.

»Wir sind dann am Samstag so gegen fünfzehn Uhr bei dir«, sagte meine Mutter. »Oder hat sich in der Zwischenzeit etwas geändert?«

Gute Frage.

»Nein. Wir gehen alle zusammen essen«, sagte ich. »In einem sehr hübschen Restaurant.«

»Hoffentlich nicht chinesisch«, sagte meine Mutter. »Die sagen zwar, sie tun's nicht, aber sie tun's doch.«

»Was denn?«

»Hunde und Katzen braten«, sagte meine Mutter.

Ich versicherte ihr, dass wir in ein Restaurant gehen würden, in welchem weder Hunde noch Katzen verarbeitet wurden, und da legte sie beruhigt auf.

Unauffällig tastete ich nach dem Knoten in meiner Brust. Mir schien, als wäre er in den letzten zwei Minuten gewachsen.

»Stell dir vor, Coralie war noch niemals in einem Zoo!«, sagte Mimi zu Nelly.

»Echt nicht? Da rennt man doch ständig mit der Klasse hin. Oder mit Oma und Opa.«

»Die arme Coralie hat keine Großeltern mehr«, sagte Mimi mit Grabesstimme.

Ich stellte eine Tasse Kaffee vor sie hin, schob Nelly einen Teller mit zwei Butterbroten neben das Rilke-Gedicht und goss mir ein Glas Kombucha-Getränk ein. Obwohl es ja vielleicht längst zu spät war, den Kampf gegen Freie Radikale aufzunehmen.

»Coralie hat auch keine Eltern mehr«, sagte Mimi.

»Ach du liebe Güte«, sagte ich.

»Sie wohnt bei ihrer Tante und ihrem Onkel. Und die mögen sie anscheinend nicht besonders.« Mimi rührte in ihrem Kaffee. »Dabei ist sie so ein nettes Kind. Sie sieht aus wie ein kleiner Engel. Und sie hat erstaunlich gute Manieren, wenn man bedenkt, wo sie herkommt. Man muss sie einfach in sein Herz schließen.« Ohne einen Kommentar abzuwarten, fuhr sie fort: »Diese Tante muss ein Herz aus Stein haben. Alles in ihrem Haus dreht sich immer nur um Coralies Cousine, die von ihren Eltern vergöttert wird. Coralie muss ständig das Dienstmädchen für die Familie spielen, während die Cousine nur verwöhnt wird. Sie ist fett und darf Coralie ungestraft quälen, wann immer sie die Gelegenheit dazu hat.«

Nelly und ich tauschten einen Blick.

»Kommt mir irgendwie sehr bekannt vor«, sagte Nelly.

»Mir auch.«

»Coralie hat nicht mal ein eigenes Zimmer«, sagte Mimi. »Sie schläft in einem kleinen Verschlag unter der Treppe. Da passt gerade mal ein Bett hinein. Ist das nicht furchtbar? Ronnie und ich haben die ganze Nacht überlegt, wie wir Coralie helfen können, ohne ihre Situation noch zu verschlimmern. Ronnie meint, wir sollten das Jugendamt verständigen, aber Coralie meint, ihr Onkel und ihre Tante könnten sich wunderbar verstellen. Nach außen sähe es so aus, als ob sie sich ganz rührend um sie kümmerten.«

»Hat Coralie eine Eule?«

»Was?«

»Kennst du nicht Harry Potter?«, fragte Nelly.

»Natürlich, den kennt doch jeder«, sagte Mimi. »Meinst du, ich soll Coralie mal ein Buch mit dem kaufen? Ihre Tante tut das sicher nicht. Sie gibt das ganze Geld für ihre eigene Tochter aus.«

»Ich bin sicher, dass Coralie Harry Potter bereits gelesen hat«, sagte ich. »Denn nicht Coralie lebt in einem Verschlag unter der Treppe, sondern Harry Potter.«

Mimi sah mich mit großen Augen an. »Das ist wenig tröstlich! Harry Potter ist doch nur eine erfundene Person, während Coralie real ist. Erschütternd, oder nicht? Da muss man doch was unternehmen. Ronnie meint, wahrscheinlich müsse man der Tante nur genug Geld anbieten, dann würde sie das Kind schon zur Adoption freigeben. Aber ich denke, bei so etwas spielt unser Staat nicht mit.«

»Frag doch Dumbledore, ob er dir helfen kann«, sagte Nelly.

»Wer ist Dambeldor?«

»Mimi! Nicht Coralie, sondern Harry Potter lebt bei seiner Tante und seinem Onkel in einem Verschlag unter der Treppe«, sagte ich. »Seine Eltern sind tot. Und die Tante und der Onkel sind garstig zu ihm, während sie den fetten, gemeinen Cousin total verwöhnen.«

»Warum redest du denn die ganze Zeit von Harry Potter?«, sagte Mimi.

»Mensch, Mimi! Offenbar hat diese Coralie dich total verarscht«, sagte ich, und Nelly sagte: »Ich fass es nicht, dass du diese bekloppte Geschichte echt geschluckt hast. Du bist doch sonst so klug.«

Julius und sein Freund Jasper kamen in die Küche gestürmt und wollten etwas zu trinken haben.

»Und Eis«, schrie Jasper. Er schrie leider immer, was aber keine böse Absicht, sondern nur eine dumme Angewohnheit war. »Bitte.«

»Für mich auch ein Eis«, sagte Nelly. »Ich sterbe vor Hunger.«

»Du kannst Kastanien von uns kriegen«, schrie Jasper. »Drei kosten fünfzig Cent.«

»Nö, ich bin kein Wildschwein, weißt du!« Nelly verschlang den letzten Bissen ihres Käsebrotes.

»Ich habe nur Waffeleis, Vanille und Erdbeer«, sagte ich und öffnete das Kühlfach.

»Vanille!«, schrien die Jungs.

»Vanille und Erdbeer«, schrie Nelly.

»Ihr wollt mir echt weismachen, Coralie hätte das alles nur erfunden?«, sagte Mimi, die offenbar die ganze Zeit auf der Leitung gesessen hatte.

»Ja, du Schnelldenkerin«, sagte Nelly.

»Aber ihr kennt sie gar nicht. Ihr habt nicht gehört, nicht gesehen, wie sie uns ihre Lebensgeschichte erzählt hat … Ihr habt ihr nicht in die großen blauen Augen geschaut … Sie hat wirklich alles von Harry Potter geklaut?«

»Freu dich doch!«, sagte ich. »Du wolltest doch so ein verkorkstes Kind, um Ronnie zu beweisen, dass Adoption eine bescheuerte Idee ist.«

»Es könnte doch sein, dass es gewisse Parallelen zwischen ihr und Harry …«, murmelte Mimi. »Selbst wenn sie gelogen hätte …«

»Sie hat gelogen. Ich würde das Kind an deiner Stelle wieder zurückgeben.«

»Oder umtauschen«, sagte Nelly.

Aber davon hielt Mimi nichts. »Wenn es wirklich alles gelogen ist, dann doch nur, um unsere Aufmerksamkeit zu gewinnen.«

»Mimi, dieses Kind hat Eltern. Es ist nicht zur Adoption freigegeben.«

»Das weiß ich, das weiß ich. Aber sie bettelt förmlich um Liebe. Und wahrscheinlich denkt sie, sie bekommt nur Zuneigung, wenn sie die Wirklichkeit noch schlimmer macht, als sie ist.« Mimi nahm einen Schluck von ihrem Kaffee. »Oder vielleicht ist die Wirklichkeit ja noch schlimmer als bei Harry Potter.«

»Das geht wohl kaum!«

»Alkoholiker in der Familie. Ein schlagender Vater. Sexueller Missbrauch ... Wir wissen doch, in welch elenden Verhältnissen die Kinder heutzutage groß werden müssen.«

»Wem sagst du das«, seufzte Nelly und leckte an ihrem Eis. »Du musst selber wissen, ob du dich verarschen lassen willst.« Sie beugte sich über ihr Gedicht. *»Und doch ist einer, welches dieses Fallen unendlich sanft in seinen Händen hält.«*

»Amen«, sagte ich.

In den ersten zwanzig Minuten der großen Bauer-Alsleben-Familienzusammenkunft verhielten sich meine Eltern erstaunlich normal, auch wenn sie auf dem Spaziergang bis ins Restaurant Vermutungen geäußert hatten, dass die Alslebens »eingebildete, reiche Knöppe« seien und sicher nicht damit einverstanden, dass ihr Sohn mit der Tochter nordfriesischer Milchbauern anbandelte.

Und irgendwo müsse »die Sache« ihrer Ansicht nach noch einen Haken haben. Man läse ja heutzutage so viel über Anwälte und ihre Verwicklungen in Mafia-Geschäfte und über Männer, die sich eine Frau nur zwecks späterer Organspende anlachten und so weiter und so fort. Fantasie hatten meine Eltern ja, das musste man ihnen lassen.

Aber dann benahmen sie sich doch recht freundlich. Offensichtlich überrascht von Pollys und Rudolfs herzlicher Begrüßung schüttelten sie Hände, machten höfliche Konversation und lächelten sogar.

Dass mein Vater »Ach, *da* liegt der Hase im Pfeffer« sagte, als er Emily erblickte, bekam glücklicherweise niemand außer mir mit. Anton trug Anzug und Krawatte und sah umwerfend aus, es schien ihm wichtig zu sein, dass meine Eltern ihn nicht im Jogginganzug in Erinnerung behalten würden.

Als wir alle an der weiß eingedeckten Tafel Platz genommen hatten – leider konnte ich nicht verhindern, dass meine Eltern sich gegenüber von Antons Eltern niederließen –, hielt Anton eine kleine Rede darüber, wie froh er sei, heute Abend mit allen Anwesenden in meinen Geburtstag hineinfeiern zu können, und wie wunderbar er es fände, dass unsere Familien sich zu diesem Anlass endlich kennen lernen durften.

Ich schluckte.

Nelly sah mich mitleidig an, alle anderen erhoben ihre Gläser und stießen damit an.

»Auf Constanze«, sagte Anton feierlich. »Und auf ihre Eltern, die ihr morgen vor genau sechsunddreißig Jahren das Leben geschenkt haben.«

»Auf Constanze, die meinen Sohn und meine

Enkeltochter sehr glücklich macht«, sagte Polly. »Auch wenn ich das anfangs nicht gedacht hätte.«

Nein, ich auch nicht. Und eigentlich dachte ich es jetzt immer noch nicht. Verstohlen sah ich zu Emily hinüber, ob sie vielleicht eine Grimasse gezogen hatte. Hatte sie aber nicht. Sie trank einen Schluck Apfelschorle auf mein Wohl.

»Auf Constanze«, sagten alle außer mir. Ich lächelte nur tapfer, wohlwissend, dass mein Gesicht vorübergehend die Farbe der Tomatensuppe angenommen hatte, die gerade am Nachbartisch serviert wurde.

Als wir den schmalzigen Teil des Abends hinter uns gebracht hatten, begann dann endlich der unangenehme Teil.

»Ach, Gott sei Dank, die Speisekarten sind auf deutsch«, sagte meine Mutter zu Polly. »Ich dachte schon, wir müssten so einen französischen Chichi bestellen, wie den so eingebildete reiche Knöppe immer essen.«

Nelly versuchte, mich unter dem Tisch zu treten, und blinzelte mir verschwörerisch zu. Ich war froh, sie dabei zu haben, und sei es nur als Zeugin für all die fürchterlichen Dinge, die meine Eltern noch sagen würden.

»Und Sie machen also das Aspirin«, sagte mein Vater zu Rudolf.

»Aspirin ist von Bayer«, sagte Rudolf. »Wir sind ja Alsleben Pharma.«

»Ah, ja«, sagte mein Vater. »Und was kennt man so von Ihnen?«

»Xyladon ist von Alsleben«, sagte Rudolf. »Und Metrodoxyn.«

»Sagt mir jetzt nichts«, sagte mein Vater. »Aber ich nehme ja so was auch nicht.«

»Da bin ich aber froh«, sagte ich. Metrodoxyn war ein Potenzmittel.

»Wir sind ja im Allgemeinen nicht für Medikamente«, sagte meine Mutter. »Aber es ist schon in Ordnung, wenn man sein Geld damit verdient.«

Als das geklärt war, bestellte jeder sein Essen.

»Na, wie heißt denn dein Teddy«, fragte meine Mutter Emily, die ihr schräg gegenübersaß. Sie sprach sehr laut und langsam und betonte jedes Wort besonders deutlich. Offenbar glaubte sie, Emily spräche aufgrund ihres fremdländischen Aussehens unsere Sprache nicht und / oder sei hörgeschädigt.

Teddy? Ich sah einigermaßen verblüfft zu Emily hinüber. Tatsächlich, sie hatte einen Teddybären auf ihrem Schoß sitzen.

»Er hat keinen Namen«, sagte sie. »Aber er braucht einen.« Sie wandte sich an Julius. »Wie heißt denn dein Bär, falls du einen hast?«

»Der heißt Bär«, sagte Julius, einigermaßen verwundert, dass Emily überhaupt mit ihm sprach und dann auch noch so freundlich.

»Und deiner, Nelly?«

»Esel«, sagte Nelly. »Weil er kein Bär ist, sondern ein Esel. Aber als ich so alt war wie du, hatte ich auch einen Bären. Ich weiß nur nicht mehr, wie der hieß.«

»Ich bin ein doofer Bär, und keiner hat mich lieb«, sagte ich. Mit Tiernamen hatten wir es in unserer Familie nicht so.

»Wie findet ihr Emil?«, fragte Emily.

Wir fanden Emil alle gut.

»Constanze hatte als Kind eine Robbe«, sagte meine Mutter. »Sie hat ihre Flossen immer unter ihrer Nase hin und hergerieben und dabei am Daumen gelutscht. Nach einer Zeit war die Robbe ganz knüselig und voller Bakterien. Kein schöner Anblick, wirklich nicht.«

Ah, ja, dann konnte es ja jetzt losgehen. Seltsamerweise war ich viel gefasster, als ich vermutet hätte. Es lag wohl an diesem Knoten in meiner Brust. So ein Knoten lässt einen selbst die peinlichsten Situationen recht stoisch ertragen, man denkt die ganze Zeit: »Ach, was soll's, es gibt Schlimmeres.«

»Sie hing abgöttisch an dem Vieh«, sagte mein Vater. »Ständig hat sie es mit sich herumgeschleppt und angenuckelt. Und als eines Tages ihr kleiner Bruder das Tier in die Jauchegrube geworfen hat, ist sie hinterher geklettert und hat es gerettet.«

»Ach, wie süß«, sagte Polly.

»Von wegen süß!«, sagte meine Mutter. »Tagelang hat das Kind noch nach Jauche gerochen. Besonders bei Regenwetter.«

»In der Schule wollte keiner neben ihr sitzen«, sagte mein Vater.

Ach, was soll's, es gibt Schlimmeres.

Ich sah Anton von der Seite an und hoffte, er würde meine Eltern nicht nach meinen diversen Karrieren als semiprofessionelle Sängerin, Rettungsschwimmerin und Schachspielerin fragen. Aber offensichtlich genügten ihm die uneingefordert vorgebrachten Informationen meiner Eltern bereits vollauf. Er hob sein Glas und prostete mir zu.

Das Thema Jauchegrube war damit schon mal abgehakt.

»Und wie hieß deine Robbe?«, wollte Emily wissen.

Ich behauptete, ich wüsste es nicht mehr.

»Sie hieß Stinker«, sagte mein Vater.

Anton griff unter dem Tisch nach meiner Hand.

»Ihr Bruder hat sie so genannt«, sagte meine Mutter. »Er ist drei Jahre jünger als Constanze, aber er konnte ein halbes Jahr vor ihr Fahrrad fahren. Sie war mit allem so langsam.«

Anton drückte meine Hand ein bisschen fester.

»Außer mit dem Kinderkriegen«, sagte mein Vater. »Da hinkt unser Sohn leider ein wenig hinterher.«

»Aber sonst haben wir keinen Grund, über ihn zu klagen«, sagte meine Mutter, womit sie bei ihrem Lieblingsgesprächsthema angelangt war: meinem Bruder. Er kam in der Hierarchie der Lieblingsthemen noch vor Tante Gertis Raucherbein und dem Wetter. Antons Händedruck wurde, wenn möglich, noch fester. Leider musste er mich loslassen, als die Suppe gebracht wurde.

Während der ersten beiden Gänge erzählte meine Mutter Anton, Polly und Rudolf dann, wie großartig mein Bruder war. Mein Vater unterbrach sie nur gelegentlich, wenn sie etwas besonders Großartiges vergessen hatte, das mein Bruder gemacht hatte oder konnte oder wusste oder in Zukunft noch machen würde.

Ich wusste ja bereits alles über meinen großartigen Bruder und unterhielt mich so lange mit den Kindern und mit Emil, dem Teddybären.

»Kennst du eigentlich den Bären von Valentina?«, fragte ich Emil.

»Ja, den kennt er«, sagte Emily. »Valentina hatte ihn mit in der Schule, als wir Spielzeugtag hatten. Er ist gar nicht hässlich, wie Sophie gesagt hat, nur alt.«

»Und wollt ihr euch jetzt mal verabreden, du und Valentina?«

Emily schüttelte den Kopf. »Das geht nicht. Valentina muss mittags immer mit zu Sophie nach Hause.«

»Sie ist also Sophies Freundin?«

»Nein. Gar nicht. Aber Valentinas Mutter ist Putzfrau bei Sophie zu Hause.«

»Ach so.«

»Die Arme, oder?« Emily fütterte den Bären mit Suppe. Warum war sie heute so nett? Zu ihrem Bären und zu uns. Wo war der finstere Blick, wo blieben ihre kleinen, gemeinen Bemerkungen? Ich war ein wenig unruhig deswegen. Wartete sie vielleicht nur auf eine Gelegenheit, Julius Mayonnaise ins Essen zu kippen?

Bei der Hauptspeise kam es plötzlich zu einem rabiaten Themenwechsel: von der Großartigkeit meines Bruders direkt zu Weihnachten im Allgemeinen und Besonderen. Im Allgemeinen war es sehr schnell abgehandelt: Wir waren uns alle einig, dass es wieder mal viel zu schnell näher rückte. Im Besonderen ging es darum, wer in diesem Jahr wie das Weihnachtsfest zu verbringen gedachte.

»Wir verschwinden Mitte Dezember für sechs Wochen auf die Kanaren«, sagte Rudolf.

»Emily wird in den Ferien wahrscheinlich zu ihrer Mutter und ihrer Schwester nach London fliegen«, sagte Anton. »Oder Molly kommt hierher. Oder Jane nimmt beide Kinder mit zum Skilaufen in die Schweiz, wenn sie Urlaub bekommt.«

Aha. An Weihnachten würde es also möglicherweise noch komplizierter werden. Mit Tochter Nummer Zwei. Nett, dass er mich schon mal vorwarnte.

Ich hatte mir bisher über Weihnachten noch keine Gedanken gemacht. Die Nikoläuse und Dominosteine in den Läden hatte ich einfach übersehen. Aber eigentlich, so ganz im Geheimen, hatte ich mir schon mal gewünscht, Anton würde mit uns Weihnachten feiern. Ohne Emily, wenn möglich.

»Ihr werdet sicher zu deinen Eltern nach Pellworm fahren«, sagte Anton.

Ja, das hätte er wohl gerne.

»Die letzten Jahre waren sie immer bei uns«, sagte mein Vater. »Der Lorenz brauchte ja auch mal Ruhe vor den Blagen, und wir freuen uns immer, wenn der Junge da ist.« Sein Blick ruhte liebevoll auf Julius.

Nelly räusperte sich.

»Und seine Schwester«, sagte mein Vater. »Weihnachten ist eben ein Fest für Kinder.«

»Dieses Jahr brauchen wir auf Lorenz keine Rücksicht zu nehmen«, sagte ich. »Vielleicht fahren wir auch zum Skilaufen in die Schweiz.«

»Au ja«, sagte Julius.

»Haha«, machte mein Vater. »Du und Skilaufen, Constanze!«

Meine Mutter lachte auch. »Sportlich kann man sie wirklich nicht nennen, unsere Constanze. Ihr Bruder hingegen ...«

»Aber schwimmen kann sie«, sagte Anton. »Und hübscher ist sie doch bestimmt auch als ihr Bruder.«

»Nee«, sagte mein Vater. »Da schwimmt ja unsere Berta noch besser.«

»Nee«, sagte auch meine Mutter. »Ihr Bruder hat viel schönere Augen. Der kommt nach mir, Constanze nach ihrer Tante Gerti. Die hat auch so helle Wimpern.«

Ach, was soll's, es gibt Schlimmeres.

Und Anton griff wieder nach meiner Hand und stellte meinen Eltern keine Fragen mehr. Das war wirklich erfreulich. Um Viertel nach zehn hatten wir das Dessert verspeist beziehungsweise einen Espresso getrunken, und mein Vater gähnte. Meine Mutter gähnte auch.

»Das war ein langer Tag«, sagte sie. »Die anstrengende Fahrt, die Luftveränderung ...«

»Ja, ich muss in die Falle«, sagte mein Vater.

»Aber wir müssen doch noch bis Mitternacht warten«, sagte Polly. »Bis Constanze Geburtstag hat.«

»Ja, natürlich«, sagte Anton.

»Ohne mich«, sagte mein Vater.

»Ach, ich bin auch dafür, dass wir ins Bett gehen«, sagte ich. »Ihr seid ja alle herzlich eingeladen, meinen Geburtstag morgen mit mir zu feiern. Da freue ich mich schon drauf.«

»Wir sind aber nach dem Frühstück weg«, sagte meine Mutter.

Eben deshalb freute ich mich ja auch.

Anton und sein Vater stritten sich darüber, wer die Rechnung bezahlen sollte.

»Ich habe euch alle eingeladen«, sagte Anton, aber Rudolf sagte: »Nun sei nicht so störrisch, das ist doch unser Geschenk für Constanze.«

Da ließ Anton seinen Vater die Rechnung bezahlen, und ich bedankte mich so herzlich mir das eben möglich war.

»Ach, sagen Sie doch noch mal was auf Friesisch«, sagte Rudolf. »Ich höre das gern.«

»Huar kön han welen lian«, sagte ich, weil das einer der wenigen Sätze war, die ich auf Friesisch konnte.

Meine Mutter fragte: »Warum willst du dir ein Fahrrad leihen?«

»Das ist ein Insiderwitz zwischen Rudolf und mir«, sagte ich.

»Emily und ich fahren euch natürlich nach Hause«, sagte Anton.

Mal abgesehen davon, dass wir gar nicht alle in sein Auto gepasst hätten, wollten meine Eltern lieber zu Fuß gehen.

»Nach dem ganzen Essen, das wir in uns reingestopft haben, tut das gut«, sagte meine Mutter, während sie allen die Hand schüttelte. »Vor allem Constanzes Vater. Er hat von so spätem Essen immer, na …« Sie senkte die Stimme und flüsterte: »… Sie wissen schon.«

»Flatulenzen«, sagte mein Vater.

Ach was soll's, es gibt Schlimmeres.

Meine Mutter gab auch Emily die Hand. »Auf Wie-der-se-hen!«, sagte sie laut.

»Arrividerci«, zwitscherte Emily. Immer noch keine Spur von einem finsteren Blick. Deshalb wagte ich es, mich zu ihr hinunterzubeugen und wenn schon nicht ihr selber, so doch wenigstens dem Teddy die Pfote zu schütteln.

»Tja, Emil, war nett, dich kennen gelernt zu haben«, sagte ich. »Kommst du denn morgen auch mit zu meinem Geburtstag?«

»Vielleicht bringe ich ihn mit«, sagte Emily. Und weil sie dabei beinahe lächelte, machte ich den Fehler zu sagen: »Du warst heute sehr nett, Emily.«

Sofort verfinsterte sich ihr Gesicht. »Ich weiß«, sagte sie. »Aber deshalb mag ich dich immer noch nicht, falls du das denkst.«

Okay. Dann nicht.

Anton, der natürlich wieder mal nichts mitbekommen hatte, küsste mich.

»Liebst du mich noch?«, flüsterte ich in sein Ohr.

»Warum sollte sich das so plötzlich ändern?«, fragte er. »Ich hätte dich sehr gern um Mitternacht umarmt.«

»Ach, da schlafe ich doch längst«, sagte ich.

Aber natürlich schlief ich nicht. Ich lag hellwach auf dem Sofa im Wohnzimmer, und nicht mal der Mond leistete mir diesmal Gesellschaft.

»Ich wollte ja nicht unhöflich sein«, hatte mein Vater auf dem Heimweg gesagt. »Aber warum hat dieses Kind Schlitzaugen?«

»Sie hat keine Schlitzaugen.«

»Natürlich hat sie welche. Und dunkler als normal ist sie auch. Ich bin doch nicht blind.«

»Sie hat eben thailändische Gene.«

»Und ich dachte schon, sie hätte vielleicht eine schlitzäugige Mutter«, hatte meine Mutter gesagt.

Ach, was soll's, es gibt Schlimmeres.

Vorsichtig tastete ich meine Brust ab. Leider war der Knoten immer noch da.

»Alles Gute zum Geburtstag, Constanze«, flüsterte ich. Und dann weinte ich ein bisschen.

Der handgeschnitzte Waldschrat aus dem Schwarzwald war gar nicht so übel.

»Der sieht ja genau aus wie Frau Hempel!«, rief Julius entzückt, und wir beschlossen, ihn draußen an einen Baum zu hängen, möglichst so, dass Frau Hempel ihn sehen konnte.

Meine Eltern fuhren nach dem Frühstück wie versprochen nach Hause, sie hatten es eilig, zu meinem Bruder zu kommen, auch wenn sie so taten, als gälte ihre Sehnsucht in erster Linie den Kühen.

Julius schenkte mir fünf seiner allerschönsten und wertvollsten Kastanien und ein Bild mit einem rosa Luftballon mit Punkten drauf und vielen gelben Schnüren daran.

»Das bist du!«, sagte Julius.

»Oh, jetzt erkenne ich es. Da sind meine Augen, das gelbe sind meine Haare … – sehr schön, mein Krümelchen.«

Von Nelly bekam ich drei Gutscheine. Auf dem ersten Gutschein stand *»Einmal freiwillig Staubsaugen (nur unten)«*, auf dem zweiten *»Einmal freiwillig die Spülmaschine ausräumen«* und auf dem dritten *»Ein Kinobesuch mit mir (Film darfst du aussuchen)«*.

»Lauter wunderbare Geschenke«, sagte ich. Den ersten Gutschein löste ich dann auch sofort ein. Während Nelly im Wohnzimmer Staub saugte, mischte ich mit Julius einen Kinder- und Schwangerenpunsch aus Apfelsaft, Zimt, Grenadinesirup, frisch gepressten Limetten und Früchtetee zusammen, der viel leckerer schmeckte, als sich das Rezept las. Den riesigen Topf mit Kürbissuppe hatte ich schon am Tag vorher vorbereitet, dazu sollte es Brot, Kräuterbutter, eine Käseplatte und vier verschiedene Apfelkuchen und -torten geben. Da wir bei dem sonnigen, kalten Herbstwetter auf der Terrasse und im Wintergarten feiern wollten, hatte ich beschlossen, dass heute der ideale Zeitpunkt für den ersten Glühwein des Winters gekommen war. Jedenfalls für alle nichtschwangeren Erwachsenen. Neben Rotwein,

Orangenscheiben, Zimt, braunem Zucker und drei Beutel Glühweingewürz kippte ich kurzentschlossen auch noch eine Flasche Weinbrand in den Topf. Und den Rest vom Whisky kippte ich gleich hinterher. Dafür verlängerte ich das Ganze mit einem Liter gut gesüßten Früchtetee und etwas Orangensaft.

Nelly probierte eine Teelöffelspitze davon, hustete fürchterlich und meinte, von dem Zeug würden einem die Ohren qualmen. Ich probierte auch und fand, man schmeckte den Alkohol kaum. Sicherheitshalber rührte ich aber noch ein paar Löffelchen Zucker darunter.

Als erster Gratulant kam Kevin Klose, ausnahmsweise mal ohne Begleitung. Er schenkte mir einen wunderschönen blauschimmernden Muskatkürbis.

»Oh, lieber Junge, du sollst doch kein Geld für mich ausgeben«, sagte ich.

»Keine Sorge, den habe ich bei unseren Nachbarn gepflückt«, beruhigte mich Kevin. Er und Nelly hatten sich wieder vertragen, weil Kevin sich entschuldigt hatte. Nelly sei nicht unnormal, sie sei nur anders, hatte er gesagt, und Nelly meinte, damit könne sie leben.

Ich hatte zum Brunch eingeladen, und bis zwölf Uhr waren daher fast alle Gäste erschienen: Anne mit Jo, Jasper und Joanne, Anton und Emily, Trudi, Gitti Hempel von nebenan mit ihrer Tochter Marie-Antoinette und Paris und Lorenz. Ich hatte lange mit mir gerungen, ob ich sie einladen sollte, aber Paris wäre sehr beleidigt gewesen, wenn sie sich ausgeschlossen gefühlt hätte, und wir brauchten sie schließlich noch als Einkaufsberaterin für unseren Schuhladen.

Lorenz fühlte sich in Antons Gegenwart sichtlich unwohl, weshalb ich ihm gleich zu Beginn eine extra große Tasse Glühwein einschenkte.

»Schönes Wetter, heute«, sagte Lorenz da zu Anton, und Anton sagte: »Ja, wirklich sehr schön.« Dann unterhielt er sich mit Jo über die Renovierungsarbeiten in unserem Ladenlokal, und Lorenz setzte sich auf die Korb-Chaiselongue und schloss die Augen.

Paris belegte Anne mit Beschlag, um mit ihr Schwangerschaftsthemen zu erörtern. Aber Anne war ein wenig schlecht gelaunt, weil Mimi und Trudi morgen nach Mailand fliegen würden und sie nicht.

»Was hältst du von *Es geht auch ohne Windeln*?«, fragte Paris. »Ich habe es gelesen und bin sehr überzeugt.«

»Ist das ein Buchtitel?«

»Kennst du das etwa nicht? Da geht es darum, dass Kinder, die man nicht in Windeln presst, ihre Ausscheidungen viel früher kontrollieren können und viel freier groß werden. Außerdem entsteht eine wunderbar innige Bindung zwischen Mutter und Kind.«

»Weil das Kind der Mutter immer direkt auf den Arm kackt und pieselt?«, fragte Anne. »Ich fasse es nicht, was die Leute alles veröffentlichen dürfen.«

»Also, ich erwäge wirklich, die Windeln wegzulassen«, sagte Paris. »In meinem Schwangeren-Forum praktizieren das einige, und die sagen, das sei eine ganz tolle Erfahrung.«

»Ja«, sagte Anne. »Wenn man auf so was steht, ist das bestimmt super. Hör mal, Paris, du kannst es nicht wissen, aber es gibt Babys, die pfeffern alle halbe Stunde ein Häufchen raus, und da du ja gleich zwei bekommst … Stell dir das bitte nicht wie einen hübschen, trockenen Hasenköttel vor, sondern mehr so wie Apfelmus. In braun. Und in stinkend.«

»Ich finde es erstaunlich, dass du als Hebamme …«, sagte Paris.

»Ach, den Job hätte ich längst an den Nagel hängen sollen«, sagte Anne. »Ich hätte besser mal ein paar Bücher geschrieben. *Es geht auch ohne Wehen.* Oder *Es geht auch ohne Schwangerschaftsratgeber.* Oder Es geht auch ohne Kinder. Schön blöd, das große Geld immer anderen zu überlassen.«

»Schade, dass ihr beiden nichts von meinem leckeren Glühwein trinken könnt«, sagte ich.

»Das finde ich auch sehr schade«, sagte Anne. »Das kannst du mir glauben!«

»Ist doch gut gelaufen mit unseren Eltern gestern«, sagte Anton.

»Findest du?« Ich sah ihn ungläubig an.

»Doch, wirklich, alles ganz entspannt«, sagte Anton. »Obwohl man schon den Eindruck gewinnen könnte, dass sie dich nicht so großartig finden, wie du bist.«

»Ja, den Eindruck könnte man wohl gewinnen.«

»Aber Eltern sind so«, sagte Anton. »Sie kritisieren immer mehr an ihren Kindern herum, als dass sie sie mal loben. Ich wette, dafür schwärmen sie deinem Bruder andauernd von dir vor.«

Ich hätte gewettet, dass er diese Wette verloren hätte, aber ich schielte die ganze Zeit auf das monströse Paket, dass Anton mitgebracht hatte. In den Karton hätte eine Waschmaschine gepasst. Vielleicht war es eine?

»Darf ich jetzt auspacken?«, fragte ich.

»Natürlich«, sagte Anton und strahlte. Ich hätte nicht gesagt, dass ich das mal sagen würde, aber als ich auspackte, wünschte ich mir tatsächlich, in dem Karton wäre eine Waschmaschine gewesen. Stattdessen war darin ein Trolleybag samt Driver, Hölzern, Wedges, Eisen und Putter. Und ein Gutschein über die Jahresmitgliedschaft in Antons Golfclub.

»Damit du nicht weiter mit Mimis alten Schlägern spielen musst«, sagte er fröhlich. »Eine Profiausrüstung für eine Profispielerin.«

»Oh, ich weiß gar nicht, was ich sagen soll«, sagte ich. Für das Geld, das Anton das alles gekostet hatte, hätte er mir einen sehr fetten Diamanten kaufen können. Auf einem Ring. Nur so als Beispiel. Aber woher sollte Anton auch wissen, dass eine Golfausrüstung überhaupt nicht auf meiner Wunschliste stand? Der Ärmste dachte ja auch immer noch, dass mir das Spielen Spaß machte.

Ich hätte ihn trotzdem gern geküsst, aber Emily hing wie immer an seinem Ärmel und klammerte sich daran fest. Sie überreichte mir ein Bild als Geschenk. Auf dem Bild saß ein gelber Hase auf einer einsamen Insel mitten im Meer unter einer Palme.

»Das ist aber ein schönes Bild. Hat es eine symbolische Bedeutung?« Ich fand, der Hase hatte durchaus ein bisschen Ähnlichkeit mit mir.

Aber Emily schüttelte den Kopf. »Das ist einfach ein Bild, das ich noch zu Hause hatte«, sagte sie. »Herzlichen Glückwunsch.«

Ich trank eine Tasse von dem Glühwein, um meine Enttäuschung hinunterzuspülen. Außer von Gitti Hempel, die mir einen Gutschein für den VHS-Kurs

»Weihnachtliche Bilderrahmen selbst gemacht« überreichte, den sie selber abhalten würde, bekam ich nämlich von niemandem mehr ein Geschenk. Nicht mal von Trudi, die mir sonst immer einen Gutschein für eine Reiki-Behandlung oder eine Energiemassage schenkte. Nicht, dass ich so scharf auf Gutscheine gewesen wäre, aber sie waren doch immer noch besser als gar kein Geschenk. Ich hätte mich diesmal nicht mal beschwert, wenn sie mir wieder so ein peinliches Buch geschenkt hätte. *Erleuchteter Sex – wie Sie sich zum Muttermundorgasmus atmen können.* Das wäre besser als nichts gewesen. Natürlich traute ich mich nicht nachzufragen, warum meine Freunde mir in diesem Jahr nichts schenken wollten, aber ich fühlte mich ein wenig übergangen. Noch war ich schließlich nicht in dem Alter, in dem man angeblich alles hat und sich über nichts mehr freut.

Mimi und Ronnie kamen zu spät. Als sie klingelten, war der Topf mit der Kürbissuppe schon halb leer, und ich hatte bereits das vierte Kaviarbrot aufgeschnitten.

Mimi und Ronnie hatten ein Mädchen zwischen sich stehen, dessen sommersprossiges Gesicht von niedlichen roten Kringellocken umrahmt wurde.

»Du musst Coralie sein«, sagte ich, und das Mädchen nickte und schüttelte mir die Hand.

»Alles Liebe zu Ihrem Geburtstag. Und danke, dass ich mitkommen durfte«, sagte sie mit einer sehr süßen Stimme. Meine Güte, sie hatte sogar Grübchen in ihren Wangen.

»Hier sind heute viele Kinder«, sagte ich. »Das ist meine Tochter Nelly, sie zeigt dir, wo der Kuchen steht und der Kinderpunsch.«

»Ich liebe Kinderpunsch!«, sagte Coralie. »Und Kuchen liebe ich auch.«

»Ist sie nicht zauberhaft?«, fragte Ronnie, als die Kinder außer Hörweite waren.

»Doch«, sagte ich. »Eine Schande, dass sie in einem Verschlag unter der Treppe hausen muss.«

Ronnie lächelte nachsichtig. »Sie hat eine lebhafte Fantasie, weißt du. Und ein Verschlag unter der Treppe ist allemal spannender als eine Sozialwohnung in einem Hochhaus.«

»Es macht dir wirklich Spaß mit eurem Leihkind, nicht wahr?«

»Nenn sie nicht Leihkind«, sagte Ronnie. »Und ja – es tut uns gut, uns um sie zu kümmern.« Er sah sich um, ob Mimi ihn auch nicht hören konnte. »Das Thema Kinderwunsch ist bei uns noch lange nicht vom Tisch, weißt du? Wir schaffen es nur einfach nicht, vernünftig darüber zu reden. Durch Coralie brechen irgendwie festgefahrene Strukturen bei uns auf …«

»Das hört sich an, als würdest du heimlich zu einem Therapeuten gehen«, sagte ich.

»Nie im Leben würde ich das tun!« Ronnie hob abwehrend die Hände. »Mimi würde mir nie verzeihen, wenn ich so etwas hinter ihrem Rücken machen würde.«

Mimi kam wieder heran und legte einen Arm um meine Taille.

»Coralie spielt schon mit den anderen. Sie ist wirklich unglaublich unkompliziert, ein richtiger Sonnenschein. Worüber redet ihr?«

»Oh, über Ehrlichkeit und Offenheit in der Beziehung«, sagte ich. »Du siehst übrigens wunderbar rosig aus, Mimi. Wie ein Marzipanschwein.«

»Oh, vielen Dank«, sagte Mimi, eher amüsiert als peinlich berührt. »Ich verrate dir bei Gelegenheit gerne meine Kosmetiktipps. Jetzt solltest du aber dein Geschenk auspacken.«

»Wir haben alle zusammengelegt«, sagte Trudi. »Anne und Jo, Paris und Lorenz, Ronnie und Mimi … – aber ich hatte die Idee.« Sie überreichte mir einen kleinen in Geschenkpapier gewickelten Karton.

Ich muss zugeben, ich war erleichtert, doch noch ein Geschenk zu bekommen.

»Das ist so süß von euch«, sagte ich und strahlte alle meine Gäste an. Neugierig rupfte ich das Papier weg und hob den Deckel. In dem Karton lagen drei kleine eingeschweißte Stücke Fleisch.

»Soll das ein Witz sein?«, fragte Nelly, aber ich wusste sofort, um was es sich handelte.

»Kobe-Rind!«, schrie ich. »Ihr habt mir tatsächlich Kobe-Rindfleisch besorgt! Oh, ich danke euch sehr.«

»Danke vor allem mir«, sagte Paris. »Trudi und Anne wollten das Fleisch bei eBay ersteigern. Aber ich kannte den Chefkoch vom goldenen Schwan und …«

»Kann mir mal einer sagen, was so besonders an dem Fleisch ist, dass ihr für die kleinen Bröckchen da alle zusammen legen musstet?«, sagte Nelly. »Geizkrägen.«

»Kobe-Rinder werden in Kobe in Japan aufgezogen, und sie werden täglich massiert und mit Bier gefüttert und gestreichelt und mit klassischer Musik beschallt«, sagte ich. »Ihr Fleisch ist so teuer, weil es einmalig und wunderbar schmeckt. Du wirst es erleben. Ihr alle werdet es erleben.«

Lorenz hob abwehrend die Hände. »Es sind gerade mal sechshundertfünfzig Gramm, da können wir unmöglich alle mitessen.«

»Aber wir sagen euch gern, wie es geschmeckt hat«, sagte Nelly.

Nachdem ich nun doch noch ein Geschenk von meinen Freunden bekommen hatte und der Glühwein allmählich seine Wirkung entfaltete, wurde es noch ein schönes Fest.

Die Kinder spielten friedlich miteinander Kricket, schaukelten und kletterten im Baumhaus herum. Immer, wenn ich nach ihnen sah, schienen sie Spaß zu haben, sogar Emily und Coralie. Ich hatte sogar Zeit, ein wenig mit Anton herumzuknutschen, als er mir half, die Kuchen und Torten aus der Speisekammer zu holen. Beinahe hätte ich mich dabei in die Krokantsahne der Weinapfeltorte gesetzt, so weich wurden meine Knie.

»Ich liebe dich sehr«, sagte Anton.

Ich liebte Anton auch sehr, trotz des doofen Geschenks. Ich liebte heute überhaupt alles und jeden. Das Leben war schön, wenn man mal für ein paar Stunden vergessen konnte, dass man einen Knoten in der Brust hatte.

Die Sonne schien, und mein Essen schmeckte wunderbar. Im Kühlschrank lagen Steaks vom echten Kobe-Rind, und all meine Freunde und Kinder und die Kinder meiner Freunde sangen *Happy Birthday* für mich.

Und dann fanden wir sogar einen Namen für unseren Laden. Er musste irgendwo zwischen den Orangenscheiben im Glühwein geschwommen haben, denn plötzlich war er in aller Munde: »Pumps und Pomps«.

Lorenz meinte zwar – kleinlich wie er war –, es müsse »Pomp« heißen, denn das Wort gäbe es gar nicht in der Mehrzahl, aber wir fanden, dass »Pomps« ein wunderbares Wort war und außerdem toll zu Pumps passte.

Feierlich stießen wir auf den neuen Namen an.

»Auf *Pumps und Pomps,* den schönsten Laden der Insektensiedlung«, sagte Mimi.

»Auf *Pumps und Pomps,* den schönsten Laden der ganzen Stadt!«, sagte Ronnie, und Trudi sagte: »Auf *Pumps und Pomps,* den schönsten Laden im ganzen Universum.«

Sogar Frau Hempel streckte nebenan den Kopf aus dem Fenster und drohte ausnahmsweise mal nicht mit der Polizei.

»Weil heute Ihr Geburtstag ist, lasse ich mal Gnade vor Recht ergehen«, quiekte sie. »Gitti, seid bitte pünktlich um sechs zum Essen da. Und lass dir das Rezept von der Kürbissuppe geben.«

Bis es bei Hempels Abendessen gab und sich auch die anderen nach und nach verabschiedeten, waren alle, die meinen Glühwein gekostet hatten, total knülle. Ich natürlich auch. Deshalb glaubte ich Nelly auch zunächst nicht, als sie sagte: »Jemand hat meinen I-Pod geklaut.«

»Liebling, wir suchen ihn gleich morgen früh«, sagte ich und beschloss, auch das Aufräumen und Spülen auf den nächsten Tag zu verschieben.

»Ich habe ihn nicht verloren! Jemand muss ihn weggenommen haben«, sagte Nelly.

»Aber wer sollte so etwas machen?«, fragte ich.

»Na, diese Coralie zum Beispiel«, sagte Nelly. »Sie hat auch die ganze Zeit damit rumgespielt. Sie hat ihn todsicher eingesteckt.«

»Das kann ich mir nicht vorstellen.«

»Warum nicht?«

»Weil …« Leider konnte ich es mir doch vorstellen. Ich wollte es mir nur nicht vorstellen müssen.

»Wir gehen jetzt erst mal schlafen, und wenn das Ding morgen früh immer noch nicht auftaucht, dann sehen wir weiter«, sagte ich.

FRAGEN SIE DIE PATIN

Die exklusive Familienberatung der streng geheimen Mütter-Mafia

Achtung! An alle Eltern! In letzter Zeit kursieren in Mütter-Foren im Internet, Geburtsvorbereitungskursen und Strickzirkeln immer wieder gefälschte Aufnahmetests für angehende Grundschüler. Wahrscheinlich wurden sie zum Zweck der Panikmache von Ländern in Umlauf gebracht, die bei der PISA-Studie noch schlechter abgeschnitten haben als Deutschland.
Die gefälschten Tests erkennt man u. a. an folgenden Aufgaben:

- Schreibe deinen Namen. In lateinischer Ausgangsschrift. Rückwärts.
- Und nun in arabischen Schriftzeichen.
- Welche anderen Wörter kann man mit deinem Namen bilden?
- Male ein Dreieck mit drei spitzen Winkeln. Berechne die Fläche dieses Dreiecks. (Geodreieck darf benutzt werden)

- Hüpfe auf einem Bein die Umlaufbahn der Erde um die Sonne nach – in einem Schaltjahr.
- Erkläre den Vorgang der Fotosynthese am Beispiel einer Papyruspflanze.
- Erkläre den Gebrauch eines Semikolons in der deutschen Sprache und einer Fremdsprache deiner Wahl.

Die weitere Verbreitung eines gefälschten Tests in Ihrem Freundeskreis ist strafbar und kann mit einer Gefängnisstrafe von bis zu drei Jahren geahndet werden.

* * * THE SECRET OF KINDERERZIEHUNG

– endlich entschlüsselt:
Erziehung ist die organisierte Verteidigung der Erwachsenen gegen die Jugend. (Mark Twain)

Willkommen auf der Homepage der

Mütter-Society,

dem Netzwerk für Frauen mit Kindern.

Ob Karrierefrau oder »nur«-Hausfrau,

hier tauschen wir uns über Schwangerschaft und Geburt, Erziehung, Ehe, Job, Haushalt und Hobbys aus und unterstützen uns gegenseitig liebevoll.

Zutritt zum Forum nur für Mitglieder

2. November

Bericht Projektkind VALENTINA, 6 Jahre. Mein Konzept geht auf: Valentina profitiert so unglaublich von Sophies und meiner Hilfe / Gesellschaft / Zuwendung, dass sie tatsächlich bei der letzten Lernstandserhebung in der Klasse sowohl im Rechnen als auch im Schreiben hervorragend abgeschnitten hat. Das ist natürlich sehr erfreulich. Weniger erfreulich ist, dass Sophies eigene Leistungen durch unser Engagement schwer gelitten haben. Frau Berghaus meinte, sie würde sich im Klassenvergleich im unteren Mittelfeld befinden. Ich habe ihr natürlich versucht zu erklären, dass Valentinas gute

Leistungen im Grunde nur auf Sophies Kosten entstehen konnten, aber sie scheint tatsächlich der Meinung zu sein, dass Valentina hochbegabt ist und Sophie nicht. Und das Beste ist: Auch Dascha scheint zu glauben, dass Valentina ohne unsere Hilfe genauso gut abgeschnitten hätte. (Na ja, wie Jürgi immer sagt: Man muss ja auch mal träumen dürfen. Und warum sollte Dascha nicht von einer hochbegabten Tochter träumen, während sie unsere Toiletten schrubbt?)
Sonja

2. November
Da Larissa am letzten Sonntag mit ihrer Mutter und ihren Geschwistern zu ihrem Vater in die Justizvollzugsanstalt Ossendorf fahren musste, konnte sie leider nicht zu uns kommen, weshalb ich auch keinen Projektbericht erstatten kann. Marie-Antoinette und ich waren stattdessen aber auf einer Geburtstagsfeier, wo es eine sehr leckere Kürbissuppe gab (Rezept im Anhang).
Wusstet ihr eigentlich, wer den Laden von Herrn Moser im Rosenkäferweg übernimmt? Mimi Pfaff, Constanze Bauer, Anne Hagen und Trudi Becker eröffnen dort demnächst einen Schuhladen, und vielleicht bieten sie auch ein paar von meinen selbstentworfenen Handtaschen an! Ist das nicht toll?
Mami Gitti

P. S. Am Freitag findet mein Kursus »Sankt Martin – Wir basteln eine Last-Minute-Laterne«

im Familienbildungswerk statt. Wäre das nicht was für ein paar von euch?

2. November

Ich wälze mich hier gerade vor Lachen auf dem Boden! Gitti, you made my day! Das ist wirklich der Witz des Jahres. Ein Laden, geführt von einer traumatisierten Ex-Consulterin, einer schwangeren Hebamme, einer grenzdebilen Blondine und einer nymphomanischen Atemtherapeutin!!! Und dann wollen die auch noch so etwas Originelles wie Schuhe verkaufen! Und Gittis geknüpfte Beutel. Großartig. Ich glaube, man muss nicht Betriebswirtschaft studiert haben, um zu wissen, dass dieser Laden nicht mal drei Monate braucht, um Pleite zu machen. Wer möchte mit mir wetten? Hach, ich könnte mich bepissen vor Lachen!
Ach ja, ehe ich es vergesse: Bericht, Projektkind JANINA, 15. Ich musste leider das Wochenende über auf unserem Messestand auf der Inter-Pharma in Frankfurt verbringen und kann nicht viel dazu sagen. Aber Peter und meine beiden Mädchen haben Janina voll im Griff. Wibeke sagt, Janina würde wohl am liebsten direkt bei uns einziehen. Na, das nenne ich doch einen Erfolg, oder?
Sabine

2. November

Mami Sabine: Die Handtaschen sind nicht geknüpft, sondern genäht und bestickt.
Mami Gitti

2. November

Sabine, ich dachte, dein Projektkind heißt ALINA. Janina ist doch das von Sibylle. (Sibylle, ich hoffe, ihr musstet diesen Sonntag nicht schon wieder in die Notaufnahme fahren!!)

Mit unserer Chantal läuft alles supi, sie weiß jetzt, wo sie die Sachen aus der Spülmaschine hinräumen muss und kommt schon ganz passabel mit unserem Staubsauger klar. Gestern hatte sie großen Spaß, meinen Schmuck zu sortieren und mit einem Silberputztuch auf Vordermann zu bringen. Dabei konnte ich ihr einiges über Edelmetalle und Edelsteine beibringen.

Nur mit ihrer zahnmedizinischen Behandlung kommen wir nicht recht vorwärts, sie weigert sich nach wie vor, auf dem Zahnarztstuhl Platz zu nehmen. Die einzige Möglichkeit wäre, ihr K.o-Tropfen in den Saft zu kippen, aber Fraukes Schwester Ulrike ist dagegen. Sie meint, wenn was schiefgeht, würden wir und auch sie dafür haftbar gemacht.

Arme Chantal, mit den Zähnen wird sie wohl keinen Mann abkriegen.

Mami Ellen

3. November

Bericht, Projektkind JANINA, 13 Jahre. Nein, diesmal ging es ohne Prügelei ab, Ellen, danke der Nachfrage. Ich hatte Oskar und Ben nämlich wohlweislich mit ihrem Vater zu Oma und Opa geschickt. Es war ja nicht böse gemeint, letzte Woche. Jungs neigen leider dazu, ihr Revier ab-

zustecken, und sie haben Janina nun mal instinktiv als Eindringling empfunden. Der Schnitt in Janinas Oberschenkel war zwar ein dummer Unfall, aber Oskar hat jetzt einen ganzen Monat lang Taschenmesser-Verbot.
Ohne die Großen verlief der Sonntag ganz friedlich, wir haben Malefiz gespielt, und ich habe Janina in die Geheimnisse der Blutgruppen-Diät eingeweiht. Ihre Blutgruppe war uns ja dank unseres Ausflugs in die Notaufnahme letzten Sonntag bekannt.
Sagt mal, ich kenne mich ja hier noch nicht so gut mit örtlichem Brauchtum aus, aber ist es normal, dass am 31. Oktober Kinder mit hässlichen Gummimasken über dem Kopf gegen die Haustür treten und »Süßes oder Saures, Alte, ey!« schreien? Bei uns in Lerne-Hütthausen gab es so was nicht. Da gehen die Kinder ein paar Tage später mit ihren selbstgebastelten Laternen von Haus zu Haus und singen Lieder. Ganz ehrlich, das ist für mich schon der sympathischere Brauch.
Sibylle

P. S. Frauke, wie war es denn diesmal bei dir und Meta?

3. November

Frag nicht.
Frauke

7. Kapitel

Am Montagmorgen stellte ich fest, dass man Sorgen nicht wirklich in Alkohol ertränken kann. Zumindest meine Sorgen konnten hervorragend schwimmen. Gleich nachdem ich eine Kopfschmerztablette genommen hatte, rief ich deshalb in der Radiologischen Praxis an. Wundersamerweise war die Leitung nicht besetzt.

»Ich brauche einen früheren Termin für die Mammografie«, erklärte ich. »Es ist doch dringend.«

Die Sprechstundenhilfe behauptete, in diesem Quartal sei zu ihrem großen Bedauern bereits alles dicht.

»Dann canceln Sie den Termin im Januar, ich versuche es woanders«, sagte ich. Aber das wollte die Sprechstunde dann auch nicht.

»Am elften Dezember würde es noch gehen«, sagte sie. Na bitte! Über einen Monat früher!

»Sehr gut, dann machen wir das fest«, sagte ich. Aber dieser Erfolg fühlte sich nur für ein paar Sekunden gut an, dann wurde mir klar, dass auch der elfte Dezember noch viel zu lange hin war.

Nellys I-Pod blieb verschwunden, obwohl ich die Kinder zwang, jeden Quadratzentimeter von Haus und Garten abzusuchen und alle ihre Freunde einer

Routinebefragung zu unterziehen. Auch Anton erzählte ich davon, und er durchsuchte routinemäßig Emilys Zimmer. – Ohne Befund.

»Nicht, dass ich ihr das zugetraut hätte«, sagte er, und ich sagte: »Nein, ich doch auch nicht!«

Ich fragte Gitti und Marie-Antoinette, ob sie das gute Stück vielleicht aus Versehen eingesteckt hätten oder sich daran erinnern könnten, es gesehen zu haben.

Es stellte sich heraus, dass weder Gitti noch Marie-Antoinette wussten, dass es so etwas wie MP3-Player überhaupt gab.

Ich zeigte ihnen meinen, und sie staunten, als ich ihnen die Kopfhörer an die Ohren hielt.

»So ein winzig kleines Teil, und so laute Musik!«, rief Gitti. »Ganz ohne Kassette! Ja, ist das denn die Möglichkeit!«

Marie-Antoinette konnte sich »an ein kleines rosa Dings« erinnern, das so ähnlich ausgesehen hatte.

»Das Mädchen mit den roten Haaren hat es immer gehabt«, sagte sie.

»Aha«, sagte ich. »Vielen Dank, du hast mir sehr geholfen.«

Die Frage war nur, was wir jetzt tun sollten.

»Weißt du, das kann ganz schön schwierig werden«, sagte ich zu Nelly. »Wie wäre es denn, wenn wir so tun, als hättest du ihn verloren, und dir einen neuen kaufen?«

»Spinnst du? Erstens ist das viel zu teuer, und zweitens ist es nicht okay, Coralie damit davonkommen zu lassen. Und drittens will ich meinen I-Pod wiederhaben! Ich habe Wochen gebraucht, um das ganze Zeug da draufzuladen! Lauter Lieblingslieder! Jetzt sei nicht so feige, Mama!«

Da Mimi ja mit Trudi in Mailand war, sprach ich mit Ronnie. Ich musste sowieso zu ihm, um die Frage der Fußleisten für den Laden mit ihm zu klären. Das Olivenholzparkett hatten wir zwar ungeheuer günstig bekommen, aber die dazu passenden Leisten hätten ein Vermögen gekostet. Deshalb schlug Ronnie vor, Geld zu sparen, indem man schlichte Kiefernleisten verwendete und in der jeweiligen Wandfarbe strich.

»Man könnte sie auch vergolden«, sagte er. »Gold sieht zu dem Olivenholz ziemlich gut aus. Und es passt auch zu dem Ladennamen.«

Schlichte Kiefernholzleisten gab es in nicht weniger als zwölf verschiedenen Ausführungen. Ich tat so, als könne ich sie alle voneinander unterscheiden, und versuchte, das Thema auf meine Geburtstagsfeier zu lenken.

»Wir können Nellys I-Pod nirgendwo finden«, sagte ich schließlich vorsichtig.

»Ach, wie dumm«, sagte Ronnie.

»Jemand muss ihn am Sonntag eingesteckt haben«, sagte ich. »Vielleicht aus Versehen.«

»Ja?« Ronnie sah mich abwartend an, aber seine freundlichen blauen Augen waren zu Eiskristallen gefroren. Er ahnte bereits, was ich als Nächstes sagen würde.

»Meinst du, du könntest Coralie mal fragen, ob sie ihn vielleicht hat?«, fragte ich dennoch.

»Coralie? Nie im Leben!« Ronnie schüttelte empört den Kopf. »Das ist doch jetzt mal wieder typisch. Das Haus war voller Leute, jeder könnte das Ding eingesteckt haben, mal abgesehen davon, dass deine Tochter es auch einfach verloren haben könnte. Aber du verdächtigst natürlich Coralie, weil

Kinder aus ihrem Milieu ja grundsätzlich kriminell sind …«

»Ronnie, bitte reg dich nicht auf. Ich will wirklich niemanden zu Unrecht verdächtigen, aber Coralie hat die ganze Zeit mit dem Teil gespielt …«

»Das heißt aber doch nicht, dass sie es deshalb gleich geklaut haben muss. Ich muss sagen, ich bin schwer von dir enttäuscht.« Er wandte sich wieder dem Katalog des Holzgroßhändlers zu. »Also, dann nehmen wir die unbehandelten Zehnmillimeterleisten, und über die Farbe könnt ihr ja dann gemeinsam entscheiden.«

»Ronnie …«

»Bitte – lass uns nicht mehr darüber reden. Ich werde auch Mimi nichts davon sagen. Du kennst sie ja. Sie regt sich noch viel mehr auf als ich, und ich möchte eure Freundschaft nicht gefährden.«

»In Ordnung«, murmelte ich und bereute sehr, das Thema überhaupt angesprochen zu haben.

Niedergeschlagen ging ich nach Hause. »Ich kaufe dir einen neuen I-Pod«, sagte ich zu Nelly. »Tun wir doch einfach so, als hättest du Coralie deinen alten geschenkt.«

»Mama! Das ist nicht fair. Ich würde meinen I-Pod niemandem schenken, nicht mal, wenn derjenige ganz lieb darum bitten würde. Und schon gar nicht lasse ich ihn mir einfach so klauen! Wenn du nichts unternimmst, dass rufe ich Papa an, und der ordnet dann eine Hausdurchsuchung bei dieser Coralie an.«

»Ja, ja, träum weiter!«

»Dann frage ich eben Kevin, ob er eine Idee hat«, sagte Nelly.

Dienstagmittag hatte ich das Pech, im Kindergarten Frau Hittler zu begegnen. Sie holte ihren Sohn Fritz ab, der ebenfalls ihre Himmelfahrtsnase geerbt hatte.

»Gut, dass ich Sie hier treffe, Frau Bauer«, sagte sie. »Ich habe zwei Exposés für Sie im Auto. Sehr schöne Liegenschaften, wieder zentral gelegen, aber diesmal mit größeren Grundstücken und ohne Sauna.«

»Ach, das müssen Sie mit Herrn Alsleben besprechen«, sagte ich.

»Herr Alsleben hat mir gesagt, dass Sie ab jetzt dafür zuständig sind«, sagte Frau Hittler.

»Tatsächlich?« Ich seufzte. »Na, dann geben Sie schon her.«

Frau Hittler überreichte mir zwei fette Schnellhefter. »Unsere Kinder könnten sich mal zum Spielen verabreden«, sagte sie und zeigte auf Fritz und Julius.

»Ja, das könnten sie«, sagte ich.

»Wie hat Julius eigentlich bei der Sprachstanderhebung abgeschnitten?«

»Gut«, sagte ich. »Und Fritz?«

»Auch gut«, sagte Frau Hittler. »Zu welchem Logopäden wird Julius gehen?«

»Zu gar keinem«, sagte ich. *Hallo?* Hörte Frau Hittler vielleicht schlecht?

»Warum nicht?«

»Na, weil er keine Sprachprobleme hat«, sagte ich. Gut, er sagte »Fleischapotheke« statt Fleischtheke und »Marzipantoffel« und »das ist nicht viel genug«. Aber das waren doch keine Sprachprobleme, sondern hübsche kleine Stilblüten, die mir fehlen würden, wenn er erst »richtig« sprechen konnte. »Er ist sprachlich sogar sehr weit. Dafür hat er's nicht so mit Zahlen.«

»Das ist das, was *Sie* glauben«, sagte Frau Hittler. Sie war offensichtlich nicht ganz dicht. Da ich aber nichts mehr sagte, beschloss sie wenigstens, das Verabreden auf ein anderes Mal zu verschieben. Sie stieg in ihr Auto.

»Rufen Sie mich an, wenn Sie einen Besichtigungstermin festlegen wollen«, sagte sie kühl.

»Ja, das mache ich«, sagte ich genauso kühl. Wenn ich etwas hasste, dann waren das Leute, die »Das ist das, was *Sie* glauben« sagten.

»Hast du Frau Hittler mal angelispelt oder so?«, fragte ich Julius, während ich ihm den Helm unter dem Kinn zumachte.

»Nein«, sagte Julius. »Ich habe noch nie mit ihr gesprochen. Und ich will mich auch nicht mit Fritz verabreden.«

»Warum nicht? Beisst er?«

»Nein«, sagte Julius. »Aber ich habe schon einen Freund. Jasper.«

»Krümelchen, man kann sehr wohl mehrere Freunde haben. Es ist sogar gut, wenn man mehr als einen Freund hat, glaub mir.«

»Dann will ich aber nicht den Fritz als Freund, sondern den Leon. Oder den Darius. Darf ich mir meine Freunde nicht selber aussuchen?«

»Natürlich! Du darfst dir jedes Kind als Freund aussuchen, das du willst«, sagte ich. »Außer Marlon. Und Fritz. Und Dennis.«

Mit dem November kam auch das Schmuddelwetter. Obwohl ich es sonst nicht besonders mochte, sah ich dieses Mal durchaus Vorteile darin: An Golfspielen war jetzt nicht mehr zu denken. Mit etwas Glück konnte ich die funkelnagelneue Golfausrüstung bis zum Frühjahr im Keller parken.

Mimis und Trudis Besuch in Mailand war ein voller Erfolg gewesen. Dank Paris' Intervention würde Francesco Georgio Santini uns seine Modelle exklusiv für ganz Deutschland zur Verfügung stellen. Anfang Dezember würden Mimi und Trudi noch einmal hinfliegen und die ersten hundertsechsundzwanzig Paar Schuhe mitbringen. Sechs Modelle in allen Größen und mehrfacher Ausführung. Fürs Erste.

Die sechs Modelle, die Mimi und Trudi jetzt als Muster dabei hatten, ließen Anne und mich in wahre Begeisterungsstürme ausbrechen.

»Wer hätte gedacht, dass die Neue von deinem Ex uns so nützlich sein könnte!«, sagte Anne. »Ich muss sie ja jetzt direkt gern haben, weil sie uns zu diesen Schuhen geführt hat.«

Mimi schwärmte von der Fabrik, von den Materialien, von den Entwürfen, von Santinis Professionalität und sogar von den Schuhkartons, Trudi schwärmte nur von Santini selber. Wie jung und gutaussehend er und wie zauberhaft und unwiderstehlich sein Lachen und wie absolut wundervoll sein Italienisch sei.

»Das sollte es wohl auch sein, bei einem Italiener«, sagte Anne, aber Trudi hörte sie gar nicht. Sie sagte, Santini habe Augen wie Bernstein.

»Als ich ihm das erste Mal in diese Augen blickte, wusste ich gleich, das wird der Vater meiner Kinder«, sagte sie.

»Trudi, du willst überhaupt keine Kinder.«

»Jetzt schon«, sagte Trudi. »Dieser Mann ist mir vom Himmel gesandt worden, damit ich es mir anders überlege. Am liebsten hätte ich mir auf der Stelle die Kleider vom Leib gerissen und ihm William und Harry gezeigt.«

»Ach, Trudi, ich hoffe, du hast uns nicht blamiert«, sagte ich. »Dieser Geschäftskontakt ist immens wichtig.«

»Tatsächlich hatte ich den Eindruck, Santini findet durchaus Gefallen an William und Harry«, sagte Mimi. »Ja, ich hatte zwischendurch schon Angst, er könne sich künftig dem Designen von BHs zuwenden, so sehr hat er sich für William und Harry interessiert.«

»Es ist euch schon klar, dass ich kein Wort von dem verstehe, was ihr sagt, oder?«, sagte Anne etwas mürrisch. Dann aber hellte sich ihre Miene auf.

»Immerhin habe ich auch mal etwas Nützliches für den Laden organisiert«, sagte sie. »Ich habe uns einen funkelniegelnagelneuen Kaffeevollautomaten organisiert. Mit Milchbehälter. Umsonst!«

»Nicht ganz«, erinnerte ich sie. »Du musstest dafür ein Zeitungsabo kaufen. Aber es ist trotzdem toll.«

»Es ist überhaupt alles toll«, sagte Anne. »Habt ihr gesehen, wie weit Ronnie und Jo schon mit dem Parkett sind? Es sieht so wunderwunderschön aus. Selbst Herr Moser ist ganz entzückt.«

»Nächste Woche können wir anfangen zu streichen«, sagte Mimi.

»Das heißt, wir fangen dann besser jetzt schon mal an, uns über die Farben zu streiten«, sagte Trudi. »Ich bin für einen satten Bernsteinfarbton mit goldenen Einsprengseln.«

»Ich für samtiges Aubergine, kombiniert mit Gold«, sagte ich.

»Cremeweiß«, sagte Anne.

»Und ich fände ein leuchtendes Pink gut«, sagte Mimi. »Zusammen mit sanftem Rosa und Gold.«

»Seht ihr«, sagte Trudi und lachte. »Es ist gut, dass wir jetzt schon anfangen, uns darüber zu streiten.«

Ich wagte nicht, Mimi auf Nellys I-Pod anzusprechen, aber da sie mich auch nicht darauf ansprach, konnte ich davon ausgehen, dass Ronnie ihr nichts von meinen ungeheuerlichen Verdächtigungen, Coralie betreffend, gesagt hatte.

Auch Nelly sagte erstaunlicherweise nichts. Sie fragte nur: »Hast du mir was mitgebracht?«, womit natürlich der I-Pod gemeint sein konnte, aber Mimi dachte, sie meine ein Mitbringsel aus Italien.

»Oh, an dich hab ich gar nicht gedacht«, sagte sie bedauernd. »Aber ich habe Coralie ein T-Shirt in Mailand gekauft.«

»Ah, klar.« Nelly sah ein bisschen beleidigt aus.

»Ich hätte ihr gern mehr gekauft, aber ich weiß nicht, wie ihre Eltern darauf reagieren«, sagte Mimi. »Vielleicht haben sie nichts dagegen, wenn wir Coralie auch ein bisschen materiell verwöhnen, vielleicht finden sie es aber auch anmaßend oder ungerecht den Geschwistern gegenüber. Coralie bekommt ja durch die Teilnahme am Projekt sowieso schon viel mehr. Zoo, Kino, Museum, Theater, Kinderoper, Zirkus … Wenn man von Hartz IV lebt, ist so was einfach nicht drin. Deshalb finde ich dieses Projekt so sinnvoll.«

»Hm«, machte ich nur.

»Ich weiß, du stehst der Sache immer noch kritisch gegenüber, weil es von der Mütter-Society kommt«, sagte Mimi.

»Ja, genau«, sagte ich. »Man mag sich gar nicht vorstellen, wie es den armen Kindern ergeht, die sie in ihre Familien aufgenommen haben.«

»Oder den armen Familien«, sagte Nelly.

Donnerstagvormittag klingelte das Telefon.

»Frau Bauer?«, sagte eine mir unbekannte weibliche Stimme. »Gott sei Dank, Sie sind zu Hause.«

»Ja, und hier will ich auch bleiben und nicht nach Tunesien verreisen, danke schön.«

»Hier ist Möller, von der Kanzlei Alsleben und Janssen«, sagte die Frau.

»Ach so. Tag, Frau Möller.« Frau Möller war Antons Sekretärin. Ich nannte sie wegen ihrer geschnitzten Sehhilfe immer nur »Wurzelholzbrille«, natürlich nicht, wenn sie es hören konnte.

»Ich weiß mir nicht mehr zu helfen«, sagte die Wurzelholzbrille. »Herr Alsleben ist geschäftlich in Hannover, unsere Zweitkraft ist krank, und Herr Janssen ist im Urlaub. Ich kann hier nicht weg, Herr Alsleben hat sein Handy ausgestellt, bei Alsleben senior geht niemand dran, und den Bruder konnte ich auch nicht erreichen ...«

»Ist was mit Emily?«, fiel ich ihr erschrocken ins Wort. Oh mein Gott! Vielleicht war sie beim Schulsport von der Sprossenwand gestürzt, das zerbrechliche kleine Kind …

»Das Kindermädchen ist krank«, sagte die Wurzelholzbrille. »Das fällt der immer erst am selben Tag ein. Und jedes Mal ruft sie bei mir an, und ich habe dann den Ärger herumzutelefonieren. Wenn unsereiner so eine Arbeitsmoral hätte, wären wir längst arbeitslos. Na ja, Studentin, sag ich nur! Können Sie Emily von der Schule abholen?«

Ich war so erleichtert, dass Emily nicht von der Sprossenwand gefallen war, dass ich »Natürlich« sagte und erst beim Auflegen von diesem unguten Gefühl beschlichen wurde. Und wenn das alles nur ganz raffiniert von Anton eingefädelt war? Testhalber rief ich ihn auf seinem Handy an. Aber es war tatsächlich ausgestellt.

Weil es in Strömen regnete, ging ich zu Fuß zum Kindergarten, mit drei Regenschirmen bewaffnet.

»Heute holen wir wieder Emily von der Schule ab«, sagte ich zu Julius. »Und wenn du dich beeilst und deine Buddelhose anziehst, darfst du in jede Pfütze springen, die wir unterwegs finden.«

Das war ein etwas voreiliges Versprechen, denn der Weg bis zur Schule war vom Regengott reichlich mit Pfützen bedacht worden. Obwohl Julius nur einmal in jede Pfütze springen durfte, kamen wir erst am Schulhof an, als es schon geklingelt hatte.

Nirgendwo konnte ich Emilys schwarzen Haarschopf erblicken, und ihr Klassenzimmer war bereits leer.

Mit Julius an der Hand irrte ich über den Flur. »Ich suche Emily Alsleben«, sagte ich zu einer Frau, die keinen Mantel trug und daher eine Lehrerin sein konnte.

»Oh, da hat es gerade Ärger gegeben«, sagte die Frau. »Kommen Sie, hier entlang, die anderen sind alle vorne im Erste-Hilfe-Raum.«

Wieder schoss mir der Schreck in die Glieder.

»Ist sie verletzt?«

»Nein, ich glaube nicht«, sagte die Frau und schob mich durch eine Tür in ein kleines Zimmer voller Leute. Lauter Frauen und Kinder.

Und da war Emily, in einer Ecke an die Wand gelehnt, den lila Mantel auf dem Boden neben sich. Neben ihr stand ein kleines Mädchen mit langen dikken Zöpfen und weinte.

Auf einer Liege saß ein Junge und weinte auch. Zwei weitere Jungen sahen so aus, als würden sie gleich anfangen zu weinen.

Da Emily nicht weinte, sondern eine recht gelassene Miene aufgesetzt hatte, atmete ich erleichtert auf.

»Mir ist heiß!«, sagte Julius.

»Wer sind Sie denn?«, fragte mich eine der Frauen. Da sie einen Mantel trug, hielt ich sie für eine Mutter.

»Ich bin Emilys …«, begann ich. Emilys – was? Emilys Möchtegern-Stiefmutter? Emilys schlimmster Albtraum? »… Abholerin«, ergänzte ich lahm. »Was ist denn passiert?«

»Genau werden wir das erst wissen, wenn Justin beim Arzt war«, sagte eine andere Frau. Justin war offenbar der Junge auf der Liege. Ich erkannte ihn wieder: Es war der rothaarige Stoppelkopf, der Emily neulich »Schlitzauge« genannt hatte. Zwischen seinen Beinen lag ein mit Gel gefüllter Kühlakku. »Gut, dass ich rechtzeitig gekommen bin, sonst hätten sie wer weiß was mit ihm angestellt.«

»Wer?«, fragte ich.

»Na, Kamikaze-Jenny und ihre Freundin«, sagte die Frau. »Sie hätten sehen sollen, wie gezielt sie ihre Kung-Fu-Tritte angebracht hat. Und Justin stand mit dem Rücken gegen die Wand und konnte sich gar nicht wehren.« Sie zitterte vor Wut, das konnte ich sehen.

Aber leider verstand ich kein Wort.

»Wer hat wen getreten?«, fragte ich. »Und warum?«

»Das müssen wir jetzt klären«, sagte eine grauhaarige Dame mit Brille. »Am besten gehen wir nach nebenan ins Konferenzzimmer und warten auf die restlichen betroffenen Eltern.«

Im Gänsemarsch trotteten alle hinter ihr her. Justin wurde von seiner Mutter gestützt. Ich nahm Emily den Mantel ab.

»Ist alles in Ordnung?«, fragte ich sie. »Hat dich auch jemand getreten?«

»Nein«, sagte Emily. »Wo ist Luisa?«

»Krank«, sagte ich.

Das kleine Mädchen mit den Zöpfen war heulend in ihrer Ecke stehen geblieben.

»Ist das Kamikaze-Jenny?«, fragte ich Emily.

»Das ist Valentina«, sagte Emily.

»Ich will meine Mama haben«, sagte Valentina.

»Mir ist heiß«, sagte Julius wieder. Im Konferenzzimmer pellte ich ihn aus seinen Regensachen und der Buddelhose, bevor er einen Hitzekoller bekam.

»Was machen wir denn hier?«, wollte er wissen.

Ich sagte, dass ich das auch nicht so genau wisse, hob ihn auf die Fensterbank und empfahl ihm, die Angelegenheit von dort so unauffällig wie möglich zu verfolgen.

Dann versuchte ich mir selber einen Überblick über die Lage zu verschaffen. Anwesend waren: Die grauaarige Dame, wahrscheinlich die Rektorin, Frau Berghaus, Emilys Klassenlehrerin und eine weitere Lehrerin, die sicher die Klassenlehrerin von Justin und den anderen beiden Jungs war. Außerdem Justins Mutter, die immer noch vor Wut zitterte, Valentina, Emily, Justin, die beiden anderen Jungs, Julius auf der Fensterbank und ich. Während wir an dem Konferenztisch Platz nahmen, kamen noch zwei Frauen zur Tür hereingestürzt, das mussten die Mütter der anderen beiden Jungs sein, die, wenn man den besorgten Ausrufen Glauben schenken konnte, »Timo« und »kleiner Butzemann« hießen.

Als alle saßen und Justin ein frisches Coolpack zwischen seine Beine gelegt bekommen hatte, wandte sich die Rektorin an Frau Berghaus: »Haben wir außer Justin noch andere Verletzte zu beklagen?«

Frau Berghaus schüttelte den Kopf. »Keine körperlichen Verletzungen, jedenfalls.«

»Mein Justin ist ja auch kein Schläger«, sagte Justins Mutter. »Ich wünschte, er wär's! Da bringt man seinem Jungen bei, dass er Mädchen niemals schlagen darf, und dann passiert so was! Ich habe genau gesehen, wie dieses Biest ihm zwischen die Beine getreten hat. Und zwar gezielt und geplant!« Dabei zeigte sie auf Emily, und Justin schluchzte laut auf.

Ich merkte, dass ich wieder mal guckte wie Sponge Bob. Emilys Gesicht hingegen war völlig regungslos. Ich sah von ihr zu Justin und wieder zurück. Der Junge war mindestens doppelt so groß und fünfmal so schwer wie Emily.

»Ihr habt das doch auch gesehen, nicht wahr?«, wandte sich Justins Mutter an Timo und kleiner Butzemann. Die beiden nickten.

»Emily wird Justin nicht einfach grundlos getreten haben«, sagte Frau Berghaus.

»Sind denn alle Erziehungsberechtigten anwesend?«, erkundigte sich die Rektorin.

»Bei Emily Alsleben konnten wir weder den Vater noch die Großmutter telefonisch erreichen«, sagte die andere Lehrerin. »Im Büro des Vaters wurde uns gesagt, die Lebensgefährtin holt das Kind heute ab.«

»Die bin ich«, sagte ich, und meine Stimme klang ein wenig krächzend vor lauter Aufregung.

Die Rektorin musterte mich über ihren Brillenrand. Würde sie mich jetzt rausschicken, weil ich nicht erziehungsberechtigt war?

»Frau Ulganowa haben wir auf ihrer Arbeitsstelle erreicht, sie wird hierher gefahren«, fuhr die Lehrerin fort. »Sie müsste jede Minute hier sein.«

»Na schön«, sagte die Rektorin und nahm die drei Jungs ins Visier. »So. Wir haben hier also zwei Erstklässlerinnen gegen drei Jungen aus der dritten Klasse. Was hattet ihr fünf miteinander zu schaffen?«

»Nichts«, sagte Timo.

»Gar nichts«, sagte Kleiner Butzemann.

»Überhaupt gar nichts«, sagte Justin.

Timo war aber immerhin rot geworden.

»Da hören Sie's!«, sagte Justins Mutter.

Die Rektorin drehte den Kopf zu Emily und Valentina. »Was haben die Jungs gemacht?«

»Sie haben uns geärgert«, sagte Valentina.

»Und geschubst«, sagte Emily.

»Und da musstet ihr sofort zutreten!«, rief Justins Mutter. »Wer hat euch denn beigebracht, wo es kleinen Jungen am meisten weh tut? Hä?«

Erneut ging die Tür auf, und zwei weitere Frauen betraten den Raum. Eine davon war Sonja Soundso aus der Mütter-Society, eine attraktive, braungebrannte Brünette mit viel Goldschmuck. Die andere, eine zierliche junge Frau mit kurzen, dunklen Haaren, musste Valentinas Mutter sein. Sie setzte sich auf den freien Platz neben ihre Tochter und redete in einer fremden Sprache auf sie ein.

»Und wer sind Sie, bitteschön?«, wollte die Rektorin von Sonja wissen.

»Ich bin die Mutter von Sophie aus der 1b«, sagte Sonja. »Ich bin außerdem Da ... – Frau Ulga-Dings Arbeitgeberin und habe sie hierher gefahren. Mein Mann ist zu Hause bei den Kindern, aber ich habe einen Säugling, deshalb wäre ich froh und dankbar, wenn wir das hier so kurz wie möglich halten könnten und ich Frau Ulga-dings und Valentina schnell wieder mit zurücknehmen kann. Was ist denn passiert? Hat Valentina etwas angestellt?«

»Hören Sie, Frau – ähm«, sagte die Rektorin. »Da Ihr Kind ja nicht in die Sache verwickelt ist, würde ich vorschlagen, Sie fahren wieder nach Hause zu Ihrem Säugling. Frau Ulganowa wird dann nachkommen, wenn die Besprechung beendet ist.«

»Aber ...«, sagte Sonja. »Dascha kann sehr schlecht Deutsch, sie kann Sie ja kaum verstehen. Ich will sie ungern allein hierlassen. Das geht ja auch alles von ihrer Arbeitszeit ab und ...«

»Sprechen Sie denn Russisch?«, fiel ihr die Rektorin ins Wort.

»Nein, das nicht, aber ich bin mittlerweile an ihr Radebrechen ganz gut gewöhnt und …«

»Wir werden schon ohne Sie zurechtkommen«, sagte die Rektorin. »Auf Wiedersehen. Oder do swidanja, wie man in Russland sagt. «

Da blieb Sonja nichts anderes übrig, als den Raum zu verlassen und die Tür hinter sich zu schließen.

Frau Ulganowa redete immer noch auf Valentina ein. Valentina weinte wieder.

»Valentina hat gar nichts getan«, sagte Emily. »Sie haben uns geschubst und geärgert. Aber Valentina hat nichts getan.«

»Das musste sie ja auch nicht«, sagte Justins Mutter. »Du hast dich ja auf den armen Justin gestürzt wie eine Furie. Gegen Kung-Fu hat er natürlich keine Chance.«

»Timo kann Karate«, sagte Timos Mutter. »Aber er hat gerade erst damit angefangen.«

»Was haben die Jungens denn gesagt, das euch so geärgert hat«, fragte Frau Berghaus freundlich.

Emily und Valentina sahen einander an. Sie schienen sich stumm zu unterhalten. Dann begann Valentina zu sprechen. Es war eigentlich mehr ein Flüstern, und alle beugten sich vor, um sie besser verstehen zu können.

»Pass auf, wohin du gehst, wie sieht die denn aus, weißt du eigentlich, wie hässlich du bist, du Spasti, dein Ranzen ist total scheiße, was ist das für ein Sack, den du da anhast, du siehst aus, als ob dir jemand auf die Haare gepisst hat, ich pisse der gleich auf die Haare, nein ich, warum sagst du nichts, bist du zu blöd, ich kenne ihre Mutter, die kann auch nicht richtig sprechen, ist das Schlitzauge deine Freundin, ihr passt gut zusammen, ihr seid beide scheißehässlich, halt's Maul, willst du auch Pisse auf den Kopf, Schlitzauge, ich kann Karate, aua, aua, aua.«

Nach dieser tonlos heruntergeleierten Aufzählung herrschte erst einmal Schweigen.

»Ist sie autistisch?«, fragte die Mutter von Kleiner Butzemann.

»Nein, sie hat einfach nur ein sehr gutes Gedächtnis«, sagte Frau Berghaus. Frau Ulganowa sagte etwas auf Russisch.

Ich beugte mich zu Emily und sagte: »Ich bin sehr stolz auf dich.«

Ihr Gesicht blieb regungslos wie das einer Puppe.

»Ich bin schockiert«, sagte die Lehrerin der Jungen. »Habt ihr das wirklich alles gesagt?«

»Nein«, sagte Justin, aber Kleiner Butzemann und Timo nickten.

»Das ist unerhört«, sagte die Rektorin. »War das heute das erste Mal, dass ihr geärgert wurdet?«

»Nein«, sagte Valentina. »Sie sagen immer gemeine Sachen, wenn sie uns sehen. Und sie rempeln uns mit Absicht an.«

»Das ist doch nur Kindergeschwätz«, sagte die Mutter von Kleiner Butzemann. »Sie meinen das doch nicht so.«

»Es sind Jungen, die schlagen manchmal über die Stränge«, sagte die Mutter von Timo.

»Sie hat doch wirklich einen komischen Sack an«, sagte Kleiner Butzemann. »Und einen total scheiße Schulranzen.«

»Und deshalb wolltest du ihr auf die Haare pinkeln?«, fragte die Rektorin. Die Mutter von Kleiner Butzemann nahm Kleiner Butzemann in den Arm.

»Das ist doch alles kein Grund, gleich Kung Fu anzuwenden und jemandem die Hoden zu Brei zu treten«, rief die Mutter von Justin.

»Ich finde, schon«, sagte ich.

»Ich finde auch, dass man sich in so einem Fall wehren muss«, sagte die Rektorin. »Obwohl du eine Lehrerin hättest holen sollen, Emily, finde ich es sehr mutig von dir, gegen drei große Jungen zu kämpfen.«

»Kunststück, wenn man ein Ninja Turtle ist«, sagte Justins Mutter.

»Emily macht Ballett, um das mal klarzustellen«, sagte ich. »Und sie wiegt höchstens halb so viel wie Justin. Dass sie ihn genau an der richtigen Stelle getroffen hat, muss ein glücklicher Zufall gewesen sein.«

»Na, da weiß man ja, wo der Hang zur Gewalt herkommt«, sagte die Mutter von Kleiner Butzemann.

»Meine Kolleginnen und ich werden uns überlegen, was dieser Vorfall für Justin, Timo und Marc-Raffael für Folgen haben wird«, sagte die Rektorin. »Wir werden Sie heute Nachmittag telefonisch darüber verständigen, ob es einen vorübergehenden Schulverweis geben wird. Und wir werden uns unverzüglich mit dem ganzen Kollegium zusammensetzen müssen, um über Präventionsmaßnahmen nachzudenken. Solche Fälle von massiver Diskriminierung und Mobbing hatten wir an der Schule bisher noch nicht.«

»Ich fasse es nicht, wie hier der Spieß umgedreht wird«, sagte Justins Mutter.

»Ich hasse es, dass Mädchen immer recht bekommen und Jungs grundsätzlich die Schuldigen sind«, sagte Timos Mutter. Die beiden Mädchen sahen erleichtert aus, obwohl Valentina immer noch weinte.

Frau Ulganowa weinte auch ein bisschen und umarmte ihre Tochter. Ich traute mich nicht, Emily zu umarmen, und griff stattdessen nach ihrer Hand. Sie zog sie nicht weg, auch nicht, als wir aufstanden.

Justins Mutter rief: »Sollten Justins Hoden ernsthaften Schaden erlitten haben, werde ich Sie und die Schule dafür haftbar machen!«

»Und sollten seine Hoden *nicht* ernsthaft Schaden erlitten haben, sagen Sie doch bitte auch Bescheid«, sagte ich. Zur Direktorin sagte ich: »Haben Sie vielleicht noch so einen Aufnahmetest zum Üben? Ich würde meinen Sohn gern auf diese Schule schicken, wenn es so weit ist. Auch wenn sich bei uns keiner mit Semikolons auskennt.«

Obwohl bei den beiden Mädchen große Erleichterung herrschte und Valentina draußen auch endlich aufhörte zu weinen, standen Frau Ulganowa und ich noch eine Weile unter dem Schirm im Regen und diskutierten das Geschehene.

»Man muss sehen das Positive«, sagte Frau Ulganowa. »Zusammenhalt und Freundschaft.«

Da stimmte ich ihr zu. Die Freundschaft und der Zusammenhalt zwischen Emily und Valentina sollte unbedingt gefördert werden. Laut Frau Berghaus waren sie die beiden begabtesten Kinder der Jahrgangsstufe, den anderen Kindern Lichtjahre voraus.

Deshalb erlaubte mir Frau Ulganowa auch, Valentina mit nach Hause zu nehmen, während sie wieder zurück zur Arbeit ging.

Emily und Valentina teilten sich einen Regenschirm und waren überhaupt bester Dinge.

»Trotzdem solltet ihr in Zukunft immer eine Lehrerin rufen oder holen, wenn ihr geärgert werdet«, sagte ich. »Sie sind ja alle auf eurer Seite.«

Gott sei Dank.

»Zeigst du mir, wie Kung-Fu geht?«, fragte Julius.

»Das war nicht Kung-Fu, das war Ballett«, sagte Emily. »Aber ich kann's dir trotzdem zeigen.«

Emily zeigte sich den Rest des Tages auf jeden Fall von ihrer besten Seite, das heißt von einer Seite, die ich noch überhaupt nicht kannte. Als Valentina sagte, das Mittagessen würde ihr sehr gut schmecken, sagte Emily: »Ja, mir auch.« Und als Valentina sich begeistert über unseren rosa Wohnzimmerschrank äußerte, sagte Emily: »Ja, den finde ich auch ganz toll.« Die Krönung kam aber etwa eine Stunde später, als ich Valentina sagen hörte: »Julius ist ja zuckersüß.« Da sagte Emily nämlich: »Ja, er ist ein wirklich lieber Kerl.«

Anton rief an und war ganz aufgeregt, weil er gerade erst seine Mailbox abgehört hatte und nicht wusste, ob die Wurzelholzbrille mich erreicht hatte.

»Alles in Ordnung«, sagte ich. »Ich habe Emily an der Schule abgeholt und ihre Freundin Valentina gleich mit, sie haben Mittag gegessen und Hausaufgaben gemacht, und jetzt spielen sie im Wintergarten mit Julius und Jasper und Valentinas Teddybär, der Wanja heißt.«

»Ich kann dir gar nicht sagen, wie dankbar ich dir bin«, sagte Anton. »Natürlich passiert so was immer, wenn ich geschäftlich weit weg bin. Wenn du nicht gewesen wärst …«

»Diese Luisa scheint nicht besonders zuverlässig zu sein«, sagte ich. »Vor allem donnerstags wird sie wohl öfter krank?«

»Ja«, seufzte Anton. »Das Betreuungssystem ist nicht wirklich ausgereift. Im Grunde müsste man zwei Kindermädchen anstellen, die sich abwechseln.«

»Wenn es dir hilft und Emily damit einverstanden ist, könnte ich sie künftig immer donnerstags zu mir nehmen«, sagte ich, noch ehe ich mir darüber klar war, was ich da tat.

Anton schien selber überrascht. So überrascht, dass er nur sagte: »Da reden wir nachher drüber, ja? Ich beeile mich, früh da zu sein. Und – Constanze? Ich liebe dich.«

An seiner Stelle hätte ich das auch gesagt. Aber ich würde zu meinem Angebot stehen. So schlimm war das gar nicht, Emily donnerstags von der Schule abzuholen. Wenigstens erlebte man dabei immer etwas.

Als Frau Ulganowa kam, um Valentina abzuholen, war es schon dunkel. Frau Ulganowa sah müde aus.

»Wollen Sie einen Kaffee?«, fragte ich.

Das wollte Frau Ulganowa. Und außerdem wollte sie, dass ich sie Dascha nenne. Sie trank den Kaffee so schnell, dass ich ihr eine zweite Tasse aufbrühte. Ich war versucht, ein wenig Alkohol hineinzukippen, Dascha sah aus, als ob sie es nötig hätte.

Aber auch ohne Alkohol war sie sehr gesprächig. Sie erzählte, dass sie Cellistin war und dass sie und ihr Mann immer davon geträumt hatten, nach Deutschland auszuwandern, um Valentina ein besseres Leben zu ermöglichen. Als ihr Mann gestorben war, hatte Dascha ohne ihn versucht, ihren Traum zu verwirklichen, und nun waren sie hier in

Deutschland, und alles war so kompliziert. Die Arbeitserlaubnis. Die Krankenversicherung. Die Einwanderungsbehörde. So viele Papiere. Dascha seufzte. Die Unterkunft war furchtbar eng, aber eine Wohnung wurde ihr erst zugewiesen, wenn sie eine Arbeit vorweisen konnte.

»Und wenn die Papiere sind in Ordnung«, sagte Dascha. Sie tat mir von Herzen leid. Ich kam mit Papierkram von Ämtern auch überhaupt nicht klar, und dabei konnte ich besser Deutsch als sie.

»Man muss dieser Frau doch helfen können«, sagte ich, als Dascha und Valentina längst weg waren und Anton kam, um Emily abzuholen. »Sie ist so eine nette Person.«

»Es ist furchtbar, dass sie bei Sophie putzen muss«, sagte Emily. »Das sind gemeine Leute. Könnte sie nicht bei uns putzen, Papa? Oder bei dir, Constanze?«

»Das wäre genauso furchtbar«, sagte ich. »Die Frau ist Cellistin. Es ist eine Schande, dass sie putzen gehen muss.«

»Sie braucht einen richtigen Job«, sagte Anton. »Ich werde mich mal umhören. Und vielleicht rufe ich sie einfach morgen mal an und frage sie, ob ich ihr bei dem Papierkram behilflich sein kann.«

Dafür liebte ich Anton in diesem Augenblick mehr denn je.

»Du bist der beste Papa der Welt«, sagte Emily und kletterte auf seinen Schoß.

»Und du die allerbeste Tochter«, sagte Anton.

Julius war das offensichtlich ein bisschen zu viel Gefühlsduselei. Er sagte: »Emily hat heute einem Jungen in die Eier getreten. Und dann gab es eine Konferenz.«

Anton hob eine Augenbraue.

»Ach ja«, sagte ich. »Das hatte ich schon wieder ganz vergessen.«

Die Gummistiefel von dem Urenkel eines Freundes von Herrn Wus Mutter waren entzückend, witzig und originell. Es gab karierte, gepunktete und geblümte, andere hatten Kuhflecken oder waren wie eine Giraffe gemustert, es gab welche mit Erdbeeren, Kirschen und Ananas, welche mit Törtchen, witzigen Katzen und lustigen Möpsen, und ich wollte sofort mindestens zehn Paar davon besitzen. Der Einkaufspreis war phänomenal günstig, offenbar ließen sich alte Autoreifen überaus billig in bunte Gummistiefel verwandeln.

»Viel zu schade für die Gartenarbeit«, sagte ich zu Herrn Wu.

»Das sagt meine Mutter auch«, sagte Herr Wu.

Ich konnte nicht anders, ich musste Herr Wu küssen. »Sie sind so ein Schatz«, sagte ich. »Erst die Brillenetuis und die Brillen, und jetzt diese herrlichen Gummistiefel. Wie sollen wir Ihnen nur danken?«

»Das mache ich doch gern«, sagte Herr Wu. »Und nebenbei fördern wir die deutsch-taiwanesischen Wirtschaftsbeziehungen. Übrigens, haben Sie schon einmal über die Tüten nachgedacht?«

»Tüten?«

Herr Wu nickte. »Die deutsche Kundschaft will Tüten mit Henkeln. Sie wollen alles in Tüten mit Henkeln verpackt haben. Sicher auch Schuhe.«

»Oh, ja, da haben Sie recht«, sagte ich.

Eine herkömmliche Plastiktüte brauche fünfzigtausend Jahre, um zu verwesen, erklärte mir Herr Wu. Plastiktüten erstickten unseren Planeten. Aber eine Freundin seiner ältesten Enkeltochter hatte einen Onkel, der sehr hübsche Papiertüten herstellte, sagte Herr Wu. Aus Recyclingmaterial. Ob ich vielleicht Interesse hätte?

Natürlich hatte ich Interesse. Herr Wu hätte eigentlich ein Beraterhonorar zugestanden. Zumindest würden wir ein Leben lang unser Gemüse immer nur bei ihm kaufen.

Mit drei Paar Beispiel-Gummistiefeln als Tarnung stand ich am Sonntagmittag bei Ronnie und Mimi vor der Tür. Ich wollte Coralie einfach persönlich auf den I-Pod ansprechen. An ihrer Reaktion würde ich schon merken, ob sie etwas mit seinem Verschwinden zu tun hatte. Nelly hatte die Hoffnung auf das gute Stück schon aufgegeben. Kevin meinte, Coralies Vater habe es längst bei eBay vertickt.

Ronnie öffnete die Haustür, und seine Augen verwandelten sich sogleich wieder in Eiskristalle, als er mich sah.

»Ich bin geschäftlich hier«, sagte ich und hielt die Gummistiefel in die Höhe. Ronnie führte mich in die Küche. Wie erwartet war Mimi von den Gummistiefeln genauso entzückt wie ich, noch entzückter, als sie von dem Einkaufspreis erfuhr und von dem Umweltschutzpreis, den der Urenkel des Freundes von Herrn Wus Mutter für seine Geschäftsidee erhalten hatte.

»Da muss ich auch gleich ein Paar für Coralie zurücklegen lassen«, sagte Mimi.

»Ach ja, wo ist sie eigentlich?«

»Sie ruht sich nebenan ein bisschen aus«, sagte Ronnie. »Eigentlich wollten wir ins Museum, aber sie hatte Ringe unter den Augen. Macht uns Sorgen.«

»Sie war die ganze Nacht auf, weil ihre Eltern so laut gestritten haben«, sagte Mimi. »Ihr Vater hat sie um halb drei zur Tankstelle geschickt, um Bier und Zigaretten zu besorgen.«

»Schläft sie?«

»Nein, sie hört Musik«, sagte Mimi.

»Ach nee!« Ich sah Ronnie an. Der presste die Lippen aufeinander.

»Ich möchte Coralie gerne mal was fragen«, sagte ich, stand auf und ging nach nebenan.

Ronnie und Mimi folgten mir.

»Das muss doch nicht jetzt sein«, sagte Ronnie.

»Warum denn nicht?«, fragte Mimi. »Hi, Coralie, Schatz, bist du wach?«

Coralie hörte uns nicht. Sie lag mit geschlossenen Augen auf dem Sofa, auf ihrem Schoß rekelte sich eine von Mimis und Ronnies Katzen, neben ihr auf dem Couchtisch stand ein Teller mit kleingeschnittenem Obst. Ein rosafarbener I-Pod hing um ihren Hals, aus den Kopfhörern drang leises Wummern zu uns hinüber.

»Das ist doch ...«, sagte ich, aber Ronnie unterbrach mich.

»Ich weiß, was du jetzt denkst. Aber das ist ihr eigener. Ich habe sie auf Nellys I-Pod angesprochen, und da hat sie gesagt, sie habe nur mit ihm gespielt, weil sie genau den gleichen hat. Nur ihren muss sie leider mit ihrer Schwester und ihrem Bruder teilen. Sie hat ihn nur alle drei Wochen.«

»Wovon sprichst du?«, fragte Mimi.

»Von dem I-Pod«, sagte ich. »Ich hatte die Vermutung, es könnte Nellys sein, aber Ronnie fand das ungeheuerlich von mir.«

»Das soll Nellys I-Pod sein?«, fragte Mimi. »Aber wie sollte der denn hierherkommen?«

Coralie hatte immer noch die Augen geschlossen.

»Constanze meint, Coralie könnte ihn gestohlen haben«, sagte Ronnie. »Auf der Geburtstagsfeier. Aber das ist natürlich ganz ausgeschlossen. Wie ich schon sagte, sie hat den gleichen …«

Mimi sah erst Ronnie, dann Coralie entsetzt an. »Wie lange weißt du das denn schon?«

»Du glaubst doch nicht allen Ernstes, dass das Nellys I-Pod ist«, sagte Ronnie.

»Aber es könnte schon sein, oder nicht?«

»Das können wir doch ganz leicht feststellen«, sagte ich und machte einen Schritt auf Coralie zu.

Ronnie hielt mich fest. »Du willst doch jetzt nicht kontrollieren, was da alles für Musik drauf ist, oder? Diese Misstrauensbekundungen würde ich ihr gern ersparen.«

Coralie öffnete ihre Augen. Sie sah mich erschrocken an, aber dann lächelte sie und nahm die Kopfhörer aus ihren Ohren.

»Hallo«, sagte sie mit ihrer süßen Stimme.

»Hallo, Coralie«, sagte ich. »Ist das Nellys I-Pod?«

»Bitte, hör einfach nicht hin«, sagte Ronnie.

Coralies Grübchen vertieften sich. »Nein, das ist nicht Nellys I-Pod. Das ist meiner. Das heißt, er gehört uns allen. Ich hätte lieber einen grünen gehabt, aber meine Schwester durfte die Farbe bestimmen.«

»Da siehst du es«, sagte Ronnie.

»Darf ich mal sehen?« Ich drehte den I-Pod um. »Na, das ist aber ein Zufall. Deine Schwester heißt wohl auch Nelly Wischnewski, oder warum ist hier ihr Name eingraviert? Und sie hat sogar am gleichen Tag Geburtstag.«

Coralie riss mir das Teil aus der Hand und drückte es an ihre Brust. »D... das muss eine Verwechslung sein!«, stotterte sie.

»Oh mein Gott«, sagte Ronnie. Mimi sagte gar nichts.

Coralie hatte begriffen, dass sie ihre Taktik ändern musste. Sie begann zu weinen. »Ich wollte das doch nicht. Aber er ist so toll, so einen habe ich mir immer schon gewünscht, und am Ende hatte ich ihn in meiner Tasche vergessen. Ich wollte ihn zurückgeben, ehrlich. Ich wollte ihn nur eine Zeit lang behalten.«

»Kann ich ihn bitte jetzt wieder haben?«, sagte ich und streckte die Hand aus. Coralie legte den I-Pod zögernd hinein. Dicke Tränen kullerten in Zeitlupe aus ihren großen Augen.

»Danke«, sagte ich.

Mimi und Ronnie standen mit hängenden Armen vor dem Couchtisch. Sie taten mir sehr leid.

»Ist ja alles in Ordnung«, sagte ich. »Jetzt ist die Sache ja geklärt.«

»Nichts ist in Ordnung«, schluchzte Coralie und sah mit einem wirklich herzzerreißenden Blick zu Mimi und Ronnie auf. »Jetzt wollt ihr mich sicher nicht mehr haben.«

Da kam wieder Leben in Ronnie und Mimi.

»Natürlich wollen wir dich noch haben«, rief Ronnie, und Mimi nahm Coralie in die Arme.

»Aber ich bin eine gemeine Die-hi-bin«, schluchzte Coralie. »Ihr könnt mich einfach nicht mehr lieb haben. Ich habe euch doch so enttäuscht.«

Jep!

»Nein, sag doch so etwas nicht«, sagte Mimi. Und Ronnie sagte: »Alle Menschen machen Fehler, auch Erwachsene.«

»Ich geh dann mal«, sagte ich kopfschüttelnd.

»Warte! Wir sind gleich wieder da, ja, Schätzchen?« Mimi streichelte Coralie über die roten Locken. Coralie nickte tapfer. Ich konnte nicht anders, ich musste ihre schauspielerische Leistung bewundern.

»Bitte, entschuldige, Constanze«, sagte Ronnie draußen im Flur ehrlich zerknirscht. »Es tut mir ganz schrecklich leid, was ich dir alles an den Kopf geworfen habe.«

»Schon in Ordnung«, sagte ich. »Du hast sie ja nur verteidigt.«

Mimi nahm seine Hand. »Verzeih ihm. Er ist ein wenig verblendet«, sagte sie. »Aber sie braucht Menschen wie ihn. Die sie so nehmen, wie sie ist. Es wird sicher noch dauern, aber irgendwann ist sie so weit, dass sie ganz ehrlich mit uns umgehen kann.«

Ja, wenn ihr euer Testament zu ihren Gunsten umändert, möglicherweise.

»Du darfst ihr das nicht übel nehmen, Constanze«, sagte Ronnie mit hörbarem Kloß im Hals. »Sie ist doch erst elf. Und sie hat es schwer.«

Auch Mimis Augen schwammen in Tränen.

Ich wurde von einer Welle der Rührung übermannt und nahm alle beide in den Arm. »Ich habe euch wirklich lieb«, sagte ich. »Seht ihr denn nicht, dass ihr wie geschaffen für Kinder seid? Egal, ob eigene oder adoptierte.«

»Du meinst, weil wir so gutmütige Dummköpfe sind und uns von kleinen Mädchen an der Nase herumführen lassen?«, sagte Ronnie.

»Ich meine, wenn ihr selbst so ein abgebrühtes Biest wie Coralie so bedingungslos lieben könnt. Ihr solltet keine Zeit mehr verlieren. Schluss mit dem heimlichen Rumjammern in Internetforen, Schluss mit dem Hinterherspionieren. Irgendwo da draußen …« Ich brach ab. Das war jetzt wirklich zu schmalzig.

»… wartet vielleicht ein Kind auf uns«, sagte Mimi und sah Ronnie dabei tief in die Augen.

»Besser noch, ihr macht eins selber«, sagte ich.

✿

Der November verstrich in grau-verregnetem Einerlei mit Temperaturen kurz über dem Gefrierpunkt. Die kunstvoll gebastelten Laternen mussten an Sankt Martin für den Umzug vom Kindergarten in Müllbeutel gepackt werden, damit sie nicht aufweichten, und Julius holte sich eine dicke Erkältung mit Schnupfen und Husten, die er den ganzen Monat über nicht mehr loswurde. Das Papawochenende verbrachte er daher nicht bei seinem Papa, sondern bei mir, denn Lorenz wollte kein hustendes Kind, das seine ungeborenen Zwillinge anstecken könnte.

Dadurch fiel mein Anton-Wochenende flach, aber ich war gar nicht so traurig darüber, denn ich fürchtete mich insgeheim schon die ganze Zeit vor dem Augenblick, in dem Anton meine Brust berühren würde. Ich konnte mir nicht vorstellen, dass wir wie üblich hemmungslosen Sex haben könnten, solange die Sache mit dem Knoten nicht geklärt war. Ich hatte immer noch niemandem außer Anton davon erzählt. Warum auch? Wenn es am Ende ganz harmlos war, hatten sich alle umsonst Sorgen gemacht.

Die Donnerstage mit Emily und Valentina wurden zu einer festen Einrichtung, und ich fand es eigentlich ganz schön, so viele Kinder um den Mittagstisch sitzen zu haben, nur Nelly beklagte sich manchmal.

»Kinder, wohin man auch tritt«, sagte sie.

Ihre Hausaufgaben erledigten die Mädchen immer selbstständig und blitzschnell, danach spielten sie im Wintergarten, wo sich nach und nach immer mehr von Emilys Spielzeug einfand. Außerdem schrieben sie zusammen ein Buch. In ein Schulheft. Über zwei Hasenmädchen, die in einer Höhle überwintern mussten. Manchmal, wenn wir Glück hatten, lasen sie mir und Nelly daraus vor.

Nelly amüsierte sich königlich über die Hasenmädchen. Bis ich ihr eines Tages den Brief zeigte, den sie mir geschrieben hatte, als sie im ersten Schuljahr gewesen war.

»LipEMaMiTuTMirLEITdasichniLipin«, stand da.

»Was soll das denn für eine Sprache sein?«, fragte Nelly.

»Das heißt, liebe Mami, tut mir leid, dass ich nie lieb bin«, sagte ich. »So viel zu deinen Schreibkünsten, als du so alt warst wie Valentina und Emily.«

»Immerhin habe ich es aufs Gymnasium geschafft«, sagte Nelly, war aber ein wenig kleinlauter als sonst. »Ja, ja, ich geb's ja zu, die beiden sind wirklich schlaue kleine Mädchen. Aber es ist trotzdem komisch, wie diese Hasen sich Mützen aus Moos stricken. Ich bin sehr gespannt, wie es weitergeht, du nicht?«

Die Zeit, bis Dascha ihre Tochter abholen kam, verging immer sehr schnell. Wenn Dascha kam, wollte Valentina noch nicht gehen, weshalb wir es uns angewöhnten, noch einen Tee oder Kaffee miteinander zu trinken und zu reden.

Oft kam dann auch schon Anton und setzte sich zu uns.

Er hatte sich, wie versprochen, um Daschas Papiere gekümmert und alle ihre Probleme mit der Einwanderungsbehörde geklärt. Zum ersten Dezember würden Dascha und Valentina auch die Übergangsunterkunft verlassen und in eine Sozialwohnung ziehen können. Dascha war Anton so dankbar, dass sie ihm jedes Mal, wenn sie ihn sah, um den Hals fiel. Ich war ein kleines bisschen eifersüchtig, denn Dascha war nicht nur sehr nett und musikalisch, sondern auch recht hübsch.

»Eine besser bezahlte Arbeit finden wir auch noch für dich«, sagte Anton. »Vor allem eine legale. Ich habe Fred von Erswert dafür eingespannt. Er schuldet mir noch einige Gefallen.«

Und tatsächlich fand Herr von Erswert eine Stelle für Dascha, und zwar im Büro eines Patentanwalts, der viel mit russischem Klientel zu tun hatte und eine Schreibkraft brauchte, die auch Russisch konnte.

»Besser eine breitbeinige Sekretärin als ein engstirniger Chef«, sagte Herr von Erswert, als er uns die gute Nachricht überbrachte. »Euer russisches Mädchen kann im Dezember anfangen.«

Er mochte ein Schmierlappen sein, aber wenigstens war er ein hilfsbereiter Schmierlappen. Ich beschloss, ihm noch einmal eine Chance zu geben. Vielleicht war er ja doch nicht so übel.

Im Laden ging es auch weiter, die Lagerräume und das Büro wurden gestrichen, und vorne verlegten Jo und Ronnie das Olivenholz-Parkett. Als Anton es sah, war er begeistert und sagte: »In unserem neuen Haus werden wir auch so einen Fußboden haben, ja?«

Da erst fielen mir Frau Hittler und ihre Häuser wieder ein, und ich bekam ein schlechtes Gewissen. Als Julius gesundheitlich wieder so weit hergestellt war, dass er in den Kindergarten gehen konnte, ließ es sich leider nicht vermeiden, Frau Hittler im Kindergarten zu begegnen, und leider ließ es sich auch nicht vermeiden, dass sie fragte, ob ich mir die Exposés angesehen hätte. Beim ersten Mal sagte ich noch, ich wäre nicht dazu gekommen und außerdem müsse ich jetzt ganz dringend nach Hause, weil ein Wasserrohr gebrochen sei und der Klempner käme. Aber als sie mich das zweite Mal danach fragte, sagte ich, ich hätte die Exposés angeschaut und die Häuser kämen für uns nicht infrage. Das stimmte wirklich. Selbst wenn ich aus meinem Haus hätte wegziehen wollen – was nicht der Fall war –, hätte ich weder an einem Haus in einem Leverkusener Vorort Interesse gehabt noch an einer zugegeben traumhaften Villa am Rhein für schlappe zweieinhalb Millionen Euro. Plus Maklercourtage.

»Leverkusen ist uns zu weit weg, und zweieinhalb Millionen sind doch ein bisschen über unserem Budget«, sagte ich.

»Das ist das, was Sie glauben«, sagte Frau Hittler. Dann zuckte sie mit den Schultern. »Tja, dann werde ich wohl einfach weiter für Sie die Augen offen halten.«

»Ach, wissen Sie, im Augenblick ist das mit der Haussuche gar nicht mehr so aktuell«, sagte ich.

Frau Hittlers Augen wurden rund. »Wie soll ich das verstehen?«

»Dass Sie sich nicht mehr darum kümmern müssen«, sagte ich. »Unsere Wohnsituation ist eigentlich ganz befriedigend.«

Ich wartete darauf, dass Frau Hittler »Das ist das, was Sie glauben« sagte, aber sie glotzte bloß blöd.

»Falls wir es uns anders überlegen und doch noch ein Haus suchen sollten, werden wir Sie einfach wieder kontaktieren«, sagte ich.

»Wie Sie meinen«, sagte Frau Hittler. »Obwohl ich massiv den Eindruck hatte, dass Herr Alsleben die Haussuche akut betreiben wollte.«

»Das ist das, was Sie glauben«, sagte ich.

FRAGEN SIE DIE PATIN

Die exklusive Familienberatung der
streng geheimen Mütter-Mafia

Frau Q. aus München schreibt:
Sehr geehrte Damen von der Mütter-Mafia!
Obwohl wir unsere Kinder ständig ermahnen, werfen sie mehr und mehr mit Schimpfwörtern und Kraftausdrücken um sich. »Scheiße«, »armseliger Wichser«, »verdammter Hurenbock« und »dreckige Schlampe« sind noch die harmlosesten davon.
Wie soll ich damit umgehen und wie kann ich vermeiden, dass unsere Kinder solche Wörter in den Mund nehmen?

~~Gar nicht.~~
~~Indem Sie aufhören, Ihren Mann einen armseligen Wichser zu nennen.~~
Liebe Frau Q.,
leider werden Sie nie ganz vermeiden können, dass Ihre Kinder mit schlimmen Wörtern und Ausdrücken in Berührung kommen. Trotzdem ist es immer noch am wirkungsvollsten, mit bestem Beispiel voranzugehen und jegliches unan-

ständige Vokabular aus dem Wortschatz zu verbannen.

Meine Freundin Anne hat dazu schon vor einigen Jahren ein interessantes Experiment durchgeführt. Sie hatte sich angewöhnt, Kraftausdrücke durch neutrale Wortbezeichnungen und Sprechübungen zu ersetzen. Statt »verfluchte Scheiße noch mal« rief sie beispielsweise: »Yogalehrer!« und statt »Du blöder Saftarsch, hast du keinen Blinker?!«, brüllte sie im Auto nun stets: »Fischers Fritz fischt frische Fische!«

Allerdings hatte das Experiment nicht ganz den Erfolg, den sie sich gewünscht hat. Wie sie sich denken können, geriet die Kommunikation in der Familie bald in eine Sackgasse. »Ich finde das aber total Yogalehrer, dass ich jetzt schon ins Bett muss, ich mag deinen die Katze läuft die Treppe krumm Bohnensalat nicht, und Max ist ein richtiger Brautkleid bleibt Brautkleid und Blaukraut bleibt Blaukraut. Ich könnte euch alle so was von Kugelfisch!«

Auch draußen in der grausamen Welt mit anderen Kindern lief es nicht so rund, wie Anne es sich erhofft hatte. Man sollte nicht glauben, wie provozierend es auf manche Kinder wirkt, wenn sie mit den Worten »Fischers Fritz fischt frische Fische« verhöhnt werden.

Wir können daher nur eine abgeschwäch-

te Form der »Ersatzwörtermethode« empfehlen: Ersetzen Sie »Scheiße« konsequent durch »Mist«, »Arschloch« durch »Dummkopf« und so weiter. So können Sie und Ihre Kinder gemäßigt, aber authentisch fluchen und schimpfen, und sollte Ihnen dennoch mal nach einem saftigen »Flachwichser!« zumute sein, schreiben Sie das Wort einfach auf einen Zettel und stellen es Ihrem Nachbarn als anonymen Brief zu.
Wir wünschen Ihnen noch der Kaplan klebt Pappplakate an und ein fluchfreies Leben
Ihre
Patin

* * * THE SECRET OF KINDERERZIEHUNG

– endlich entschlüsselt:
Kinder schlafen nicht. Sie laden sich nur wieder auf.

Willkommen auf der Homepage der

Mütter-Society,

dem Netzwerk für Frauen mit Kindern.

Ob Karrierefrau oder »nur«-Hausfrau,

hier tauschen wir uns über Schwangerschaft und Geburt, Erziehung, Ehe, Job, Haushalt und Hobbys aus und unterstützen uns gegenseitig liebevoll.

Zutritt zum Forum nur für Mitglieder

30. November

Bericht: Projektkind LARISSA. Da Larissa ja wegen meiner Mutti leider immer noch nicht zu uns nach Hause kommen darf, haben Marie-Antoinette und ich uns letzten Sonntag mit ihr vor dem Römisch-Germanischen Museum verabredet. Nach einem sehr interessanten und lehrreichen Rundgang durch das Museum war Mittagessenszeit, und leider hat es sehr geregnet, sodass meine Pläne von einem herbstlichen Picknick auf der Domplatte leider nicht verwirklicht werden konnten. Wir haben aber flink improvisiert und unsere Butterbrote und Hackfleisch-Möhren-Muffins (Rezept im

Anhang) auf einer Kirchenbank im Dom gegessen. Als wir satt waren, haben wir auf meine Anregung hin alle eine Kerze angezündet, jeder für seine Mutti. Anschließend sind wir ins Kino gegangen, und dann war der Tag leider auch schon wieder rum. Larissa hat in der ganzen Zeit nur vier Zigaretten geraucht, und eine davon habe ich ihr zur Hälfte weggeraucht. Ich wollte doch mal wissen, was die Leute an diesem Nikotin so anziehend finden, und ich muss sagen, es ist gar nicht so übel. Man darf es halt nicht übertreiben.
*Auch Larissas Ausdrucksweise hat sich gegenüber den letzten Malen schon deutlich gebessert. Marie-Antoinette, die ein kleines Heft mit einer Schimpfwörter-Strichliste führt, musste nur noch elfmal einen Strich bei »Scheiße« machen, dreimal bei *** und einmal bei ***.*
Mami Gitti

P. S. Musste kurz unterbrechen, weil meine Mutter den Zigarettenqualm an meiner Kleidung gerochen hat und ein Heidentheater aufgeführt hat, weil sie denkt, dass ich mich heimlich mit Larissa getroffen habe, obwohl sie es doch verboten hat. Nun, ich habe mich zwar heimlich getroffen, aber meine Mutter muss einsehen, dass ich eine erwachsene Frau bin und meine Entscheidungen selber treffe. Jetzt telefoniert sie mit dem Anwalt, weil sie rechtlich prüfen lassen will, ob unser Sozialprojekt nicht ein Grund ist, mir das Sorgerecht für Marie-Antoinette zu entziehen.

*Meine Mutter ist wirklich eine gemeine, alte ***.*

P. P. S. Dass bei euch eingebrochen wurde, ist wirklich furchtbar, Mami Ellen. Ich hoffe, ihr seid gut versichert.

P. P. S. Mami Sabine, dir gilt ebenfalls mein volles Mitgefühl. Natürlich glaube ich dir, dass Alina sich deinem Mann an den Hals geworfen hat, aber man sollte von erwachsenen Männern doch erwarten können, dass sie sich fünfzehnjährige Mädchen vom Hals halten, wenn es sein muss. Ich drücke euch die Daumen, dass es zu keiner Klage wegen Verführung Minderjähriger kommt.

30. November

Nach den jüngsten Ereignissen halte ich es für besser, euch mitzuteilen, dass unser Sozialprojekt mit sofortiger Wirkung beendet ist. Zwar hat sich der Verdacht, Chantals Familie könne in den Einbruch bei Ellen verwickelt sein, nicht erhärtet, aber der Eklat mit Alina und Meta reicht ja schon vollkommen. Meine Schwester Ulrike will jetzt, dass ich das alles auf meine Kappe nehme, aber sie war es schließlich, die die Mädchen für uns ausgesucht hat. Eigentlich müsste sie daher auch für die Reparatur unserer Haustür geradestehen, aus der Herr Millosowich Splitter getreten hat. Aber da sie sich partout nicht verantwortlich fühlt, sehe ich auch nicht ein, dass ich vor dem Schulrat erklären soll, warum den Projektkindern bessere Noten versprochen wur-

den. Außerdem bin ich hochschwanger und kann diese Art von Aufregung im Moment überhaupt gar nicht gebrauchen. Immerhin, ein Gutes hatte die ganze Sache auch: Laura-Kristin fand es hier bei ihrem letzten Besuch so chaotisch, dass sie es nun vorzieht, im Internat zu bleiben. Schade eigentlich, denn wenn das Baby kommt, hätte ich gut etwas Unterstützung gebrauchen können.
Frauke
Auf ärztlichen Befehl wieder ans Sofa gefesselt, Babysohn wird nicht vor Weihnachten erwartet!!!

30. November

Na, das passt ja wie die Faust aufs Auge: Gerade hatte ich gelesen, dass unser Projekt beendet ist, da klopft Dascha an und kündigt. Offenbar hat sie einen anderen Job gefunden, will heißen, einen Doofen, der sie mit Steuerkarte arbeiten lässt. Vielleicht ein Bordell, meint Jürgi. Na, da können wir natürlich mit der Bezahlung nicht mithalten. Sie will nicht mal eine angemessene Kündigungsfrist einhalten, und das nach allem, was wir für sie und Valentina getan haben. Aber so ist das, wenn man sich für andere einsetzt. Dank kann man einfach nicht erwarten. Tu Gutes und wirf es ins Wasser, wie der Chinese sagt, oder wie Jürgi meint: »Ins Klo damit und runterspülen.«
Apropos Klo: Ihr wisst nicht zufällig jemanden, der künftig bei uns putzen möchte? Gitti, wie sieht es mit dir aus? Du wirst dringend Geld

brauchen, wenn deine Mutti dich aus dem Haus wirft.
Sonja

P. S. Mir wächst hier alles über den Kopf. Ich würde den Posten der Obermami gern wieder zur Verfügung stellen.

6. Dezember

Meine allerherzlichsten Glückwünsche zur Geburt des kleinen Corbinian, liebe Frauke. Ich habe den Kleinen ja schon im Krankenhaus bewundern können und dich gleich mit: Es war wirklich faszinierend mit anzusehen, wie du mit zwei Milchpumpen gleichzeitig hantiert hast und dabei die Glückwunschschreiben beantwortet hast - und das in einem Schwimmreifen sitzend! Aber da merkt man eben die Routine.
Der Kleine sieht goldig aus auf dem Foto. Wie ein kleiner Engel. Sehr geschickt, ihm ein Mützchen über den Kratzer zu ziehen, den Marlon ihm beigebracht hat. Der große Bruder wird sich sicher bald an die Konkurrenz gewöhnen.
Alles, alles Liebe für den Familienzuwachs wünscht dir
Sabine

8. Kapitel

Eigentlich war es ein Wunder, dass wir uns auf ein Farbkonzept für den Laden einigen konnten. Aber uns inspirierte ein Paar Pumps von Santini, die so aufwändig und pompös gearbeitet waren wie ein barocker Ballschuh, aus tiefrotem Leder, auberginefarbenem Samt und einer goldenen Zierfibel. Kräftiges Rot, Aubergine und Gold würden die vorherrschenden Farben im Laden werden. Wir hatten ein wenig Angst davor, dass zum Beispiel grüne Schuhe vor diesem Hintergrund hoffnungslos verloren wären, aber das Risiko waren wir, der Gesamtwirkung wegen, bereit einzugehen.

Auf die auberginefarbene Wand wollten wir in goldener Schrift einen Spruch anbringen. Zuerst sollte es »Alle Macht den Träumen« sein, dann »Das Überflüssige ist eine sehr notwendige Sache« von Voltaire. Aber letztendlich entschieden wir uns für ein – schon wegen der Farbe – unwiderstehliches Zitat von Esther Vilar:

Für eine Frau gibt es wichtigere Dinge
als einen Orgasmus,
zum Beispiel den Kauf von einem Paar
auberginefarbenen Lackstiefelchen.

Ich ließ im Copyshop eine Schablone für die Schrift fertigen, und alle waren hellauf begeistert, als der Spruch endlich an der Wand prangte. Nur Jo, der zusammen mit Ronnie die Fußleisten vergoldete, fand das Zitat doof. Außerdem hatte er Zweifel: »Darf man denn einfach so ein Zitat klauen?«

Anne zuckte mit den Schultern. »Schlimmstenfalls könnte Esther Vilar höchstpersönlich diesen Laden betreten, und dann müssen wir ihr schleunigst ein Paar auberginefarbene Lackstiefelchen zeigen.«

Paris kam vorbei, um unsere Fortschritte zu bestaunen. »Das wird eine wunderbare Kulisse für Francescos Schuhe«, sagte sie anerkennend. »Ich werde meine Freundin von der *InStyle* anrufen, damit sie einen Bericht über euren Laden bringt. Ach ja, und ich kenne auch Leute bei *Allegra, Cosmopolitan* und *Petra.*«

»Jetzt hast du mich so weit«, sagte Anne. »Jetzt verrate ich dir meine zehn geheimen Tricks für eine optimale Beckenbodenmuskulatur. Die habe ich noch nie jemandem verraten.«

Paris schnäuzte sich gerührt.

Gitti Hempel hatte begonnen, Handtaschen zu nähen, die sich farblich exakt an unseren Schuhmodellen orientierten, und sie versah sie mit kleinen Verzierungen aus dem Leder, das wir als Materialproben aus der Fabrik zugeschickt bekommen hatten. Sogar Mimi, die Gittis Handarbeiten grundsätzlich kritisch gegenüberstand, musste zugeben, dass sie sehr hübsch waren.

»Wenn wir weiter so vorwärtskommen, können wir eigentlich schon im Januar eröffnen«, sagte sie. Aber das meinte sie natürlich nicht ernst. Es gab noch unglaublich viel zu tun.

Unsere geschäftlichen Beziehungen zu Taiwan verliefen äußerst harmonisch. Die ersten Gummistiefellieferungen trafen überpünktlich ein, und extra für uns hatte der Neffe von Herrn Wu ein Brillenetui in Form eines Schnürstiefels entworfen. Wir bestellten gleich hundertfünfzig Stück davon.

»Man muss ja nicht unbedingt Brillen hineintun«, sagte Trudi. »Es eignet sich auch wunderbar als Zigarrenetui, Kosmetiktäschchen oder Schmuckkästchen. Nächstes Jahr zur Weihnachtszeit wird es der Renner.«

In der Fabrik vom Onkel der Freundin von Herrn Wus Enkeltochter wurden rote Papiertüten gedruckt, mit unserem goldenen Logo, mit einer Krone über dem O von Pomps, in die, wenn man genau hinschaute, all unsere Anfangsbuchstaben hineingeschnörkelt worden waren. MCAT. Als das erste Muster der Tüte eintraf, heulten wir beinahe vor Freude, weil wir uns sicher waren, dass die Leute nun schon allein wegen unserer Tüten bei uns einkaufen würden. Unser Haupttrumpf blieben aber die Schuhe von Santini, dem Mann mit den Bernsteinaugen, und Anfang Dezember flogen Mimi und Trudi noch einmal nach Mailand, um die Schuhe dort persönlich in Empfang zu nehmen und hochoffiziell »auszuführen«.

Ich hatte nicht weniger Freude an all diesen Entwicklungen als meine Freundinnen, aber je näher mein Mammografie-Termin rückte, desto geistesabwesender wurde ich.

Außerdem ärgerte es mich, dass Anton immer

noch keine konkreten Pläne für Weihnachten machte, sondern sich bis zum Schluss alles offen halten wollte. Er hatte für Emily eine Beurlaubung vom Schulunterricht beantragt, damit sie schon zwei Wochen vor Ferienbeginn zu ihrer Mutter nach London fliegen konnte.

»Vielleicht fliegen sie alle zusammen nach Thailand. Vielleicht feiern sie auch Weihnachten bei Janes Eltern in Schottland«, sagte Anton. »Vielleicht fahren sie auch nach Davos. Vielleicht muss Jane auch arbeiten, dann schickt sie die Kinder mit dem Flieger zu mir.«

»Aber es ist Weihnachten – da arbeitet doch nicht mal eine Investment-Dings«, sagte ich.

»Hast du eine Ahnung«, sagte Anton. »Jane hat sogar in unserer Hochzeitsnacht gearbeitet.«

»Und was hast du gemacht?«

»Ich habe mich besoffen, soweit ich mich erinnere«, sagte Anton. »Ich werde übrigens in der Woche vor Weihnachten vermutlich in Barcelona sein. Einer unserer Klienten lässt sich von seiner spanischen Frau scheiden, und dabei geht es um Immobilien im Wert von zweiundvierzig Millionen Euro.«

»Na toll«, sagte ich. »Weißt du, im Augenblick macht mich das Wort vermutlich ganz aggressiv.«

»Ich werde vermutlich die ganze Woche dort unten verbringen. Du hättest nicht zufällig Lust, mitzukommen?«

»Vermutlich hätte ich Lust«, sagte ich. »Aber ich habe zwei Kinder, eins davon schulpflichtig.«

»Meinst du nicht, Wischnewski könnte sie mal für eine Woche nehmen?«

»Nein, kann er nicht«, sagte ich bestimmt.

»Du kannst es dir ja überlegen«, sagte Anton. »Eine Woche ohne Kinder, Barcelona, nur du und ich …«

Ja, klar, wenn er sich nicht um Emily kümmern musste, wollte er sich auch nicht mit meinen Kindern abgeben. Ich wurde schon wieder zornig. Anton war schuld, dass bei mir keine rechte Adventsstimmung aufkommen wollte. Anton und der Knoten.

Gitti Hempel verkaufte mir einen selbstgebundenen Adventskranz mit roten Kerzen und Elchen aus Filz, zum Selbermachen fehlte mir in diesem Jahr die Motivation. Die Elche waren toll, man konnte sie auch ohne Adventskranz kaufen, und so bestand meine diesjährige Adventsdeko überwiegend aus roten und weißen Elchen, ein bisschen wahllos in der Innenarchitektur verteilt. Immerhin brauchte ich mir nicht den Kopf über Weihnachtsgeschenke für die Verwandtschaft auf Pellworm zu zerbrechen, ich kaufte Brillenetuis und Gummistiefel im großen Stil. Julius diktierte mir wie immer seinen Wunschzettel, und wie immer musste ich »Schnee« ganz zuoberst und dreimal unterstrichen schreiben. Außerdem wünschte er sich noch eine Rückenkratzbürste und eine Uhr, die statt Zahlen Vögel aufgemalt hatte, welche zur vollen Stunde zwitscherten.

»Mehr nicht?«, fragte ich.

»Nö«, sagte Julius.

Seine Schwester war da leider weniger bescheiden, sie wünschte sich eine Digitalkamera, jede Menge genau definierte Klamotten, CDs, DVDs und Bücher. Ich erinnerte mich mit Wehmut an Zeiten, an denen ihr sehnlichster Wunsch ein »Hut mit drei roten Bällen« drauf gewesen war. Diese Wünsche waren zwar nicht immer leicht zu erfüllen gewesen, aber irgendwie mehr vom Geist der Weihnacht erfüllt als Digitalkameras.

Lorenz machte mir wieder mal einen Strich durch die Rechnung: Vom ersten Papa-Wochenende im Dezember brachte Julius besagte Vogeluhr mit, und ich zankte mich mit Lorenz, weil er a) wegen Zerstörung jeglicher Vorfreude in der Weihnachtszeit keine Herzenswünsche mehr erfüllen sollte und ich b) die verdammte Vogeluhr schon im Internet bestellt hatte.

»Dann habt ihr eben zwei«, sagte Lorenz ungerührt. Aber zwei von den Uhren brauchte man sicher nicht, weil man das Vogelgezwitscher zur vollen Stunde auch schon von einer Uhr im ganzen Haus hören konnte. Die Katzen wurden jedes Mal ganz unruhig, verließen ihren Schlafplatz und suchten nach dem Vogel.

Julius war sehr glücklich über sein Geschenk und starrte unentwegt auf die Zeiger. Nur meine Hoffnung, dass er nun endlich lernen würde, die Uhr zu lesen, erfüllte sich nicht. »Jetzt ist es halb Amsel«, sagte er zum Beispiel. »Und wenn Nelly um Viertel nach blauer Vogel kommt, gibt es Abendessen.«

Mein Mammografietermin war an einem Dienstag um Punkt Rotkehlchen. Ich hatte bisher immer gedacht, die Untersuchung sei völlig schmerzfrei, aber wie sollte eine Untersuchung schmerzfrei sein, bei der die Brüste so platt wie eine Scheibe Fleischwurst gedrückt werden?

»Wieso quetschen Sie auch die andere Brust?«, rief ich empört aus. »Der Knoten ist nur in dieser!«

Aber das war der Röntgenassistentin egal. Der Gerechtigkeit halber plättete sie auch die andere Brust. Ich fürchtete, sie würden nie wieder zu ihrer alten Form zurückfinden.

»Und?«, fragte ich, als ich mich wieder angezogen hatte. »Ist es was Schlimmes?«

»Das können wir Ihnen noch nicht sagen«, sagte die Sprechstundenhilfe. »Rufen Sie morgen zwischen halb vier und vier an, dann geben wir Ihnen den Befund telefonisch durch.«

Ich war bitter enttäuscht, dass ich schon wieder warten musste, noch mehr, als ich am nächsten Nachmittag anrief und der Arzt sagte: »Also, eine Zyste und ein Milchgangpapillon können wir wohl eher ausschließen. Ich tippe auf ein Fibroadenom, aber sicher können wir da erst nach der Biopsie sein.«

»Was?«, rief ich. »Ich bin immer noch nicht fertig? Warum denn jetzt noch eine Biopsie?« Das klang, als ob es auch wehtäte.

Der Arzt erklärte, das sei die übliche Vorgehensweise, und empfahl mir die gynäkologische Abteilung des Elisabeth-Krankenhauses.

Ich war völlig niedergeschmettert. Die Mammografie hätte ich mir glatt sparen können. Merke: Beim nächsten Mal direkt Termin für Biopsie machen.

Jetzt sah es so aus, als würde es erst im neuen Jahr weitergehen. Aber die Sprechstundenhilfe im Elisabeth-Krankenhaus hörte meinen weinerlichen Unterton und hatte Erbarmen. »Ich schiebe Sie am 17. dazwischen«, sagte sie. »Dann wissen Sie auf jeden Fall noch vor Weihnachten Bescheid.«

Ich heulte vor Dankbarkeit. »Sie sind so nett«, schniefte ich. »Vielen, vielen Dank. Mögen Sie Gummistiefel?«

An dem letzten Donnerstag vor Emilys Abflug nach London holte ich sie und Valentina wie immer von der Schule ab.

»Das ist ungerecht, dass du zwei Wochen früher Ferien hast als wir«, sagte Valentina.

»Das sind keine Ferien«, sagte Emily. »Das ist harte Arbeit. Alle sprechen da nur Englisch mit einem, selbst meine Mommy.«

»Cool«, sagte Valentina. »Ich werde dich aber vermissen, wenn ich in der Klasse allein mit den ganzen Doofen bin.«

»Ich dachte, weil ihr euch ja nun so lange nicht mehr seht, könnten wir nachher einen Kuchen backen«, sagte ich.

»Oh, ich *liebe* Kuchen backen«, rief Valentina und klatschte begeistert in die Hände.

»Ich auch«, rief Emily und warf mir einen verstohlenden Blick zu. *Jaaaa, Schätzelchen, ich erinnere mich noch gut an das letzte Mal, als wir zusammen gebacken haben. Macht aber nichts. Man kann seine Meinung ja auch mal ändern.*

Valentina strahlte mich an. »Du bist unheimlich nett, Constanze. Ich finde es auch toll, dass meine Mama beim Nette-Mütter-Club mitmachen darf.«

Ich lächelte ein bisschen verlegen. Der »Nette-Mütter-Club« war der Name, den Anne anstelle von »Mütter-Mafia« genannt hatte, als Dascha wissen wollte, wie unser »Verein« sich denn nennen würde.

»Das Wort *Mafia* hätte sie abschrecken können«,

hatte Anne gesagt. Sie hatte Dascha kennen gelernt, als sie Jasper bei uns abholen wollte.

Nur ein paar Schlucke Grand Marnier im Kaffee hatten genügt, und schon hatten die beiden im Duett ein schwermütiges Lied in Moll gesungen, in dem es angeblich um wilde Steppenpferde ging. Wie sich herausstellte, hatte Anne eine musikalische russische Großmutter gehabt.

Weder der Gesang noch die Bezeichnung »Nette-Mütter-Club« hatten Dascha abgeschreckt – sie gehörte jetzt zu uns, ob sie wollte oder nicht.

»Mama fühlt sich jetzt viel mehr zu Hause hier in Deutschland«, sagte Valentina. »Und ich mich auch.«

Weil das Wetter so schön war und alle anderen Häuser der Straße längst in Lichterketten gehüllt waren, beschloss ich, den Nachmittag dazu zu nutzen, unser Haus weihnachtlich zu schmücken und das Laub aus dem Vorgarten zu rechen.

»Damit der Schlitten vom Weihnachtsmann da besser landen kann«, sagte Julius.

»Genau«, sagte ich. »Willst du mir helfen?« Aber Julius wollte lieber mit Emily und Valentina Inliner fahren.

»Nur auf dem Bürgersteig, und nur auf dieser Straßenseite«, befahl ich, und obwohl die Kinder sich daran hielten, reckte ich alle fünf Sekunden den Kopf über die Hecke, um zu gucken, ob alles in Ordnung war.

Der Sonnenschein lockte viele Leute an die frische Luft, auch Frau Hempel kam nach draußen, um ein wenig Laub vom Bürgersteig zu kehren und mich anzumeckern. Ich sei viel zu spät dran mit der Dekoration, und das Laub sei alles nur von unseren

Bäumen, die Fenster müsse ich vor Weihnachten auch noch putzen.

»Mal sehen«, sagte ich.

»Mal sehen, mal sehen! Ihr jungen Leute denkt immer, die Arbeit erledigt sich von ganz allein und ihr dürftet machen, was ihr wollt«, sagte Frau Hempel. »Meine Gitti haben Sie mit Ihrer Schlamperei auch schon angesteckt. Jetzt glaubt sie sogar, sie käme in einer eigenen Wohnung zurecht! Mit dem Kind. Ha! Die wird sich umgucken. Wenn da keiner mehr ist, der alles hinter ihr herräumt, kommt die ganz schnell wieder nach Hause.«

»Das ist das, was Sie glauben«, sagte ich und lachte. Frau Hittlers Satz passte eigentlich immer. Richtig angewendet konnte man vermutlich Menschen mit nur diesem einen Satz in den Wahnsinn treiben.

Während ich eine funkelnagelneue Sternenlichterkette aus ihrer Verpackung fummelte, hörte ich Kinder hinter der Hecke streiten.

»Hau ab, das ist unser Bürgersteig«, sagte eine fremde Jungenstimme.

»Gar nicht wahr«, sagte die Stimme von Julius. »Der Bürgersteig gehört allen.«

»Wir wollen den aber nicht mit so kleinen Rotznasen teilen«, sagte eine andere fremde Jungenstimme. »Also hau ab, oder du kriegst Prügel!«

»Ich kann Ballett«, sagte Julius warnend.

Die beiden fremden Jungen lachten höhnisch. »Der Schwuli will Haue haben«, sagte einer von ihnen.

»Kann er kriegen!«, sagte der andere.

»Meine Mama kann auch Ballett«, sagte Julius. »Ich rufe sie gleich.«

Das musste er gar nicht. Ich stapfte bereits zornig

zum Tor. Obwohl die beiden Jungen ungefähr doppelt so alt wie Julius waren, rang er noch mit sich, ob er um Hilfe rufen sollte oder nicht. Stolz ist ein sehr schlechter Ratgeber.

Bevor ich die Raufbolde an ihrer Kapuze packen konnte, kamen Emily und Valentina auf ihren Inlinern herangesaust. Das heißt, Emily sauste, Valentina kraxelte ziemlich wackelig hinter ihr her.

Ich versteckte mich wieder hinter der Hecke. Man soll Kinder ja ihre Konflikte möglichst selber lösen lassen.

»Lasst sofort meinen kleinen Bruder in Ruhe«, rief Emily. »Sonst kriegt ihr's mit mir zu tun!«

Ihre Worte verblüfften nicht nur mich kolossal.

»Das soll dein kleiner Bruder sein?«

»Hast du ein Problem damit?«

»Nö. Ich mein ja nur.«

»Sucht euch andere Kinder zum Ärgern«, sagte Emily. Und offenbar guckte sie dabei so gefährlich, dass die beiden Jungs wirklich das Weite suchten.

Hinter meiner Hecke verdrückte ich ein paar Tränen der Rührung. »Kleiner Bruder«, hatte sie gesagt.

»Was hockst du denn hier und weinst?« Das war Nelly, die aus der Schule kam. Ich erzählte ihr, was Emily getan hatte.

»Meine Güte«, sagte Nelly. »Sieht so aus, als würdest du das kleine Biest am Ende doch noch mögen.«

»Mögen ist vielleicht übertrieben«, sagte ich.

Als Anton und Dascha kamen, um ihre Kinder abzuholen, war nichts mehr von dem Kuchen übrig. Emily, Valentina und ich hatten jeweils ein Stück gegessen, Julius zwei und Nelly den ganzen Rest.

Anton und Dascha mussten mit Keksen und Kaffee vorliebnehmen.

»Da wir uns ja vor Weihnachten nicht mehr sehen, habe ich was für euch«, sagte ich zu Emily und Valentina. Ich überreichte jeder von ihnen ein Päckchen. Darin waren Anziehsachen für ihre Bären, die ich genäht hatte. Pullis, Hemden, Hosen, Jacken, Mützen – alles im Partnerlook.

»Das dürft ihr aber erst an Weihnachten auspacken«, sagte ich. Da rannte Nelly so schnell sie konnte die Treppe hinauf und kam ebenfalls mit einem Päckchen zurück.

»Das ist für *meine kleine Schwester* zu Weihnachten«, sagte sie mit einem zuckersüßen Lächeln und klimperte dabei aufreizend mit den Wimpern zu mir hinüber. »Es ist ein Zahnputzset. Für die Reise. Ich hoffe, du magst Prinzessin Lillifee, Emily.«

Anton war schwer angefasst von dieser Geste.

»Und du sagst, die Kinder bräuchten noch Zeit«, sagte er zu mir. »Sie sind doch längst zu einer richtigen Familie zusammengewachsen.«

Ich wusste, es war albern, aber ich konnte einfach nicht widerstehen. »Das ist das, was du glaubst«, sagte ich.

Anton sah mich leicht genervt an.

Das konnte ich auch. »Weißt du mittlerweile, wie du Weihnachten verbringen wirst?«, fragte ich. Und mit wem?

»Nein«, sagte Anton. »Das muss ich mir weiter offen halten. Ich richte mich da ganz nach Jane.«

»Ich frage mich, wer hier zu einer richtigen Familie zusammengewachsen ist«, sagte ich. »Wir beide jedenfalls nicht.«

»Ich finde es immer noch blöd, dass du ein Klavier hast, obwohl du nicht darauf spielen kannst«, sagte Emily zum Abschied. »Aber ich habe dich trotzdem ganz gern.«

Ich schaute schnell zu Anton, um zu überprüfen, ob er Emily zu diesen Worten angestiftet hatte. Aber Anton unterhielt sich ganz unbefangen mit Dascha.

»Ich habe dich auch gern«, sagte ich zu Emily. Und ich war froh, dass ich dabei nicht lügen musste.

»Ich glaube, ich bin schwanger«, sagte Trudi, als wir nach ihrer Rückkehr aus Mailand im Laden Streicharbeiten erledigten, ausnahmsweise mal alle vier, MCAT, die Frauen von *Pumps und Pomps*.

»Über so was macht man keine Scherze«, sagte Anne.

»Mach ich auch nicht«, sagte Trudi. »Hach, ich fände das wunderbar. Ein Baby mit Bernsteinaugen.«

Ich ließ vor Schreck den Pinsel in die Farbe sinken. »Du hast mit unserem Schuhdesigner geschlafen? Das glaub ich jetzt nicht.«

»Wann denn das, um Himmels willen?«, fragte Mimi. »Ich war doch die ganze Zeit mit dir zusammen.«

»Außer nachts«, sagte Trudi.

»Ich fasse es nicht«, sagte Mimi. »So macht man doch keine Geschäfte.«

»Auf der anderen Seite wäre es eine gute Methode, die Preise zu drücken«, sagte Anne.

»Das ist doch erst vier Tage her«, sagte ich. »Du kannst unmöglich wissen, ob du schwanger bist.«

»Eine Frau fühlt so etwas«, sagte Trudi.

Wir anderen lachten so überheblich wie nur irgend möglich.

»Du schläfst *einmal* mit einem Typ und bist sofort schwanger«, sagte Mimi. »Diese Scheißstatistiken, die Ronnie immer im Internet findet, sind irgendwie alle für'n A… die Mülltonne. Du bist doch auch schon siebenunddreißig.«

»Neununddreißig«, sagte Trudi.

»Na, siehst du. Und angeblich dürftest du eher von einem bengalischen Tiger gefressen werden, als beim ersten Mal schwanger zu werden.«

»Das stimmt allerdings«, sagte Anne.

»Bei dir war es doch auch so«, erinnerte ich sie. »Einmal mit Jo gepennt, und schon war das Brötchen im Ofen.«

»Oh, richtig. Diese Statistiken sind alle bescheuert«, sagte Anne.

»Ich sehe harte Zeiten auf mich zukommen«, sagte Mimi. »Anne wird im Frühling ihr Kind bekommen, Trudi ist vielleicht schwanger, und Constanze wird bestimmt auch irgendwann noch mal ein Baby mit Anton produzieren. Und ich werde die nächsten zehn Jahre pro Monat fünf Schwangerschaftstests verschleißen und Nacht für Nacht mit Ronnie vögeln.«

»Soll das heißen, ihr versucht es noch einmal?«, fragte Anne. »Das finde ich toll, ehrlich. Manchmal braucht man einen langen Atem, um sich einen Traum zu erfüllen.«

»Ich weiß«, sagte Mimi. »Deswegen haben wir uns parallel bei der Adoptionsstelle gemeldet. Im Augenblick diskutieren wir darüber, ob wir uns nicht auch als Pflegeeltern eignen würden.«

Wir alle umarmten und herzten Mimi, bis sie uns von sich schob.

»Dieses doofe Sozialprojekt von der Mütter-Society war also doch zu was gut«, sagte ich. »Wie geht es eigentlich Coralie?«

»Ach, der Süßen geht es gut«, sagte Mimi. »Seit das Projekt abgebrochen wurde, kommt sie allerdings lieber mittwochabends vorbei. Oder auch mal montags morgens.«

»Aber da hat sie Schule«, sagte ich.

»Sie kommt nur, wenn Unterrichtsstunden ausfallen«, sagte Mimi. »An dieser Schule fallen verdammt viele Unterrichtsstunden aus, und die Kinder hängen dann einfach so in der Gegend rum. Ich freue mich, wenn Coralie stattdessen zu mir kommt und mit mir frühstückt.«

»Sie ist in der fünften Klasse – da kann man doch nicht einfach während der Freistunden das Schulgelände verlassen«, sagte Anne.

»Das ist heute nicht mehr so streng«, sagte Mimi.

Ich musste lachen. »Das ist das, was du glaubst«, sagte ich.

»Du und Anton, wollt ihr wirklich auch noch ein Baby?«, fragte Anne.

»Ich habe manchmal das Gefühl, er würde es wollen«, sagte ich. »Aber ehrlich gesagt haben wir schon genug andere Probleme. Ich denke ziemlich oft, Anton will nur wegen Emily mit mir zusammenziehen. Und ich habe Angst, meine eigenen Kinder könnten zu kurz kommen. Und dann ist da noch dieser … Nüpsel.« Als es einmal raus war, fühlte ich mich seltsam erleichtert. Natürlich nahmen es mir meine Freundinnen übel, dass ich ihnen nichts von dem Knoten in der Brust erzählt hatte. Aber sie hatten auch jede Menge tröstliche Geschichten parat, über Frauen, die schon zig Knoten in der Brust gehabt hatten, und alle seien sie harmlos gewesen.

»Eine Biopsie ist außerdem längst nicht so schlimm wie eine Mammografie«, beteuerte Anne. »Es piekst ein bisschen, aber wenigstens hat man nicht das Gefühl, man klemmt mit dem Busen in einer Heißmangel fest.«

Und damit hatte sie wirklich recht: Die Biopsie ging schnell und vergleichsweise schmerzfrei über die Bühne. Man darf sich nur nicht klarmachen, was in so einer Situation mit einem geschieht. Einfach Augen zu und durch.

»Und Sie werden mir ganz sicher vor Weihnachten Bescheid geben?«, fragte ich die Sprechstundenhilfe, als ich es hinter mich gebracht hatte.

»Ganz sicher«, sagte die Sprechstundenhilfe. »Ihr Gynäkologe bekommt das Ergebnis in spätestens vier Tagen zugestellt.« Die gute Frau war hellauf begeistert von den Gummistiefeln mit roten Elchen auf weißem Grund. Ich hatte ihre Größe perfekt geraten. Und damit sie nicht glaubte, ich wolle sie bestechen, hatte ich behauptet, ganz viele von diesen Stiefeln zu haben und nicht zu wissen, wohin damit. »Weihnachten werden Sie beruhigt schlafen können.«

»Wenn es kein Krebs ist«, sagte ich.

»Manchmal ist eine Krankheit auch ein Segen«, sagte die Sprechstundenhilfe, und da hätte ich ihr die Stiefel gern wieder weggenommen.

Blöde Kuh.

Wenn die Kinder abends im Bett waren, surfte ich im Internet durch Brustkrebsforen und heulte mit jeder einzelnen Frau, teils aus Mitleid, teils, weil ich mir vorstellte, ich könnte es sein.

»Du musst damit aufhören«, sagte Anton, als ich ihm davon erzählte. »Du steigerst dich da total in was rein.«

»Ach ja? *Ich* habe den verdammten Knoten doch nicht gefunden«, rief ich. »Das warst du! Hättest du deine Finger von mir gelassen, wüsste ich bis heute nichts davon und würde ein friedliches Leben haben.«

Da lachte Anton und sagte, er bereue nichts und würde es jederzeit wieder tun. Sehr gerne auch jetzt sofort. Oder etwas später, wenn die Kinder im Bett waren.

Die Gelegenheit wäre wirklich günstig gewesen. Emily war in England und Anton frei wie ein Vogel. Ich war schon bereit, es zumindest mal zu versuchen, als Antons Handy klingelte.

Um sprechen zu können, musste er hinaus in den Garten, ganz nach hinten durch, denn im Haus hatten wir nirgendwo Empfang. Nelly trieb das regelmäßig in den Wahnsinn, aber ich fand das irgendwie cool. Ein Funkloch mitten in einer Großstadt, das hatte doch was.

Als Anton wieder hereinkam, guckte er böse.

»Hat Frau Hempel was aus dem Fenster gerufen?«, fragte ich. »Da darfst du dich nicht dran stören.«

»Das war Frau Hittler vom Maklerbüro Hittler und

Kamps«, sagte Anton. »Sie wollte sich noch mal rückversichern, dass wir wirklich kein Haus mehr suchen. Sie sagt, du hättest das gesagt.«

»Oh, ja …«

»Wir suchen also kein Haus?«

»Im Augenblick nicht«, sagte ich.

»Und wann wolltest du mir das sagen?«

»Was?«

»Dass du nicht vorhast, mit mir zusammenzuziehen! Warum sagst du das Frau Hittler, aber nicht mir? Meinst du nicht, mich würde das mehr interessieren?«

»Sie bekommt eine Courtage, und du nicht.«

»Hör mit den doofen Witzchen auf«, sagte Anton. »Das ist überhaupt nicht komisch. Du beschwerst dich, ich hätte hinter deinem Rücken nach einem gemeinsamen Haus gesucht, aber du beschließt hinter meinem Rücken, dass wir gar nicht zusammenziehen.«

»Noch nicht«, sagte ich. »Jetzt sei doch nicht sauer! Ich fand die ganze Zeit, dass du die Sache überstürzt!«

»Ich hatte dir meine Gründe klar dargelegt.«

»Ja. Sehr klar. Du willst mit mir zusammen ziehen, weil Emily klare Verhältnisse braucht.«

»Unter anderem, ja.«

»Und ein kostenloses Kindermädchen«, sagte ich.

Jetzt sah Anton gekränkt aus. »Das ist nicht wahr.«

»Vielleicht nicht.« Ich guckte vor mich auf den Fußboden.

»Ich mag es nicht, wenn man mich hintergeht«, sagte Anton. »Ich bevorzuge einen ehrlichen und direkten Umgang miteinander.«

Ich wollte schon zu einer Verteidigung ansetzen, von wegen, ich habe ihn nicht hintergangen, aber dann überlegte ich es mir anders.

»Ich hasse Golf«, sagte ich.

»Wie bitte?«

»Ich habe dich auch mit Golf hintergangen. Ich finde, es ist ein saublödes Spiel. Aber ich habe mich nicht getraut, es dir zu sagen, also habe ich diese verdammte Platzreife gemacht, und du hast mir prompt eine Golfausrüstung im Wert von dreißig Brunnen für Namibia zum Geburtstag geschenkt.« Ich sah kurz vom Fußboden hoch in Antons schockiertes Gesicht, dann senkte ich den Blick wieder und fuhr leise fort: »Außerdem habe ich zwar Psychologie studiert, aber niemals mein Diplom gemacht. Und Rettungsschwimmerin war ich auch nicht. Und ich kann absolut nicht singen. Ich habe immer nur gelogen.«

Anton sagte nichts. Offenbar musste er das Gehörte erst mal verdauen.

»Ich war auch niemals schleswig-holsteinische Vizejugendmeisterin im Schach«, fuhr ich fort. »Meine Eltern haben recht: Ich bin wirklich in jeder Beziehung eine absolute Niete. Ich wollte nicht, dass du es merkst. Und natürlich hatte ich meinen Eltern nichts von dir erzählt! Wenn es nach mir gegangen wäre, hättet ihr euch niemals kennen gelernt.«

Anton sagte immer noch nichts. Ich hingegen hatte mich so richtig schön in Schwung geredet.

»Ich habe auch gelogen, als ich gesagt habe, dass es mir nichts ausmacht, dass du Weihnachten vielleicht mit deiner Exfrau und deinen Töchtern feierst. Es macht mir wohl was aus, dass du dir das alles bis zur letzten Minute offen halten willst und uns in deine Planung überhaupt nicht mit einbeziehst. Wenn man's genau nimmt, habe ich dir eigentlich immer nur was vorgemacht.« Ich wagte noch mal einen Blick in Antons Gesicht. Er hatte den Kiefer zusammengepresst, wie immer, wenn er wütend war.

»Außer die Orgasmen«, sagte ich. »Die waren echt, ehrlich.«

»Fühlst du dich jetzt besser?«, fragte Anton kühl.

»Ja, irgendwie schon«, sagte ich. »Was das Zusammenziehen betrifft: Ich kann mir das schon vorstellen. Sogar mit Emily. Irgendwann mal. Aber nicht jetzt. Und ich will dieses Haus nur sehr ungern verlassen. Es ist mein erstes eigenes Zuhause, in dem ich selber bestimmen darf. Ich mag die Lage, ich mag die Farben, den Garten und die Bäume. Ich mag die Nachbarn, bis auf Frau Hempel. Ich mag es, in einem Funkloch zu wohnen. Ich will hier nicht weg.«

»Du willst in diesem Haus wohnen bleiben?«

Das hatte ich doch gerade gesagt, Mann. »Genau.«

»Danke, dass du mir das gesagt hast«, sagte Anton. Er stand auf, nahm seinen Mantel vom Haken und ging zur Haustür. Ich wartete darauf, dass er noch etwas zum Abschied sagte, aber das tat er nicht. Er machte die Tür auf und verschwand wortlos in der Dunkelheit.

»Meinst du, der kommt noch mal wieder?«, fragte Nelly. Sie stand oben an der Treppe und hatte schon ihren Schlafanzug an. Keine Ahnung, wie viel sie von unserem Streit mitbekommen hatte.

»Eher nicht«, sagte ich.

»Dann mach die Tür zu, es zieht!«, sagte Nelly. »Wir haben sechs Grad minus!«

Als Anton sich zwei volle Tage nicht gemeldet hatte, rief ich bei Mimi an und sagte ihr, dass wir uns getrennt hätten.

Mimi sagte, das glaube sie nicht. »Ihr werdet euch schon wieder vertragen«, sagte sie.

»Kannst du mal bitte Ronnie fragen, ob er in den letzten beiden Tagen mit Anton geredet hat?«

Aber Ronnie hatte Anton nicht gesprochen. Als er es auf meine Bitte hin versuchte (»Aber wehe du sagst, dass ich dir gesagt habe, dass du anrufen sollst«), konnte er ihn nicht erreichen.

»Im Büro sagen sie, er ist nach Barcelona geflogen«, sagte Ronnie.

»Ach ja«, sagte ich. »Das wollte ich nur wissen.«

Ronnie fragte, worüber genau wir uns denn gestritten hätten. Ich sagte es ihm, Wort für Wort. Es tat irgendwie gut, es alles noch einmal zu wiederholen. Als ich damit fertig war, schwieg Ronnie.

»Bist du eingeschlafen?«, fragte ich.

»Nein«, sagte Ronnie. »Ich denke nur gerade, was meine Mutter immer sagt: Wegen einer Minute Ärger verpasst man sechzig Sekunden Freude.«

»Hä? Bitte verrat mir nicht, was das mit mir und Anton zu tun haben soll«, sagte ich. »Gib mir noch Mimi, die ist besser im Trösten als du.«

Mimi riet mir, zur Trennung von Anton eine Pro- und Kontraliste zu machen, um mir über eine weitere Vorgehensweise klar zu werden.

»Ich werde da gar nicht vorgehen«, sagte ich. »Das ist nicht meine Art, das weißt du.«

»Mach diese Liste«, sagte Mimi.

Also setzte ich mich hin und schrieb. *Pro Trennung von Anton: Kann in meinem Haus wohnen bleiben. Muss nie wieder Golf spielen. Kann das doofe Golfzeug verticken und reich werden. Kann meinen Eltern sagen, dass sie recht hatten. Kann aufhören, die Beine zu rasieren. Kann sein, dass ich sowieso bald sterbe, und dann muss Anton nicht traurig sein. Kann, falls ich am Leben bleibe, meinen Kindern und Enkelkindern später mal erzählen, dass ich weiß, wie es sich anfühlt, die große Liebe zu verlieren. Kann lästige Telefonverkäuferinnen vergraulen.*

»Spreche ich mit Frau Constanze Bauer?«

»Ja.«

»Frau Bauer, mein Name ist Gudrun Fischer, und ich bin heute Ihre Glücksfee. Denn Sie haben gewonnen! Ist das nicht großartig?«

»Doch. Gerade heute geht es mir nämlich sehr schlecht.«

»Frau Bauer, setzen Sie sich besser mal. Sonst fallen Sie mir noch um, wenn ich Ihnen sage, dass Sie den Hauptgewinn gemacht haben.«

»Oh mein Gott! Ich gewinne sonst nie etwas!«

»Und gewonnen haben Sie eine Reise nach Tunesien, Frau Bauer! Eine Woche Halbpension in einem Vier-Sterne-Hotel. Im Wert von zweitausend Euro! Na, was sagen Sie jetzt, Frau Bauer?«

»Das ist unfassbar. Sie wissen ja gar nicht, was für eine Freude Sie mir machen. Bis gerade eben hielt ich mich noch für den größten Pechvogel der Welt.«

»Frau Bauer, Flug und das Hotel sind bereits für Sie reserviert. Ab in die Sonne! Alle Sorgen mal hinter sich lassen. Und das Beste kommt ja noch: Sie dürfen eine Begleitperson mitnehmen, Frau Bauer! Und weil heute Ihr Glückstag ist, bekommt ihre Begleitperson sagenhafte fünfzig Prozent Ermäßigung. Fünfzig Prozent, Frau Bauer. Na, wird sich da Ihr Mann freuen, Frau Bauer?«

»Leider habe ich keinen Mann«, sagte ich. »Er hat mich letztes Jahr um diese Zeit wegen einer anderen sitzen lassen.« Das war sogar wahr.

»Aber vielleicht einen Freund, den Sie mitnehmen können? Für sagenhafte fünfzig Prozent Preisnachlass!«

»Leider habe ich auch keinen Freund. Wir haben uns gerade getrennt.« Das war leider auch wahr.

»Na, dann machen Sie doch einfach Urlaub mit einer Freundin.«

»Leider habe ich keine Freundinnen mehr. Die eine hat sich letztes Jahr meinen Mann geangelt, die andere ist gerade mit meinem Freund nach Spanien geflogen. Und die dritte sitzt im Knast.« Meine Glücksfee zögerte merklich.

»Und wenn Sie einfach Ihre Frau Mama fragen?«

»Die ist tot«, sagte ich, und um vorzubeugen, dass die Glücksfee als Nächstes meine Cousine als Reisepartner vorschlug, setzte ich hinzu: »Alle meine Verwandten sind tot. Außer Cousin Edgar, der ist nach Neuseeland ausgewandert. Leider habe ich seine Adresse nicht.«

»Ja, also …«, sagte die Glücksfee. »Und eine Nachbarin, vielleicht? So eine schöne Reise dürfen Sie doch nicht verfallen lassen.«

»Nein, ich will sie auf keinen Fall verfallen lassen. Aber mit meinen Nachbarn zur linken habe ich einen Rechtsstreit laufen, und im Haus rechts wohnt mein Ex mit meiner ehemals besten Freundin. Es ist niemand da, mit dem ich verreisen könnte. Es sei denn …«

»Ja?«

»Es sei denn, Sie würden mit mir fahren«, sagte ich. »Wir kennen uns zwar nicht, aber es ist ein einmalig gutes Angebot. Fünfzig Prozent Ermäßigung. Das können Sie sich doch nicht entgehen lassen. Und wer weiß? Vielleicht entdecken wir während des Urlaubs sogar Gefühle füreinander.«

Da legte meine Glücksfee einfach auf. Offenbar war dieser Fall im Telefonmarketing-Seminar nicht vorgesehen gewesen.

Ich setzte mich wieder an meine Liste. *Die Trennung von Anton, pro und kontra.* Bei Kontra schrieb ich: *Darf Anton nie wieder riechen.* Weiter kam ich nicht, weil mich bei dem Gedanken daran ein Weinkrampf schüttelte.

»Sie haben ein Fibroadenom«, sagte der Gynäkologe. »Wie ich vermutet hatte. Das ist harmlos und muss auch nicht operativ entfernt werden.«

Ich war so erleichtert, dass ich nicht mal wütend wurde. Diese ganze Prozedur, die Rennerei von Untersuchung zu Untersuchung, und das alles nur, damit am Ende bestätigt wurde, was der Gynäkologe von Anfang an gedacht hatte. Aber wie gesagt, ich war zu erleichtert, um wütend zu werden.

»Geht es von alleine wieder weg?«

»Eher nicht. Man muss es beobachten.«

»Ja. Das werde ich.«

Spontan wollte ich Anton anrufen, als ich aufgelegt

hatte, aber dann fiel mir wieder ein, dass wir uns ja getrennt hatten. Also heulte ich ein bisschen und rief bei Trudi an. Sie freute sich, dass ich nun aller Voraussicht nach noch ein bisschen länger leben würde.

»Schließlich wirst du Patentante«, sagte sie.

»Nein!«

»Doch!«, rief Trudi. »Ich habe eben den Test gemacht. Jetzt suche ich nach den passenden italienischen Vokabeln. Ist das Leben nicht voller wunderbarer Überraschungen?«

»Doch«, sagte ich und weinte wieder ein bisschen. Diesmal vor Freude. Dann lief ich los, um in der Stadt nach einem Rückenkratzer zu suchen. Ich fand ein sehr schönes geschnitztes Modell in Form einer stark vergrößerten, mürrisch dreinschauenden Hausstaubmilbe; das würde Julius sicher gefallen.

Als Weihnachtgeschenk für Dascha und Valentina hatte die Mütter-Mafia sich etwas einfallen lassen müssen. Da Dascha zu stolz war, um Geschenke anzunehmen, aber dringend neue Möbel für ihre neue Wohnung benötigte, schenkten wir ihr einen Gutschein von Ikea, von dem wir behaupteten, ihn gewonnen zu haben. Außerdem behaupteten wir, beim besten Willen nichts von Ikea zu benötigen, bis auf ein Paket Teelichter.

Glücklicherweise fiel Dascha darauf herein und umarmte mich glücklich.

»Ich so froh, dass ich euch kennen gelernt habe«, sagte sie. »Und dass Mitglied beim Club der netten Mütter ich bin.«

»Wir sind auch sehr froh, dass du bei uns Mitglied bist«, sagte ich und fühlte mich für einen Augenblick ganz wunderbar.

»Wie geht es Anton?«, fragte Dascha.

Da musste ich leider ein bisschen weinen.

»Haben Sie gehört, dass es dieses Jahr weiße Weihnachten geben soll?«, fragte mich Herr Wu, als ich auf dem Rückweg Orangen und Chinakohl bei ihm kaufte.

Nein, das hatte ich noch nicht gehört. Ich konnte auch nicht so recht daran glauben. Wenn es hier mal schneite, dann blieb der Schnee höchstens zehn Minuten oder so liegen. Aber dieses Jahr war es wirklich kalt.

Auf unserem Hausstein saß Anton und blies weiße Atemwölkchen in die Luft.

»Ich habe nicht mal einen Hausschlüssel von dir bekommen«, sagte er.

Ich war so erleichtert, ihn zu sehen, dass ich kein Wort herausbrachte. Gleichzeitig fürchtete ich, er könne wieder gehen.

»Hast du schon gehört, dass es weiße Weihnachten geben soll?«, fragte Anton.

»Ja«, sagte ich.

Anton nahm mir die Tüten ab. »Bitte sei so gut und schließ die Tür auf, ja? Ich muss dringend meinen Hintern auftauen.«

Der vertraute Anton-Geruch nach frisch gebackenem Brot und einem Hauch Zitrone stieg mir in die Nase, und mir wurde vor Sehnsucht ganz flau im Magen. »Warum bist du gekommen, Anton?«

»Ich wollte wissen, was die Biopsie ergeben hat«, sagte Anton.

»Es ist ein harmloser Nüpsel. Genau, wie der Arzt vermutet hatte.«

»Gott sei Dank«, sagte Anton. »Ich hatte mir schon

das Schlimmste ausgemalt … Ab jetzt werden wir dich jeden Tag zweimal abtasten, ist das klar?«

»Ich dachte, wir hätten uns getrennt«, sagte ich. »Weil ich dich angelogen habe.«

»Ja, das hast du. Allerdings nicht in den wesentlichen Dingen«, sagte Anton. »Ich brauchte ein paar Tage, um das zu erkennen. Mimi hat mir außerdem geraten, eine Liste zu machen. Pro und Kontra Trennung.«

»Tatsächlich?«

»Ja. Und weißt du was?«

Ich schüttelte den Kopf.

»Mir ist überhaupt nichts für die Pro-Seite eingefallen. Nur eine Million Gründe, mit dir zusammen zu bleiben.«

Ich fing schon wieder an zu weinen.

»Was das Haus angeht – wenn du unbedingt hier wohnen bleiben willst, dann können wir doch einfach anbauen. Auf dem Seitenstreifen zu Hempels hin kann man sich ja sowieso nicht aufhalten, ohne angepöbelt zu werden.«

»Das ist wahr.« Auf die Idee, einfach anzubauen, war ich noch nicht gekommen.

Anton zog mich an seine Brust. »Ich liebe dich so sehr«, sagte er.

»Ich finde Golf spielen gar nicht soooo doof«, sagte ich.

Und genau in dem Augenblick fing es an zu schneien.

Willkommen auf der Homepage der

Mütter-Society,

dem Netzwerk für Frauen mit Kindern.

Ob Karrierefrau oder »nur«-Hausfrau,

hier tauschen wir uns über Schwangerschaft und Geburt, Erziehung, Ehe, Job, Haushalt und Hobbys aus und unterstützen uns gegenseitig liebevoll.

Zutritt zum Forum nur für Mitglieder

31. Dezember

Ein sehr aufregendes Jahr geht zu Ende, und ich möchte euch für das nächste Jahr schnell noch alles Gute, Gesundheit und immer genug Wolle im Haus wünschen.

Nicht so schön war in diesem Jahr mein Zerwürfnis mit meinen Eltern, besonders mit meiner Mutti. Aber dank Sibylle kann ich schon nächstes Wochenende in meine erste eigene Wohnung ziehen. Marie-Antoinette ist auch schon ganz aufgeregt. Da ein kleiner Garten zu der Wohnung gehört, können wir uns eine Katze anschaffen. Meine Mutter spricht zwar nicht mehr mit mir, seit sie von meinen Umzugsplänen

*weiß, aber sie wird sich schon wieder einkriegen, die alte ***.*
Unser Sozialprojekt fand ich sehr schön, mit Larissa verbindet mich für immer eine tiefe Freundschaft. Wir konnten beide voneinander viel lernen. Ich muss sagen, dass ich einige Ressentiments, wie zum Beispiel das Rauchen betreffend, überwunden habe. Man hat wirklich viel weniger Appetit und eine bessere Verdauung. Auch ist es lange nicht so teuer, wie immer behauptet wird. Jedenfalls nicht, wenn man das Geld, das man vorher für Schokolade ausgegeben hat, in Zigaretten investiert.
Ein neuer Lebensabschnitt beginnt, und ich sehe dem neuen Jahr mit großer Spannung entgegen. Im Februar wird der Schuhladen »Pumps und Pomps« im Rosenkäferweg eröffnen, und meine Handtaschen werden Designerkarriere machen. Ich werde endlich eine Katze haben und mein Idealgewicht erreichen. Anschließend werde ich mir das Rauchen wieder abgewöhnen und so noch mehr Geld sparen.
Ich freue mich!
Mami Gitti

31. Dezember

Wie immer an Silvester ziehe auch ich eine feierliche Jahresbilanz und komme zu folgenden Ergebnissen: Es war ein ganz wundervolles Jahr, natürlich geprägt durch die Zeugung und die Geburt unseres vierten Kindes, das uns glücklich und stolz macht. Alle unsere Kinder sind groß-

artig, die Söhne vielleicht ein bisschen großartiger als die Töchter, aber dank Meta Millosowich weiß ich jetzt auch, dass es keinen Grund gibt, über Laura-Kristins pubertäre Allüren zu klagen.

Negativ ist allein zu verzeichnen, dass unser Big-Mum-Society-Projekt total gefloppt ist und ich mich deswegen mit meiner Schwester zerstritten habe. Die anonymen Briefe, die die Familie von Meta Millosowich uns zukommen lässt, sind nervig, haben aber wegen der abenteuerlichen Orthografie durchaus einen gewissen Unterhaltungswert. Irgendwie kann man »Kuck imma hinta disch du Schwein« nicht wirklich als bedrohend empfinden.

Für das neue Jahr habe ich mir vorgenommen, das Zusammensein mit meiner Familie noch mehr zu genießen und bis spätestens März mein altes Kampfgewicht zurückzuerlangen. Sibylle, ich habe Blutgruppe AB, ist das gut oder schlecht?

Euch allen ein schönes Silvester und ein gutes Neues Jahr

Frauke

31. Dezember

Meine Jahresbilanz fällt ebenfalls überaus positiv aus. Peter und ich haben so manche Krise blendend gemeistert, meine Mäuse überraschen mich täglich mit ihren Talenten, und im Job läuft auch alles bestens. Den Reinfall mit unserem Sozialprojekt nehme ich nicht weiter schwer,

ich war von Anfang an der Meinung, dass man gewissen Menschen einfach nicht helfen kann. Jeder ist seines eigenen Glückes Schmied, heißt es doch so schön.
Im nächsten Jahr freue ich mich besonders darauf, zuzusehen, wie der Schuhladen der vier Bekloppten eröffnen und wieder schließen wird. Selbstredend werden wir von der Mütter-Society den Laden boykottieren, aber man wird sich doch ab und zu mal die Freude gönnen dürfen, durch das Schaufenster auf die langen Gesichter der Möchtegern-Schuhverkäuferinnen zu werfen.
Pumps und Pomps – das sagt ja eigentlich schon alles, finde ich.
Sabine

31. Dezember

Auch von mir supischönes neues Jahr für alle Mamis.
Ich kann mich noch nicht recht auf das Fondue heute Abend freuen, denn ich bin ein bisschen in Sorge, weil meine Periode ausgeblieben ist. Ich weiß nicht mehr, wer von euch es gesagt hat, aber zu behaupten, man könne nicht schwanger werden, solange man stillt, ist wirklich fahrlässig!!!!
Na, abwarten und Tee trinken, wie mein Männe sagt. Vielleicht ist es ja falscher Alarm. Und wenn nicht, haben wir ja vielleicht Glück, und es wird diesmal wenigstens ein Mädchen.
Sabine, den Boykott gegen Pumps und Pomps kann ich nicht einhalten, selbst wenn ich es woll-

te. Es gehen Gerüchte um, dass sie Schuhe von Francesco Santini verkaufen, das ist ein absoluter Geheimtipp unter Modejunkies, Santinis kriegst du sonst nur in Italien und in einer kleinen Boutique in Manhattan. Sie sind einfach traumhaft schön. Wenn das Gerücht wahr ist, werde ich wohl Stammkundin bei Pumps und Pomps, egal, was du auch sagst.
Mami Ellen

31. Dezember

Wirklich? Echte Santinis? Das wäre eine Sensation. Ich habe eine Freundin, die eine Freundin hat, die ein Paar Santinis besitzt. Sie sind der absolute Wahnsinn. Ich würde morden für solch ein Paar Schuhe. Wann genau eröffnet der Laden, Gitti?
Ach ja, und ehe ich es vergesse: Ein frohes neues Jahr für euch alle.
Sibylle

FRAGEN SIE DIE PATIN

Die exklusive Familienberatung der streng geheimen Mütter-Mafia

Liebe Patin! Ich bin zum ersten Mal schwanger und suche nach einer Hebamme für die Geburt. Woran erkenne ich die richtige für mich?
Das fragt mit freundlichen Grüßen in den Untergrund
Ihre Luisa Krause

Liebe Frau Krause! Erst mal herzlichen Glückwunsch zur Schwangerschaft. Leider ist Ihr Timing nicht besonders gut: Hierzulande sollte man sich unbedingt VOR einer Schwangerschaft nach freien Terminen bei den Hebammen erkundigen, denn die kompetenten sind immer auf Jahre im Voraus ausgebucht. Nun müssen Sie sich wohl oder übel durch die Gelben Seiten wühlen und Ihrem Instinkt vertrauen.
Um herauszufinden, welche Hebamme zu Ihnen passt, hilft Ihnen unsere Hebammentypisierung weiter, die wir aufgrund unserer gebündelten Erfahrungen zusammengetragen haben.

TYP 1

Hebammen-Typ Nummer eins ist der Dragoner, eine Frau, mit der Sie gut auskommen, sofern Sie bereit sind, sich unterzuordnen und die Zähne zusammenzubeißen. Die Dragoner-Hebamme hält nichts von Peridural-Anästhesie und anderen schmerzdämpfenden Methoden und wird Sie mit Geschichten über viel schrecklichere Geburten unter viel fürchterlicheren Umständen bei Laune halten. Sie bellt ihre Befehle durch den Kreissaal: »Aaaach-tung! Das Mutti muss jetzt noch mal tapfer sein und feeeeeeste drücken. Ja, das tut ein bisschen weh, wenn der Damm reißt, aber schschscht, was soll denn da der Vati denken! Der guckt jetzt auch besser mal woanders hin, Auuuuu-gen rechts! Zackzack!«

TYP 2

Hebammen-Typ Nummer zwei ist die Verfechterin der natürlichen Geburt mit einem Faible für homöopathische Kügelchen, Kristalle zur Harmonisierung der Kreißsaalatmosphäre und einer sehr sanften Stimme. Wenn Sie den Klang balinesischer Tempelglocken mögen, gern Ihre eigene Duftlampe zur Geburt mitbringen wollen und vorhaben, Ihr Kind in naturbelassene Schafswolle zu wickeln, dann werden Sie prima mit Typ zwei klarkommen. Allerdings muss ich Sie fairerweise vorwarnen: Eine Geburt ist eine Extremsituation, und in Extremsituationen kann man auf Sätze wie »Du kannst den Schmerz wegatmen, wenn du nur willst« schon mal leicht aggressiv reagieren. Meine Freundin Trudi, die mehr Feng-Shui-Kristalle ihr Eigen nennt als jedes alternative Geburtshaus, hat ihrer Hebamme vom Typ zwei bei der Geburt ihrer Tochter Francesca in der Badewanne eine sogenannte Harmoniekugel mit eingeritzten Ying- und Yangzeichen auf den Kopf gehauen, und das nur, weil die gute Frau während der Presswehen »Loslassen! Einfach loslassen!« zu Trudi gesagt hatte. Hebammen vom Typ zwei erkennen Sie auch daran, dass Sie Ihnen gerne Räucherstäbchen zwischen die Zehen stecken, sollte das Kind vor dem errechneten Geburtstermin noch nicht mit dem Kopf nach unten liegen.

TYP 3

Nummer drei ist definitiv NICHT zu empfehlen. Es ist die Sorte Hebamme, die vollkommen überfordert um Sie herumhuscht, keine Schmerzensschreie hören und kein Blut sehen kann und ohnehin bald eine Umschulung zur Floristin machen wird. Sie erkennen sie an ihrem nervösen Blick und daran, dass sie Ihnen seltsame Fragen stellt, wenn sie an und in Ihnen herumfingert. »Ähm, was meinen Sie? Ist das nun die Scheitelfontanelle oder eine Seitenfontanelle?« Wenn Sie freundlich antworten, Sie hätten keine Ahnung und wären im Augenblick auch nicht in der Lage selber nachzufühlen, bricht Typ drei gern in Tränen aus und verlässt beleidigt den Raum.

TYP 4

Hebammen-Typ vier ist dann zu empfehlen, wenn Sie sich eine Entbindung ohne jede Unterstützung wünschen. Es gibt ja Menschen, die ungern Hilfe annehmen, und in diesem Fall sind Sie mit Typ vier goldrichtig. Diese Hebamme wird sich vor allen Dingen um Ihren Mann kümmern. Typ vier sieht gut aus, top frisiert, geschminkt und manikürt, der Gegensatz zu Ihnen ist frappierend, denn selbst wenn Sie sich vor der Geburt noch einen Friseur- und Kosmetiktermin gegönnt haben, werden Sie doch nach kurzer Zeit wie ein verschwitzter Wal mit plattgelegenen Haaren aussehen. Aber keine Sorge, Ihr Mann wird das gar nicht bemerken, denn Ihre Hebamme vom Typ vier wird unentwegt mit ihm flirten, ihre duftigen Haare schütteln und ihre schmale Taille präsentieren, während Sie in aller Ruhe Ihr Kind kriegen, abnabeln, den Apgar-Test durchführen, das Baby baden und sich selber frisch machen können, ehe Ihr Mann sich wieder erinnert, weshalb er eigentlich mitgekommen ist. Er wird allen Freunden und Verwandten von dem tollen Erlebnis der Geburt vorschwärmen, aber auf dem Geburtsvideo sind Sie und Ihr Kind allenfalls verschwommen im Hintergrund zu erkennen.

TYP 5

Wir von der Mütter-Mafia haben die besten Erfahrungen mit Hebammen vom Typ fünf gemacht, welcher aber leider nur noch sehr selten anzutreffen ist. Typ fünf ist eine freundliche kleine Asiatin mit sanften Händen, die kein Deutsch spricht. Sie dirigiert die Geburt gelassen und lächelnd mit den Vokabeln »stop« und »go«, schiebt Ihnen keine Kügelchen unter die Zunge, wenn Sie schreien, und niemals würde es ihr einfallen, »Tiiiiiiiief ins Becken atmen!« zu sagen. Typ fünf ist auch nicht beleidigt, wenn Sie ihr einen 50 Euro-Schein zeigen, wenn es losgeht, und dazu sagen: »This is for you, when you schaff it without Dammschnitt.«

Wir hoffen sehr, dass wir Ihnen damit helfen konnten, liebe Frau Krause, und wünschen Ihnen alles Gute für Schwangerschaft und Entbindung.
Ihre Patin

* * * THE SECRET OF KINDERERZIEHUNG

– endlich entschlüsselt:
Mütter und Kinder sind so unberechenbar, dass man sich nicht mal auf das Gegenteil von dem verlassen kann, was sie sagen.

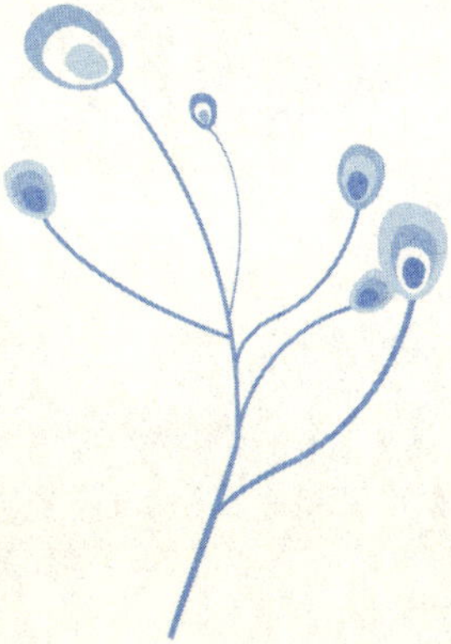

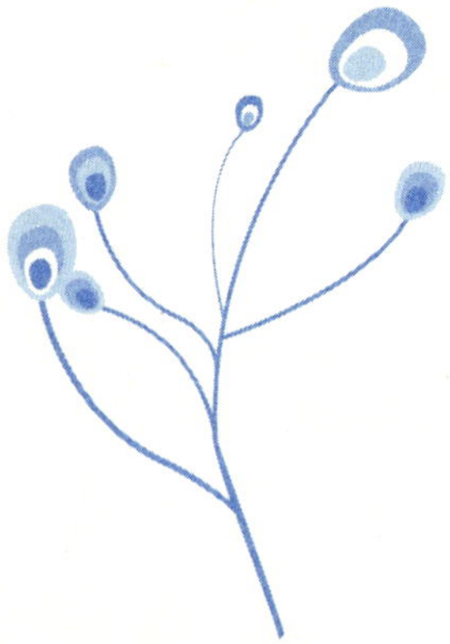

Nachwort

Was man absolut nicht gebrauchen kann, wenn man pünktlich abgeben will:

Leute, die fragen: »Bist du immer noch nicht fertig?«

Leute, die sagen: »Na, die zweihundert Seiten wirst du doch wohl bis nächstes Wochenende schaffen.«

Leute, die anrufen und fragen »Stör ich dich gerade?« und, wenn man »ja« sagt, trotzdem eine halbe Stunde über den Pullover quatschen, den sie sich gestern beinahe gekauft hätten.

Leute, die bei amazon und sonstwo gemeine Sachen über die Bücher schreiben. Besonders schreibhemmend: »Hoffentlich gibt es nicht noch einen dritten Band.«

Eine Katze, die kotzt.

Eine Katze, die auf die Tastatur kotzt.

Ein krankes Kind.

Einen kranken Schwiegervater.

Krankheiten überhaupt.

Post vom Finanzamt.

Leute, die sagen: »Ich habe heute in der Stadt in jeder Buchhandlung nach deinem Buch gesucht, aber nirgendwo hatten sie es vorrätig.«

Leute, die sagen: »Ich würde ja auch mal einen Roman schreiben, wenn ich Zeit für so was hätte.«

Leute, die fragen: »Wann gibt es endlich Essen?«

Was man hingegen immer brauchen kann:

Eine geduldige, kluge Lektorin, eine kreative, engagierte Agentin, geniale Ölmischungen mit Namen wie »Volle Kraft voraus«, gute Nachrichten, liebe Leserpost, Trost, Rat, Hilfe und Leute, die mit dem Kind Weihnachtsplätzchen backen.

Ich danke daher von Herzen:

Meiner allerliebsten Dagmar, Frank, Biggi und Heidi, ihr seid der Wind unter meinen Flügeln oder so ähnlich. Meiner unermüdlichen Mama, ohne die bei uns gar nichts ginge.

Claudia Müller für ihre Nachsicht und Motivation.

Petra Hermanns für die Big Mother-Idee.

Elke Fuhrmann stellvertretend für alle guten Nachrichten aus der Lübbe-Lizenz-Abteilung.

Moni Kremer von der Buchhandlung Kremer in Haren, weil sie meine Bücher als erste in Stapeln unter die Leute gebracht hat und überdies die einzige Buchhandlung Deutschlands besitzt, in der ein Kaninchen mit Realschulabschluss herumhoppelt.

Meinen Kolleginnen und Kollegen von Delia für all die inspirierenden Postings und das gute Gefühl, nicht allein am Schreibtisch zu sitzen.

Allen Leserinnen und Lesern, besonders denen, die sich die Mühe gemacht haben zu schreiben, dass ihnen meine Bücher gefallen.

Und ganz besonders danke ich dir, liebe Eva, du warst Motivationscoach und lebende Datenbank in einem, hast mir deinen entfernten Cousin Francesco Georgio Santini geschenkt und bist außerdem die alleinige Inhaberin der Urheberechte für die »Stop 'n go«-Hebamme. Deshalb ist das Buch dir gewidmet.

Kerstin Gier, Silvester 2007, kurz vor Mitternacht
(Mein Bleiklumpen vorhin sah aus wie ein Stinktier.
Ich hoffe, das ist kein schlechtes Omen.)